KB038168

티그리스
의
개

fio
ret

티그리스의 개 1

초판 1쇄 인쇄 2016년 12월 6일
초판 1쇄 발행 2016년 12월 13일

지은이 이현성
발행인 오영배
기획 박성인
책임편집 김보나, 박주애
표지 · 본문 디자인 RAEHA
제작 조하늬

펴낸곳 (주)삼양출판사 · 피오렛
주소 서울시 강북구 도봉로 173
대표 전화 02-980-2112 **팩스** / 02-983-0660
편집부 전화 02-980-2116 **팩스** / 02-983-8201
블로그 blog.naver.com/dan_gul
출판등록 1999년 3월 11일 제9-00046호

ISBN 979-11-283-9015-9 (04810) / 979-11-283-9014-2 (세트)

+ (주)삼양출판사 · 피오렛의 서면 허락 없이는 어떠한 형태나 수단으로도 이 책의 내용을 이용하지 못합니다.
+ 지은이와 협의하에 인지는 생략합니다. 잘못된 책은 구입한 곳에서 바꾸어 드립니다.
+ 이 도서의 국립중앙도서관 출판시도서목록(CIP)은 서지정보유통지원시스템홈페이지(http://seoji.nl.go.kr)와
  국가자료공동목록시스템(http://www.nl.go.kr/kolisnet)에서 이용하실 수 있습니다. (CIP제어번호: 2016029227)

fic ret 은 (주)삼양출판사의 로맨스 판타지 문학 브랜드입니다.

이현성 장편소설
ROMANCE FANTASY

티그리스
의
개

1

fio
ret

티그리스
의
개

C O N T E N T S

프롤로그

세상이 돌아가는 이치에 밝았던 아버지는 말했다.

"이 세계를 지배하는 것은 왕이 아니란다. 저들이지."

거리를 걸어가는 무리는, '티그리스'라 불리는 어둠의 세계 사람들이었다. 새까만 후드를 입은 마법사들.

그러나 내 눈에 보이는 것은, 그 짙은 어둠 속에 섞여 있는 유일한 빛. 그러나 누구보다도 짙은 암흑을 품고 있는 소년이었다.

밝은 은발 머리카락과 루비처럼 새빨간 눈동자를 지닌 소년을 보며, 나는 생각했다.

저 눈동자를 가지고 싶어.

1장

"루엘, 루엘라인. 내 사랑하는 딸아."

이런 상황에서도 아버지의 목소리는 여느 때와 다름없이 다정했다. 하지만 그 다정함 속엔 긴박감과 슬픔이 담겨 있었다.

"만약 우리들에게 무슨 일이 생긴다면 티그리스의 검은 호랑이를 찾아가렴. 검은 호랑이가 너를 보호해 줄 거야."

대답을 해야 하는데 목이 막혀서 소리가 나오지 않았다. 루엘은 열심히 고개를 끄덕이는 것으로 대답을 대신했다.

"반드시 살아남아야 한다. 알겠지? 내 사랑하는 루엘라인. 있는 힘껏 행복해서야만 해."

엄마 아빠 없이는 행복할 수 없어요, 따위의 말을 할 수는 없었다. 영특한 루엘은 아직 어린 나이지만 지금이 얼마나 절망적인 상황인지 알고 있었다.

아버지가 죽고, 어머니도 죽었다. 역시 죽임을 당할 뻔한 루엘을 구한 것은 검은 망토를 걸친 남자였다. 많이 초췌해지기는 했지만 아는 얼굴이었다.

"도와주세요."

루엘은 자신을 두고 가려는 검은 호랑이의 망토를 붙들고 애원했다.

"도와주세요, 검은 호랑이님."

불과 몇 년 사이에 부쩍 늙은 검은 호랑이는, 망토에 매달려 애원하는 소녀를 안쓰럽다는 듯 내려다봤다.

"네 아버지와는 즐거운 사이였지. 대지의 축복을 받고 태어난 네게도 관심이 많았단다. 허나 아가야. 미안하구나."

검은 호랑이가 루엘의 머리에 손을 얹었다.

"보다시피 나는 이제 힘이 없단다. 바보처럼 부하들이 내게 송곳니를 드러내는 줄도 모르고 있다가 독에 당했지. 티그리스는 배신자의 손에 넘어갔단다."

검은 호랑이의 손이 닿은 정수리가 뜨거웠다.

"루엘라인. 대지의 축복을 받고 태어난 너는 힘이 있단다. 내가 가진 것과는 다른 힘. 복수를 하고 싶다면 강해져라. 혼자서 강해지기는 힘들겠지만 힘을 키워라. 부하들이 내 아들을 살려둘지는 모르겠지만, 혹여 그 아이를 만나게 된다면 그 아이와 함께 티그리스를 되찾거라. 티그리스의 발톱이 네게 복수의 힘을 줄 게다.”

머리에 화상을 입는 듯한 통증이 일어났다. 루엘은 눈을 부릅
뜨고 검은 호랑이를 올려다봤다. 검은 호랑이는 인자하지만 쓸
쓸한 미소를 지으며, 뼈를 에는 고통에도 신음조차 흘리지 않는
어린 소녀를 내려다봤다.

“여자의 몸으로 살아가기는 힘들 것이다. 이 아름다운 얼굴
또한 네 어미가 그랬던 것처럼 독이 될 테지.”

루엘의 깨끗한 피부가 화상 흉터처럼 우글쭈글 일그러지기
시작했다.

“여자를 버려라, 루엘라인. 그리고 강해져라. 충분한 힘을 얻
을 때까지 내 힘이 네 아름다움을 감춰 줄 테니까.”

소녀임에도 모두의 시선을 잡아끌던 루엘의 아름다운 얼굴은
화상 흉터로 뒤덮였고, 길고 부드러웠던 검은 머리카락은 가차
없이 잘려 나갔다.

그 절망적인 어둔 밤, 루엘은 여성을 버렸다.

*   *   *

퍽— 퍼억— 퍽—

온몸에 내리꽂히는 발길질에 잠에서 깼다. 매번 이런 식이기
에 새삼 아프다는 생각도 들지 않았다. 루엘은 느긋하게 눈꺼풀
을 들어 올렸고, 지트의 얼굴을 발견했다.

"이 새꺄, 일하다 말고 잠을 쳐 자? 간이 배 밖으로 나왔지, 아주? 퉤!"

루엘을 눈엣가시처럼 생각하는 지트가 상스러운 욕설을 내뱉으며, 루엘의 얼굴에 침을 뱉었다. 가래침이 루의 얼굴에 떨어졌다. 루엘은 손등으로 침을 닦아 냈다.

"쒸벌, 쥬엔 님은 왜 이런 새끼를 일꾼으로 쓰는 거야? 역겨운 놈."

루엘의 얼굴은 화상 흉터 때문에 구겨진 종이처럼 쭈글쭈글한데다가 울긋불긋하기까지 했다.

손님들에게 보여 주기 힘든 얼굴인지라, 루엘이 하는 일은 보통 힘을 쓰는 일이었다.

"미안해, 지트."

"내 이름 함부로 부르지 마, 더러우니까."

지트가 한 번 더 루엘을 걷어찼다. 발끝이 정확하게 루엘의 복부를 가격했다. 숨이 턱 차오를 만큼 아팠지만 루엘은 고통을 드러내지 않았다. 지트 따위의 앞에서 아파하는 모습을 보여 주고 싶지 않았다.

"장작이 모자라. 뒷산에 가서 나무 좀 해 와라."

루엘이 아픈 티를 내지 않자, 지트가 흥미를 잃은 듯 일거리를 안겨 주었다. 아마 지트가 해야 할 일을 떠넘기는 것이리라. 하지만 루엘은 순순히 일을 받아들였다. 이 안에 있는 것보다 산에 올라가 나무를 하는 편이 편했다.

루엘이 일하는 곳은 '파필리아'로, 구온 시에서 가장 유명한 고급 유곽이었다. 파필리아의 주인인 쥬엔과는 몇 년 전에 우연히 알게 되었다. 쥬엔은 감사하게도 길거리 생활을 하던 루엘을 일꾼으로 받아 주었다.

동료 일꾼들에게 형편없는 대우를 받긴 했지만, 거리를 떠돌 때보다는 나은 생활이었다. 삼시 세끼를 제때 먹을 수 있고, 따뜻한 침대에서 잘 수 있다는 것만으로도 족했다.

잿빛 망토의 모자를 푹 눌러쓰고 서쪽 성문을 향해 걸었다. 성문을 나가면 숲이 있는데, 나무가 잘 자라서 장작을 장만하기 좋았다.

고개를 숙이고 걷는 얼굴은 흉측한 얼굴을 사람들에게 보이고 싶지 않기 때문이다. 창피해서가 아니라 상대가 보기 역겨워했다.

해가 지기 전에 일을 끝낼 요량으로 걸음을 서두르다가, 맞은편에서 오는 남자를 못 봤다. 툭, 부딪쳤는데 힘을 이기지 못하고 휘청거리다가 넘어질 뻔했다. 남자가 루엘의 팔뚝을 강하게 잡아끌었다.

"어이쿠. 숙녀분께 실례를 범할 뻔했군. 미안."

"아닙니다. 저도 똑바로 보질 못했습니다. 죄송합니다."

별생각 없이 사과를 받아 주고 다시 걷다가 우뚝 멈춰 섰다.

'방금 분명 숙녀분이라고…….'

휙 돌아서서 남자의 뒷모습을 노려봤다. 남자는 키가 크고, 어

깨가 넓었다. 짙은 갈색 머리카락에 허리춤에는 롱소드를 차고
있었다.

루엘은 달려가 그의 손목을 붙잡았다. 남자가 무슨 일이냐는
듯 루엘을 내려다봤다. 태양의 세례를 받은 듯 까무잡잡한 피부
는 건강해 보였고, 다정한 말투와 달리 매서운 눈매를 지닌 남자
였다.

"방금 뭐라고……?"

"음? 방금? 숙녀분께 실례를 범할 뻔했다고 했는데?"

"……나는, 남잡니다."

"그런가?"

"네, 나는 남자입니다. 아, 내 이름은…… 저기, 내 이름은 루
라고 합니다."

뒤늦게 달려와서 반박하는 꼴이 더 우습다는 것을 그제야 깨
닫고, 변명처럼 이름을 말했다. 그의 주의를 분산시키기 위한 것
이었는데, 그저 바보 같아 보이기만 했다.

"아, 그래. 난 와칸이다. 그런데 말이야. 내가 잘못 본 걸지도
모르지만 넌 내 눈엔 근사한 숙녀로 보이는데."

"나는……!"

거기까지 말한 루엘은 입을 다물었다. 와칸의 뒤쪽으로 쥬엔
이 붉은 머리의 남자와 함께 걸어가는 모습이 보였기 때문이다.
루엘은 골목 쪽으로 와칸을 잡아끌었다. 와칸은 의외로 순순히
끌려와 주었다.

쥬엔과 함께 있는 붉은 머리의 남자는 몇 번 본 적 있는 얼굴이었다. 쿠반이라고 했던가. 유쾌하지만 시끄러운 남자였다.

'쥬엔이 왜 저 남자랑?'

아니, 이런 걸 생각하고 있을 때가 아니다.

쥬엔과 쿠반이 사라진 후, 루엘은 와칸을 올려다봤다.

"나는 남잡니다."

"아까 그냥 스쳐 지나간 걸로 끝났다면 그럴지도 모르겠다고 생각하겠지만, 이렇게 따라와서 굳이 남자라고 주입시키는 건 이상하지 않나? 난 여자야, 라고 주장하는 꼴인데."

옳은 말이었다. 루엘은 아랫입술을 잘근 깨물었다.

"왜 남자인 척하는지는 모르겠지만 아무한테도 말할 생각 없으니 안심해. 네 성별이 남자든 여자든, 나랑은 아무 상관없으니까."

"……네."

"아, 그래도 우리 대장은 조심하는 게 좋을 거다. 나보다 사람 보는 눈이 있거든. 아마 네가 여자라는 걸 바로 알아낼지도."

"대장이라 함은……?"

"아, 이런. 내가 너무 말을 많이 했군. 그 눈 때문인가?"

그가 루엘의 새파란 눈동자를 빤히 응시했다. 그러고 보니 쥬엔도 루엘의 눈동자를 마음에 들어 했었다.

아무에게도 말하지 않을 테니 안심하라는 말을 남기고 와칸은 자리를 떠났다. 루엘은 그의 모습이 보이지 않기를 기다렸다가, 나무를 하기 위해 서쪽 성문으로 향했다.

*　　　*　　　*

'파필리아'의 주인인 쥬엔은 어지간해서는 만나기 힘든 인물이었다. 그녀는 돈이든, 권력이든 최고인 남자에게만 시간을 내주었다.

그런 그녀가 작은 여관에서 머무는 정체 모를 남자인 쿠반을 따라온 이유는, 그에게 무언가 있는 듯 보였기 때문이었다.

남자다운 외모를 지닌 쿠반이 구온 시에 나타난 것은 한 달 전이었다. 그는 술과 음악, 여자를 좋아하는 방탕한 사람처럼 굴었다.

하지만 쥬엔은 그가 의미 없는 듯 킬킬거리면서도 구온 시의 정보를 얻고 있다는 것을 눈치챘다. 그러던 중에 쿠반이 당당하게 쥬엔의 저택을 찾아왔던 것이다.

　―어이, 네가 파필리아의 주인 쥬엔이냐?
　―그렇다면요?
　―네가 그렇게 죽여준다며? 너, 나랑 자자.

구온 시에 흘러들어 온 지 올해로 5년. 이렇다 할 신분도 없는 여자이지만 무시당한 적은 없었다. 그런데 어디서 굴러왔는지도 모를 놈팡이가 감히 그따위로 행동하다니.

울컥 화가 나는 한편, 그의 잿빛 눈동자가 탐나기도 했다. 빨간 머리카락 아래로 언뜻 보이는 잿빛 눈동자는 맑고 흔들림이 없었다.

'앞으로 내 앞에서 건방진 소리 못 하게 만들어 주겠어.'

쿠반과 함께 걸어가며 각오를 다지느라 그가 파필리아 쪽으로 향하고 있다는 걸 깨닫지 못했다. 파필리아의 화려한 건물 앞에 멈췄을 때에야, 쥬엔은 이곳이 자신의 가게 앞이라는 걸 깨달았다.

"여긴……?"

쿠반이 씩 웃었다. 거칠지만 청량함이 느껴지는 미소였다.

"일꾼들에게 여주인의 신음 소리를 들려주자고."

"자신만만하시군요. 당신이 날 느끼게 할 수나 있을 것 같아요?"

"못할 건 없잖아. 들어가자고."

쿠반이 문을 열었다. 가게의 경비를 맡고 있는 용병들이 험악한 기세로 앞을 막았지만, 쿠반은 거침이 없었다.

"비켜, 여주인의 행차시다."

비아냥거리는 말투에 용병들의 표정이 거칠어졌다. 하지만 쿠반은 눈썹 하나 꿈틀거리지 않았다. 방어 자세 또한 취하지 않았다.

'역시 이 사내는 범상치 않아. 분명 뭔가 있을 거야.'

쥬엔은 앞으로 나서 충성스러운 용병들에게 말했다.

"내 손님입니다."

용병들은 쿠반을 한 번 노려보고는 옆으로 비켜섰다.

"괜한 분란 일으키지 마세요."

쥬엔은 제집처럼 걸어가는 쿠반에게 말했다. 일꾼들이 가게에 일찍 나온 쥬엔을 흘끔흘끔 쳐다봤다. 안쪽에서 일하는 일꾼들은 입이 무거웠다. 쥬엔이 얼마 전 도시에 들어온 붉은 머리의 사내와 동침했다는 소문이 퍼질 일은 없을 것이다.

"환각 향은 쓰지 마."

방에 들어가자마자 향에 불을 붙이려는 쥬엔에게 쿠반이 말했다. 명령조의 말투가 기분 나빴다.

"내게 명령하지…… 읍……!"

쿠반이 쥬엔의 손목을 잡아 뒤로 돌려세우더니 갑자기 입을 맞춰 왔다.

입맞춤은 성스러운 행위였다. 첫 키스를 한 상대와는 반드시 혼인을 해야 하는 규칙이 있는 곳에서, 쥬엔은 태어났다. 그래서 쥬엔은 아무리 귀한 집 자제를 상대하더라도 키스만큼은 하지 않았었다.

그런데 이따위, 정체도 모를 불한당에게 입술을 빼앗기다니.

밀어내야만 한다. 놈의 사타구니를 세게 걷어차면 어쩔 수 없이 물러설 것이다.

하지만 쥬엔은 꼼짝도 할 수 없었다.

수많은 남자와 몸을 섞었지만, 키스는 처음이었다. 처음으로 경험하는 입맞춤은 놀랍도록 감미로웠다.

쿠반은 생김새와 달리 섬세하게 키스를 했다. 그의 뜨거운 입술이 쥬엔의 보드라운 입술을 머금었다가 빨아들였다. 그의 혀가 쥬엔의 입술을 더듬다가 안으로 들어왔다. 잇몸을 가볍게 핥아 입을 벌리게 만든 쿠반은, 더 깊이 혀를 밀어 넣었다.

혀와 혀가 얽히고 타액이 섞였다. 그 능숙한 키스에 쥬엔은 온몸이 꿀처럼 녹아내리는 것 같은 느낌을 받았다.

쿠반은 키스를 하며 쥬엔의 매끄러운 등을 쓰다듬었고, 천천히 손을 내려 둔부를 더듬었다.

"으음……."

쥬엔의 몸은 키스 때문에 예민해진 터라, 옷자락 너머로 스치는 손길만으로도 신음이 흘러나왔다. 쥬엔의 숨이 거칠어지자 그는 능숙하게 쥬엔의 드레스 자락을 걷어 올렸다. 그러자 쥬엔의 늘씬한 허벅지가 드러났다.

쿠반은 쥬엔의 허벅지를 쓰다듬었다. 궂은일을 많이 한 듯한 그의 거친 손바닥이 자극적이었다. 쥬엔은 신음을 흘리며 저도 모르게 손을 뻗어 그의 목을 끌어안았다. 쿠반의 눈이 만족스러운 듯 가늘어졌다.

그와의 행위는 뜨거웠고, 쥬엔은 지금껏 느껴 보지 못한 감각을 느꼈다. 헐떡거리는 쥬엔에게, 쿠반이 씩 웃으며 말했다.

"내 덕에 죽여주게 즐거웠다면 정보를 하나 줘야겠는데."

*   *   *

한낮이기는 해도 숲 속의 깊은 곳은 어두웠다. 나무를 하기 적당한 곳이 있지만 거긴 구온 시 소속 나무꾼의 지역이었다. 괜히 발을 디뎠다가 분란을 일으키고 싶지 않았다.

안으로 들어갈수록 길이 험해졌다. 사람이 다니는 길에서 벗어났기 때문이다. 무성한 나뭇잎이 햇빛을 가렸고, 위험한 들짐승이 바스락거리는 소리가 들려왔다. 하지만 루엘은 두려운 기색 없이 성큼성큼 걸어갔다.

"이걸로 할까?"

루엘은 5미터쯤 될 법한 나무 앞에서 멈췄다. 베려면 시간이 걸릴 것 같은 두꺼운 나무였다.

루엘은 들고 온 도끼를 내려놓고, 늘 허리춤에 매고 다니는 롱소드 두 자루를 뽑아 들었다. 양손에 검을 하나씩 쥔 루엘은 가만히 나무를 노려봤다.

루엘의 새파란 눈동자가 반짝 빛을 냈고, 두 자루의 롱소드가 은빛 꼬리를 휘날리며 춤을 추기 시작했다.

롱소드는 나무 밑동부터 장작으로 쓰기 좋은 크기로 잘라 나갔다.

휘익— 휘익—

투욱— 투두둑—

롱소드가 공기를 가를 때마다 잘린 나무가 떨어지며 나무의 길이가 줄어들었다.

'하나, 둘, 셋, 넷.'

루엘은 검을 휘두르며 속으로 숫자를 세고 있었다. 꼭 필요한 일은 아니고 그저 습관이었다. 거의 무아지경으로 검을 휘두르며 숫자를 세던 루엘은 문득 흘러내리는 은빛 물결을 보았다.

'물이…… 물?'

뒤늦게 정신을 차리고 검을 멈췄다.

쿵—!

미처 베지 못해 남은 나무와 함께 희고 검은 덩어리 하나가 바닥으로 떨어졌다.

루엘은 눈을 크게 뜨고 그것을 응시했다.

그것은 장작과 나뭇가지, 나뭇잎 사이에 묻혀 꿈틀거리고 있었다.

"으으……."

그것이 낮은 신음 소리를 냈다. 그제야 루엘은 '그것'이 사람이라는 것을 깨달았다.

목덜미를 덮는 은발이 시리도록 아름다운 빛을 뿌리고 있었다.

"죽을 뻔했네."

몸을 일으킨 남자는 머리를 긁적이며 중얼거렸다.

키가 190cm쯤 되는 남자였다. 은발 아래에 자리 잡은 얼굴은 희고 아름다웠다.

진회색 눈썹과 갸름한 눈매, 그 안에 갇힌 눈동자는 루비보다 아름다운 빨간색이었다. 오뚝한 코와 얇고 붉은 입술, 굵고 긴 목과 넓은 어깨, 단단해 보이는 가슴과 긴 다리.

루엘은 숨을 멈추고 그의 얼굴을 멍하니 응시했다.

많은 시간이 흘렀다. 그리고 많이 변했다.

그러나 루엘은 기억했다.

저 아름다운 얼굴을, 저 눈부신 은발과 반짝이는 붉은 눈동자를. 오래전 어린 마음에 갖고 싶어 했던, 티그리스 검은 호랑이의 하나뿐인 아들을.

* * *

그는 누가 봐도 잠에서 막 깬 사람처럼 나른한 표정이었다. 루엘은 숨이 막힐 정도로 놀랐지만, 그는 무심히 이쪽을 응시하고 있었다.

문득 루엘은, 자신이 얼마나 형편없는 몰골인지 깨달았다. 화상을 입은 듯 일그러진 흉터가 있는 얼굴. 이 얼굴을 그에게만큼은 보이고 싶지 않았다.

황급히 고개를 숙이려는데, 그의 시선이 갑자기 아래로 뚝 떨어졌다. 그의 눈동자는 루엘이 쥔 검으로 향해 있었다.

"그 검으로 이 나무를 조각낸 건가?"

그의 입술이 벌어지며 낮고 굵은 음성이 흘러나왔다. 오싹할 만큼 매혹적인 목소리였다.

"내 잠을 방해하다니. 죽음을 각오하고 한 짓이겠지?"

목소리는 느릿하지만 그의 붉은 눈동자에는 형형한 살기가 어려 있었다.

다른 때라면 곧바로 검을 들었을 것이다. 하지만 루엘은 꼼짝도 할 수가 없었다. 그의 살기가 두렵기 때문이 아니었다. 그 순간이 왔기 때문이었다.

부모님이 돌아가신 후 12년. 그 고통스러운 기다림의 나날이 떠올랐다.

흉측한 외모와 애교 없는 성격 탓에, 거리 생활을 할 때도 이리저리 구박만 받았다. 구타를 당하지 않는 날이 없을 정도로 험난한 생활이었다.

그런 생활을 견딜 수 있었던 이유는, 언젠가 그를 만날 수 있으리란 희망 때문이었다. 티그리스 선대 검은 호랑이의 하나뿐인 아들, 케이아스라는 이름을 가진 보석 같은 남자를.

'포기했는데……'

남몰래 품고 있던 희망의 불꽃이 꺼진 것은 몇 년 전의 일이었다. 운 좋게 쥬엔을 만나 파필리아에서 일을 하게 된 후, 이런저런 정보를 모을 수 있었다. 그중 하나가 '티그리스 선대 검은 호랑이의 아들은 죽었다.'라는 정보였다.

'포기했었는데……'

그때 꺼졌던 불꽃이 다시 타오르기 시작했다. 눈앞의 남자가 케이아스가 아닐지도 모른다는 의심은 조금도 없었다.

저 얼굴을 어찌 잊겠는가.

사랑이 뭔지도 모를 시절, 반짝거리며 가슴에 새겨진 얼굴인데.

그의 얼굴이 가까워지는 바람에 퍼뜩 정신을 차렸다. 방금 전 '살려 둘 수 없다!'고 선언한 그가 어느새 루엘의 바로 앞까지 와 있었다.

"흐음."

루엘의 앞에서 멈춘 그가 갑자기 미간을 좁혔다.

"너."

그가 허리를 굽혀 루엘의 목덜미 근처로 얼굴을 가까이 가져 갔다. 그의 숨결이 느껴졌다. 간지러우면서도 찌릿해지는 이상 한 감각에, 루엘은 주먹을 꽉 쥐었다.

"선대의 냄새가 나는군."

"그게 무슨……?"

할짝─

"으앗!"

그가 갑자기 목덜미를 핥는 바람에, 루엘은 소스라치게 놀라 비명을 지르고 말았다. 한 발자국 떨어져 그를 노려봤다. 그는 허리를 굽힌 자세 그대로 고개만 들어 루엘을 응시했다.

"너, 선대를 만난 적 있는 거냐?"

"……."

"뭐, 그 노인네. 돌아다니는 걸 좋아하니 만난 적이 있을지도 모르겠군. 가라, 이번엔 안 죽일 테니까."

그는 제 할 말을 끝내더니 주위를 둘러봤다. 적당한 나무를 찾아낸 그가 그곳을 향해 발을 옮겼다.

정신을 차린 루엘은 그에게 달려가 옷자락을 붙잡았다. 동시에 그가 휙 돌아서서 한 손으로 루엘의 목을 움켜쥐었다.

"큭……."

커다란 손이 루엘의 목을 부러뜨릴 듯 죄여 왔다.

"가라고 했을 텐데."

"저…… 저를……."

"선대와의 인연을 이유로 봐주는 건 한 번이다. 또 방해하면 죽인다."

그가 던지듯 루엘을 내려놨다.

"콜록, 저, 저를…… 콜록…… 부하로…… 삼아 주십시오……."

루엘은 새된 기침을 내뱉으면서도 간신히 말했다. 그가 미간을 좁혔다.

"부하? 난 그런 거 안 키운다. 개는 키워도. 귀찮게 하지 말고 꺼져."

"그럼 당신의 개가 되겠습니다!"

다급한 마음에 자신이 무슨 소리를 하는지도 몰랐다. 그런 루엘을 내려다보던 그의 얼굴에 냉소가 서렸다.

"내 개가 되겠다고?"

그제야 루엘은 자신이 무슨 말을 했는지 깨달았다. 하지만 후회는 없었다. 개든, 돼지든 상관없다. 그와 함께 다닐 수만 있다면. 그의 힘을 빌릴 수만 있다면. 그에게 있어서 어떤 존재가 되든 상관없었다.

부모님을 죽인 놈은 전보다 더 강한 권력을 얻어 행복하게 잘 지내고 있었다. 아마 루엘의 부모님에 대한 일도 잊었을 것이다. 놈에게 있어서 루엘의 부모님은 딱 그 정도의 가치밖에 안 되었을 테니까.

하지만 루엘에게는 아니었다. 루엘에게 있어서 부모님은 세상의 전부였다. 놈이 그 전부를 산산조각 내 버렸다. 이런 얼굴을 가지고 더러운 거리를 전전하며 살게 된 것, 지트 같은 놈의 발길질에도 숨을 죽여야 하는 것, 전부 놈 때문이었다.

"재미있는 녀석이군."

그가 조금도 재미있지 않다는 표정으로 중얼거렸다. 그에게서 흘러나오는 미미한 살기에 몸이 저릿했다. 하지만 루엘은 그를 똑바로 응시했다.

이런 얼굴이라고 수치스러워하는 감정을 갖는 것조차 사치다. 여성을 버렸고, 인간이기를 포기한 지 오래였다. 첫사랑에게 흉측한 얼굴을 보여 주는 게 뭐 어떻단 말인가. 어차피 두 번 다시 돌아오지 않을, 행복한 시절의 감정일 뿐인데.

"나는 아무한테나 꼬리를 흔드는 싸구려 개 따위, 필요 없어."

"제 꼬리는 당신 앞에서만 움직일 겁니다. 제 눈은 당신만 바라볼 거고, 제 귀는 당신의 명령만 들을 겁니다."

루엘이 천천히 말했다. 그의 표정이 묘하게 변하는 것을, 루엘은 미처 보지 못했다.

"당신이 키웠던 개들 중에, 그리고 앞으로 당신이 키울 개들 중에, 가장 충성스러운 개가 되겠습니다."

그의 한쪽 입꼬리가 올라갔다.

"이름이 뭐지?"

루엘은 잠시 망설였다. 이 남자에게라면 본명을 알려 줘도 되지 않을까. 하지만 곧 그 생각을 거뒀다. 본명을 알려 줘서는 안 된다. 그의 음성이, 저 유혹적인 목소리가 이름을 불러 주면, 분명 흔들리리라. 인간이기를 포기하겠다고 결심한 이 마음이.

"루."

마음을 정한 루엘이 말했다.

"루입니다."

"좋아, 루."

그가 다시 몸을 휙 돌리더니 걷기 시작했다.

"저기……."

"난 이제부터 수면을 취할 예정이다."

"아, 네에."

"넌 내 충성스러운 개니까, 주인이 한숨 자고 내려올 때까지 기다려. 앞으로는 '저기'가 아니라 '주인'이라고 부르고."

어디까지가 진심으로 어디까지가 농담인지 알 수 없었다. 커다란 나무 앞에 멈춘 그가 땅을 박차고 뛰어올랐고, 루엘은 더 이상 그를 붙잡지 않았다.

*　　*　　*

쥬엔은 옷매무새를 정돈하고 의자에 앉아 있었다. 귀족 부인이라고 해도 좋을 만큼 기품 있는 모습이었다. 뭇 남성들이라면 주눅이 들었을 것이다. 하지만 쿠반은 품위 없이 테이블에 발을 걸치고 의자에 앉아 있었다.

"정보라니, 어떤 정보를 말씀하시는 거죠?"

차분하게 되물어 본 이유는 그의 눈빛 때문이었다. 수많은 사람을 상대해 온 쥬엔은, 쿠반이 위험한 남자라는 것을 한눈에 알 수 있었다.

그의 눈동자에 다분한 장난기. 하지만 쥬엔은 그 안에 웅크리고 있는 살기를 느낄 수 있었다. 쿠반은 수틀리면 이것저것 따지지 않고 상대를 죽일 수 있는 남자였다. 게다가 강하다. 뭘 어떻게 해도 이길 수 있을 것 같지가 않았다.

"이 거리의 주인이 누구지?"

"이 거리의 주인이야 당연히 영주이신 카터 메르앙 백작……."

"나 지금 장난치는 거 아닌데."

쿠반의 음성이 낮아졌다. 쥬엔은 오싹함과 동시에 쾌감을 느껐다. 배우자로 삼아야만 하는 첫 키스의 상대는 목소리만으로도 이 몸을 제압할 수 있을 정도로 강하다.

'그래, 나 쥬엔의 배우자가 되려면 이 정도는 되어야지.'

아마 쿠반은 상상도 못 할 생각을 하며, 쥬엔은 대답했다.

"포르쿠스라는 폭력 조직이 군림하고 있었어요, 1년 전까지는. 1년 전에 포르쿠스의 선대 대장이 후계자를 지목하지 못하고 죽었죠."

"왜 죽었어?"

"의사 말로는 뇌에 있던 무슨 혈관이 터졌다고 하더라고요."

"개죽음이었네. 그래서 지금은? 후계자 싸움이 계속되고 있는 거냐?"

"왼팔, 오른팔을 자처하던 부하들이 네 명 있었어요. 잭, 카룬, 왓터, 히센. 다들 거점으로 주점을 하나씩 손에 넣고 자리싸움을 하고 있는 중이죠. 밤만 되면 사람이 죽어 나가는 거리예요, 구온 시 상점가는. 그건 쿠반 님도 알고 계시죠?"

쿠반이 씩 웃었다.

"알지. 위험천만한 거리던데. 아주 재미있어."

쥬엔은 쿠반의 눈빛이 마음에 들었다. 마치 그는 짐승 같은 느낌을 풍겼다. 길들여지지 않은 맹수.

'그리고 내 취미는 맹수를 길들이는 거지.'

쥬엔은 옅은 미소를 지으며 천천히 일어나 쿠반에게 다가갔다. 걸을 때마다 쥬엔의 풍만한 엉덩이가 낭창낭창 흔들렸다.

"그리고 쿠반 님. 내가 좀 더 재미있는 정보를 드릴까요?"

"나야 좋지. 뭔데?"

건성으로 묻는 쿠반을 향해, 쥬엔은 허리를 굽혔다. 그리고 그의 귀 가까이로 입술을 가지고 갔다. 쥬엔이 내뱉는 숨이 그의 귓가를 간질였지만, 그는 움찔하지도 않았다. 상관없었다.

쿠반 정도 되는 사내라면 알고 있을 테니까. 앞으로 하는 말의 의미를.

"난 말이죠. 오늘 당신과 한 키스가 첫 키스였어요."

"우화하하핫! 그런 거짓말은……."

"쉬잇. 내 말 아직 안 끝났어요."

쥬엔이 검지로 쿠반의 입술을 꾹 누르며 덧붙였다.

"그리고 난 시카족이에요."

쿠반은 도망치듯 파필리아를 빠져나왔다. 따라올 줄 알았던 쥬엔이 뒤를 쫓는 기색은 없었다.

상당히 오랜 시간 안에 있었던 모양이다. 밖은 이미 어두웠다.

'제길! 시카족이었다니.'

몰랐다. 이 도시에 시카족이 있을 줄은.

'제기랄!'

당장은 조용히 있으라는 대장의 명령만 아니었다면 자신은 아마 쥬엔을 죽였을 것이다.

'대체 시카족 계집이 왜 여기 있는 거야? 왜!'

시카족의 규칙에 대해 알고 있었다. 시카족의 여성은 첫 키스의 상대와 결혼을 해야만 한다. 그 규칙을 지키기 위해, 시카족의 여성은 뭐든 했다.

'엄청 끈질기다고 들었는데. 아, 그냥 가서 죽여 버릴까? 대장한테 들키지만 않으면 되는 거잖아. 시체만 잘 처리하면…….'

"쿠반."

다시 파필리아로 돌아가려고 걸음을 돌리는데, 귀에 익은 목소리가 들려왔다.

"와, 와칸."

망했다. 하필이면 와칸과 마주치다니.

와칸은 충성스럽고 고지식한 놈이었다. 대장의 명령이라면 이유 불문하고 따른다. 사정을 설명해도 온 힘을 다해 쿠반을 막을 것이 분명했다. 게다가 아직은 와칸이 쿠반보다 조금 강했다.

'그래, 뭐. 아직 아무 일도 벌어지지 않았으니까 놔둬도 상관없겠지. 부족을 떠나서 여기 있는 걸 보면, 꼭 부족의 규칙을 지킬 생각은 없는지도 몰라.'

쿠반은 단순한 성격이었다. 일단 그렇게 결론을 짓고 나자 마음이 가벼워졌다. 그래, 그 여자가 쫓아다닐 일은 없다.

"여어. 벌써 도착한 거냐?"

와칸은 게으른 대장을 모시고 오는 역할이었다. 허구한 날 잠을 자는 대장이라 더 늦을 줄 알았는데, 의외로 빨리 도착했다.

"그래. 낮에 들어왔다."

"대장은?"

"여독을 푸는 중."

"어디서?"

와칸이 성문 바깥쪽을 가리켰다.

"대장도 참…… 이왕이면 여관에서 잘 것이지. 넌 뭐했냐, 나 없이."

"평화로운 시간을 즐겼지. 구온 시의 지리를 익혔다. 넌?"

"나도 이것저것 정보를 얻어 뒀지. 대장 올 때까지 술이나 마실래?"

"좋지. 괜찮은 가게 아나?"

"글쎄. 다 고만고만하긴 한데."

쿠반이 뭔가 계획하는 듯 눈을 반짝 빛냈다.

"잭이란 놈이 운영한다는 가게에나 가 볼까?"

*　　*　　*

어둠이 내려앉았다. 숲의 밤은 도시의 밤보다 음산했다. 어둠 속에서 짐승들이 돌아다니는 듯 부스럭거리는 소리가 들려왔다. 하지만 루는 그쪽으로 시선도 주지 않았다.

'이상한 녀석이군.'

케이는 두꺼운 나뭇가지에 몸을 눕힌 채, 아래를 내려다봤다.

'진짜로 내 개가 되려는 건가?'

잠에서 깬 지는 한참이 지났다. 기지개를 켜다가 흘끔 아래를 봤는데, 루가 진짜로 기다리고 있어서 놀랐다. 속으로 욕을 하면서 돌아갈 줄 알았는데.

'무슨 꿍꿍이지? 선대의 냄새가 나는 걸로 봐선, 나에 대해서도 어느 정도 아는 것 같은데…… 놈들이 보낸 암살자인가?'

케이는 손가락으로 나뭇가지를 톡톡 두드리며 루가 검을 다루던 모습을 떠올렸다. 쌍검을 쓰는 자들은 보통 가볍고 짧은 검을 사용한다. 실전에서 두 개의 검을 동시에 움직인다는 게 쉬운 일이 아니기 때문이다.

하지만 루는 긴 장검 두 개를 자유자재로 다뤘다. 나뭇잎 사이로 떨어지는 햇살 사이에서 쌍검을 휘두르는 그의 모습은, 마치 춤을 추는 듯 아름다웠다.

루에게는 심한 화상 흉터가 있었다. 언뜻 보인 목덜미와 손목에도 있는 걸 보면, 전신에 불이 붙었던 적이 있었던 것 같다.

'불을 붙인 놈에게 복수를 하고 싶은 건가?'

케이는 다시 눈을 감았다.

아주 오랫동안 잊고 있었던 것이 하나 있었다. 아까 루와 눈이 마주쳤을 때, 깊은 수면 아래에 가라앉아 있던 그리운 추억 하나가 불쑥 떠올랐다.

어릴 적 잠깐 마주쳤던 어느 상인의 딸. 어떻게 생겼었는지는 기억이 나지 않지만, 딱 하나 기억나는 게 있다.

그녀의 새파란 눈동자. 세상 무엇보다도 맑고 투명했던, 그 시리도록 아름다운 눈동자.

루의 눈동자는, 그 소녀의 눈동자와 무척이나 비슷했다.

얼마나 오랫동안 이렇게 서 있었던 걸까.

루엘은, 아니, 이제 온전히 루가 된 그녀는 어둠 속을 가만히 응시하고 있었다.

탁—

바닥에 내려서는 작은 소리와 함께 그가 모습을 드러냈다.

"이런다고 널 충성스럽다고 여기진 않는다."

"기다리라 하셔서 기다렸을 뿐입니다."

"내 아버지를 만난 적이 있는 건가?"

"네."

"그렇군. 그 노인네랑 뭘 했지?"

"조언을…… 구했습니다."

그리고 내 몸을 이렇게 만들어 주셨습니다, 라는 말까지 해도 괜찮을지 망설여졌다. 답은 금방 나왔다. 어차피 여자를 버린 몸, 외모 따위 아무려면 어떠랴. 그냥 말하지 않는 게 낫겠다.

"조언이라. 네 복수에 대한?"

"……선대께 들으셨습니까?"

"추측. 지금 나는 아무리 봐도 부랑자인데, 내 개가 되겠다고 자처하는 이유에 대해 생각을 해 봤지. 하지만 잘못 선택했다.

난 이제 힘도 없고 뒷배도 없으니까."

루는 대답하지 않았다.

"난 이제 티그리스가 아니야."

그가 가벼운 말투로 덧붙였다. 루는 대답 없이 그를 빤히 응시하기만 했다. 그가 묘한 표정을 지으며 루의 눈동자를 보다가 고개를 살짝 저었다.

"주인을 바꾸려면 지금이 기회다. 좀 더 힘 있는 녀석을 찾아봐."

"저는 지난 12년이란 시간 동안 당신만 기다렸습니다. 당신이면 됩니다."

케이가 인상을 찌푸렸다.

"그렇게 빤히 쳐다보는 건 버릇인가?"

"불쾌하시다면 고치겠습니다."

"아니, 됐다."

그가 걸음을 옮기기 시작했다. 루는 말없이 그의 뒤를 따랐다.

저벅저벅—

자박자박—

둘의 발걸음 소리가 어두운 숲에 작게 울려 퍼졌다.

케이는 뒤에서 따라오는 루의 존재가 신경에 거슬렸다.

'미쳤군. 사내 녀석이 하는 말에 두근거리다니.'

—당신만 기다렸습니다. 당신이면 됩니다.

루의 약간 톤이 높은 허스키한 음성이 그리 말했을 때, 심장이
콱 옥죄는 느낌을 받았다. 아마 녀석의 목소리가 너무 진지하기
때문일 것이다. 아니면 녀석의 눈동자가 옛날에 만났던 소녀를
떠오르게 만들기 때문일지도.

"주인님."

루가 케이를 부른 것은 막 숲을 빠져나왔을 때였다.

'주인님?'

의아해하다가 자신이 주인님이라고 부르라 했다는 걸 떠올렸
다. 케이는 우뚝 멈춰 서 뒤를 돌아봤다. 걸음을 멈춘 루가 무슨
일이냐는 듯 케이를 빤히 응시했다.

달빛에 빛나는 루의 새파란 눈동자는 무섭도록 깨끗하고 흔
들림이 없었다. 보이는 이의 속마음을 고스란히 비출 듯 맑아서
똑바로 보기 힘들었다.

"케이라고 불러."

"주인님이라고 부르겠습니다."

기다리라는 말에 몇 시간이고 기다렸던 녀석이니, 명령을 하
면 당연히 따를 줄 알았다. 하지만 의외로 고집을 부려서 놀라고
말았다.

"왜?"

"이름을 부르면……."

거기까지 말하고 루가 난처한 듯 눈을 내리깔았다. 긴 속눈썹이 푸른 눈동자 위에 그림자를 드리웠다. 달빛 아래서 곤란하단 표정을 짓고 있는 녀석이 묘하게 색정적으로 보여, 케이는 저도 모르게 뒷걸음질을 치고 말았다.

'저 녀석은 뭔가 이상해. 선대가 이상한 마법이라도 걸었나?'

사내놈을 보면서 색정적이라는 생각을 하다니.

남색을 즐기는 놈들도 있다지만, 케이는 절대 싫었다. 남자와 알몸으로 침대 위에서 뒹굴다니. 그런 건 상상하기도 싫을 만큼 끔찍하다.

고개를 든 루는, 질린 표정으로 서 있는 케이를 보고 아차 싶었다.

방금 너무 여자 같은 표정을 지었던 걸까?

'당신의 이름을 입에 담으면, 어린 날 품었던 감정이 싹을 틔울 것 같아서요.' 따위의 말은 절대로 할 수 없었다.

"그래, 호칭 따위야 아무래도 좋겠지. 왜 부른 거냐?"

"도시에서 묵을 곳은 있으십니까?"

"묵을 곳이라. 어디든 누우면 그곳이 내가 묵을 곳이겠지."

어디든 눕겠다니. 그런 건 곤란하다. 숲에서라면 상관없지만 도시 길바닥에 누워 있으면 부랑자로 취급을 받기 십상이었다.

"딱히 숙소를 정하신 것이 아니라면 제가 알아보겠습니다."

"그럴 필요는 없다. 먼저 도시에 들어간 녀석들이 있으니까."

"아, 일행이 있으십니까?"

어째서인지, 아까 만났던 와칸이란 남자가 떠올랐다. 그 남자가 일행이면 안 될 텐데.

"그래. 게다가 넌 내 개가 되겠다고 하지 않았나? 개면 개답게 내 옆에 딱 붙어서 꼬리나 흔들어."

             *   *   *

성안에 들어가자마자 커다란 형체의 그림자 두 개가 둘을 막아섰다. 상대를 확인한 루는 당황했다.

와칸과 쿠반이었다.

쿠반은 아무래도 좋았다. 문제는 와칸이었다. 와칸은 루가 여자라는 것을 아는 유일한 인물이었다. 하필이면 그 남자가 케이의 일행이라니. 와칸은 아무에게도 말하지 않을 거라고 했지만, 그 말을 곧이곧대로 믿을 수는 없었다.

케이는 저들을 '수발을 들어주는 녀석들'이라고 표현했다. 그렇다면 케이의 부하일 것이다. 와칸은 척 보기에도 충성스럽고 완고할 것 같은 이미지였다. 루가 케이의 개가 되기로 했다는 걸 알면, 케이에게 사실을 털어놓지 않을까.

와칸 쪽도 루가 케이와 함께 있는 모습에 놀란 것 같았다. 루는 와칸을 시선을 피했다.

"대장, 그건 뭐요?"

쿠반이 루를 가리키며 물었다.

"내 개."

루는 주먹을 꽉 쥐었다. 어떡하지. 와칸이 전부 다 말해 버리면 어떡하지.

여자라는 걸 들키는 게 두려운 게 아니었다. 케이를 속였다는 걸 들키는 게 싫었다. 자신을 속인 걸 알면, 케이는 두 번 다시 루를 믿어 주지 않을 터였다.

'아니. 믿고 받아 준다고 해도 문제야. 여자로 돌아가서 그의 옆에 서게 되면 나는…… 욕심을 내게 될 거야. 저 눈동자를.'

어린 시절 풋사랑의 추억 따위에 흔들릴 때가 아니었다. 그를 만나길 소망한 것은, 그의 애정을 받고 싶어서가 아니었다. 12년 전, 행복했던 그 시절을 박살 낸 한 남자를 죽이기 위해서였다.

그때까지는 자신도, 마음도 버려야만 했다.

"개? 개라니. 멍멍 짖는 그 개 말이요?"

쿠반의 황당하단 목소리에 루는 정신을 차렸다. 와칸은 말없이 루를 응시하고 있었다.

"그래."

케이가 짧게 대답하고 걸음을 옮겼다. 루는 서둘러 그의 뒤를 따랐다. 케이가 걸어가자 앞을 막고 있던 두 남자가 자연스럽게 양쪽 옆으로 비켜섰다. 루도 그 사이로 들어가려 했는데 쿠반이 갑자기 검을 뽑아 루를 향해 내리쳤다.

챙—

하지만 그 검은 루의 검에 막혔다.

"호오. 빠른데?"

쿠반이 혀를 내둘렀다.

"그래, 빠르지."

대꾸한 건 케이였다.

"분발해라, 쿠반. 내 개가 너보다 강하니까."

"뭐요? 대장, 그게 정말이요?"

"그래."

"이 비쩍 마른 놈이 나보다 강하다고?"

"두 번 말하게 하지 마."

케이는 차갑게 말했다.

"제길. 말도 안 돼, 나보다 강하다니. 그럴 리가 없잖아!"

"시끄러, 쿠반."

와칸이 쿠반의 뒤통수를 가볍게 때리고는 케이와 루의 뒤를
따라왔다.

"대장."

"그래, 와칸. 근사한 방을 구해 뒀겠지?"

"네, 방이라면 준비됐습니다. 그런데…… 그 아이의 이름은?"

그제야 루는 긴장을 풀 수 있었다. 와칸은 루의 이름을 알고
있었다. 그런데도 모르는 척해 준다는 것은, 아까 만났던 것 자
체를 없었던 일로 하겠다는 무언의 약속이었다.

통성명을 한 후 와칸과 쿠반이 앞장서서 걷기 시작했다. 그들
이 잡아 놓은 숙소로 가려는 모양이다.

대화 없이 걷다 보니 여러 가지 생각이 들기 시작했다.

'장작을 해 갔어야 했는데. 쥬엔한테 가게를 나오게 됐다는 이야기도 해야 하고. 한동안 묵던 곳을 떠나는 건데, 처리할 일이 별로 많지도 않구나.'

시선이 느껴졌다. 고개를 돌린 루은 케이와 눈이 딱 마주쳤다. 그의 눈동자는 달빛뿐인 어두운 거리에서도 아름답게 빛났다.

"하실 말씀이라도……?"

"가족은 없나?"

"……네, 없습니다."

"사는 곳은?"

"파필리아라는 가게에서 잡일꾼을 했습니다."

"파필리아라. 아름다운 창녀들이 많은 곳으로 유명하던데. 여자 경험은 많겠군."

생각지도 못한 말에 얼굴이 확 붉어졌다. 여자 경험이라니. 있는 게 이상하다.

"아니요, 저는…… 없습니다."

루는 눈을 아래로 깔며 대답했다.

"없다고? 나이가 몇인데?"

"올해 20살이 됐습니다."

"그렇군."

그는 다시 입을 다물었다. 하지만 여전히 그의 시선이 느껴졌다. 루는 그가 왜 이렇게 빤히 쳐다보는 건지 알 수 없었다.

설마 이 화상 흉터가 마법으로 만든 것이라는 걸 눈치챈 걸까? 아니면 루의 성별을 의심하고 있는 걸까?

풍만한 가슴을 감추기 위해 입은 가죽조끼가 유독 답답하게 느껴졌다. 그가 얼른 시선을 거두어 줬으면 좋겠다고 생각했다. 그의 새빨간 눈동자가 이쪽을 향하고 있는 걸 생각하는 것만으로도 심장이 반응을 했다.

'안 돼, 그만 생각해.'

어째서일까.

그를 본 것은 아주 오래전에 잠깐이었을 뿐인데. 대화 한 번 나누어 본 적이 없는데. 그저 그 길을 지나가는 그의 모습을 언뜻 훔쳐보았을 뿐인데.

왜 그때 품었던 감정이 이제 와서 또다시 싹을 틔우려 하는 걸까.

입 안의 살을 잘근잘근 깨물었다.

"처리할 일이 있겠군."

느닷없이 들려온 그의 음성에 화들짝 놀라, 안쪽의 살을 세게 씹고 말았다. 찝찔한 피 맛이 느껴졌다.

"네?"

"일했던 곳이 있다면 처리할 일이 있겠다고."

"아……."

"일단 네가 일하던 곳에 가 있어라."

"괜찮습니다."

"내 개는 아직 훈련이 안 됐군."

그의 음성이 차가워졌다. 명령을 듣지 않아 화가 난 것이다.

"일하던 곳에 가 있어라. 적당할 때 데리러 갈 테니까."

"네, 주인님."

"와칸."

"네, 대장."

"루를 파필리아에 데려다주고 와라."

"네, 대장."

파필리아로 향하는 갈림길에서 케이, 쿠반과 헤어졌다. 그들이 어두운 골목으로 사라진 후, 와칸과 루도 걸음을 옮겼다.

"와칸 님."

"형님."

"네?"

"앞으로 함께할 거라면 형님이라고 불러."

"아······."

"대장은 한 번 곁에 두기로 하면 절대 그 말을 번복하지 않는 분이지. 안심해, 네가 대장을 떠날 수 있는 방법은 죽음뿐일 테니까. 아니, 이건 안심할 일이 아닌가?"

"감사합니다."

"뭐가?"

"비밀을 지켜 주셔서요."

"약속했으니까. 그런데 남자로 살아가는 이유가 뭐지?"

"거리에서 여자로 살아가기 힘들기 때문입니다."

여자로 돌아가면 당신의 대장을 향한 연심에 제동을 걸지 못할 것 같아서, 어린 시절 품었던 이 마음이 더 커져서 바보 같은 꿈을 꾸게 될 것만 같아서, 따위의 말은 하지 않았다.

"대장은 네가 쿠반보다 강하다고 했지. 쿠반은…… 바보 같은 놈이지만 실력만큼은 월등히 뛰어나. 네 실력이면 거리 생활이 두려울 이유가 없을 텐데."

"……네."

"다른 이유가 있나 보군."

입을 꾹 다물었다.

또 다른 이유가 있었다.

부모님을 죽인 '놈' 때문이었다. '놈'은 이제 루의 부모가 있었다는 사실조차 잊었겠지만, 혹시 모를 일이었다. 한때 자신이 갖고자 했던 여자의 딸이 살아 있다는 것을 알면, 그 딸이라도 손에 넣으려 할지도.

놈의 목에 칼을 댈 수 있을 때까지는 자신의 존재를 드러내고 싶지 않았다.

와칸은 대답을 재촉하지 않았다. 묵묵히 걷는 동안 파필리아에 도착했다. 환락가에 있는 파필리아는 이제부터가 시작이었다. 환락가에서도 월등히 커다란 파필리아의 건물에 달린 전구가 번쩍번쩍 빛을 뿌리고 있었다.

"데려다주셔서 감사합니다."

"루."

"네?"

"나랑 쿠반 앞에선 좀 더 편하게 행동해도 돼. 네가 충성을 바쳐야 할 사람은 우리가 아니라 대장이니까."

와칸이 떠난 후, 루는 파필리아의 뒷문을 통해 안으로 들어갔다. 몇 발자국 떼기도 전에, 뒤에서 누군가 달려들었다. 알고 있었지만 피하지 않았다. 날아오는 발차기에 맞은 루는 버티지 않고 앞으로 쓰러졌다.

퍼억— 퍽— 퍽—

무자비한 발길질이 쏟아졌다. 분주히 움직이던 일꾼들은 흘끗흘끗 쳐다보기만 할 뿐 아무도 도와주지 않았다.

"이 새끼! 장작 패 오라고 했더니 어디서 뭘 하다가 이제야 기어들어 오는 거야, 새꺄! 엉? 이 뻔뻔한 새끼! 너 때문에 내가 지배인한테 얼마나 혼났는지 알아? 엉?"

지트였다.

지트는 루를 죽이려고 결심한 듯 발길질을 멈추지 않았다.

지트는 날 왜 이렇게 싫어하는 걸까? 자기보다 약한 녀석을 괴롭히는 것으로 힘든 생활에 대한 분풀이를 하는 걸까?

루는 최대한 뼈가 상하지 않도록 몸을 웅크렸다. 온몸에 쏟아지는 구타에 정신이 아득해졌다.

*   *   *

파필리아에서 20분쯤 떨어진 거리에 있는 '쿠빌레'라는 이름
의 여관은 호화로웠다. 돈 많은 귀족이나 상인만 묵을 수 있는
곳인 듯, 종업원들의 태도도 정중했다.

쿠빌레 지하에는 이용객을 위한 주점이 있었다. 넓고 깨끗한
주점은 조용히 대화를 나눌 수 있는 룸이 준비되어 있었다.

케이와 쿠반은 그곳에서 술을 시켜 놓고 와칸을 기다리는 중
이었다.

테이블에 팔꿈치를 괴고 앉은 케이를, 쿠반은 불만스레 노려
봤다.

"할 말이라도 있는 거냐, 쿠반?"

"할 말이야 많죠, 대장. 대체 뭔 생각이요?"

"뭐가?"

"개 말이요."

"마음에 안 드나?"

"대장이 마음에 든다는데 내가 마음에 들고 안 들고 할 게 뭐
가 있겠수. 다만…… 그럴 가치가 있는 아이요?"

"글쎄."

케이의 입가에 미소가 어렸다.

"그거야 두고 보면 알겠지."

                    *   *   *

"늦었습니다."

와칸이 안으로 들어오며 말했다.

"루는 잘 들여보냈습니다."

"그래. 수고했다."

와칸이 쿠반의 옆에 앉았다. 쿠반이 와칸의 잔에 술을 따랐다. 향이 좋은 와인이었다. 그들은 한동안 말없이 술을 마셨다. 지루해진 쿠반이 담배를 꺼내 입에 물었다.

"대장 앞에선 자제해라, 쿠반."

"까다롭게 굴긴. 대장, 좀 피워도 되겠소?"

"그래."

"거봐, 대장은 이런 데서 너그럽다고."

케이가 제 편을 들어줘서 좋은지, 쿠반이 싱글싱글 웃으며 담배에 불을 붙였다. 한 모금 깊이 빨아들인 쿠반이 연기를 훅 내뱉었다. 룸 안에 퍼지는 잿빛 연기를 보며, 쿠반이 말했다.

"이 도시, 한동안 머물기에 괜찮은 것 같소."

"그래?"

"포르쿠스라는 조직이 있었는데 거기 대장이 후계자 지목을 못 하고 골로 갔답디다. 왼팔, 오른팔 자처하던 놈들이 네 놈 있었는데, 그놈들이 싸우는 중이고. 밤마다 자리싸움이 치열한 모양이요. 이 여관도 그놈들 중 한 놈이 운영하는 곳이고."

"흐음."

"대장, 이 여관 죽이지? 이 여관, 우리가 가집시다."

"난 시끄러운 건 질색이다, 쿠반."

"시끄러워지기 전에 싹 다 죽여 버리면 되는 거 아니요. 정리하고 텐치랑 유진도 불러들입시다."

"몸이 근질근질한가 보지, 쿠반?"

"그야 당연한 거 아니요. 검 좀 꺼낼까 하면 대장이 싹 다 정리를 해 버리니까."

"네가 너무 느린 거다."

"대장이 너무 빠른 거요. 게다가 그 상황에서 죽일 거라고 누가 생각이나 하겠수? 잠 좀 방해했다고 죽이다니."

"대장, 구온 시는 대륙 최동단에 위치했고, 항구가 있어서 이동도 용이합니다. 수도에서 멀리 떨어져 있어서 중앙관리의 손길도 거의 미치지 않고요. 거점으로 삼기 좋을 것 같습니다."

와칸이 말했다.

"거점이라."

케이는 손에 턱을 괴고 관심 없다는 듯 중얼거렸다.

쿠반과 와칸이 바라는 것이 무엇인지, 케이는 알고 있었다.

티그리스의 검은 호랑이.

원래 케이의 것이어야만 했던 그 칭호를 되찾길 바라는 것이다.

하지만 케이는 딱히 그 칭호에 욕심이 생기지 않았다. 내부 배신으로 선대가 죽던 그날, 티그리스 역시 사라졌다. 지금 티그리스에 있는 것은 썩은 고기를 먹는 들개들일 뿐이다.

세상 모든 것이 언젠가는 사라지게 마련이고, 사라진 것은 사라진 것으로 내버려 두면 된다. 케이는 굳이 과거의 유물을 끄집어내서 다시 한 번 반짝이게 만들 생각이 없었다.

쿠반과 와칸도 케이가 이런 생각을 품고 있다는 걸 알고 있을 것이다. 다만 인정하고 싶지 않아서 이런 부질없는 노력을 계속하는 것이겠지.

—당신만 기다렸습니다. 당신이면 됩니다.

문득 루의 목소리가 떠올랐다. 케이를 똑바로 응시하던, 무섭도록 새파란 눈동자도.

'녀석이 기다린 건 티그리스의 검은 호랑이겠지. 내가 검은 호랑이가 될 생각이 없다는 걸 알면 주인을 바꾸려나?'

케이는 피식 웃었다.

'뭐, 그렇게 놔둘 생각도 없지만.'

루를 받아들이기로 한 이유는, 선대의 흔적이 남아 있고 강하기 때문만은 아니었다. 오래전 풋풋했던 시절의 추억을 떠오르게 만드는 새파란 눈동자 때문이었다. 모든 것이 평화로웠던 시절, 나름의 꿈도 갖고 있었던 그때의 추억.

루는 아마도 티그리스의 힘을 빌리기 위해 개가 되겠다고 자처한 것 같은데, 그렇다면 녀석에겐 안된 일이다. 이쪽은 티그리스로 돌아갈 생각도 없거니와, 나중에 그 사실을 깨닫고 주인을 바꾸려고 해 봐야 죽은 목숨일 테니까.

"와칸, 내가 재미있는 거 하나 알려 줄까?"

케이의 말에 와칸이 미간을 좁혔다.

"아니요. 관심 없습니다."

"냉정하군, 와칸."

"재미있는 사실보다는 앞으로 어찌하실 건지 듣고 싶습니다."

와칸은 충성스럽지만 재미없는 녀석이다.

"일단 자고."

"또 주무슈? 어차피 죽으면 평생 잘 거 뭘 그리 꼬박꼬박 주무시려는 거요?"

쿠반은 유쾌하지만 시끄러운 녀석이다.

하지만 케이는 쿠반과 와칸이 마음에 들었다. 그러니까 당분간은 녀석들의 장단에 맞춰 주자.

"내일 이 여관 주인을 만나 보지."

"엥? 주인을 만나 본다고요? 죽이는 게 아니고?"

쿠반이 어리둥절해 했다.

"그래. 후계자 다툼 중에 이런 호화 여관을 조용히 운영하는 놈이 어떤 재주를 지녔는지 상당히 궁금하군."

　　　　　*　　　*　　　*

　루는 파필리아의 가장 안쪽에 있는 쥬엔의 사무실로 불려 갔다.

　지트에게 맞은 후 몸단장을 새로 할 새가 없었다. 찢어진 입술에는 피딱지가 앉았고, 눈두덩이는 붓고 옷은 흙투성이였다.

　"또 맞은 거니?"

　쥬엔이 미간을 좁히고 물었다. 루는 가볍게 고개를 끄덕이고 쥬엔의 옆에 서 있는 여자를 흘끗 쳐다봤다.

　여자는 찢어진 드레스 위에 숄을 걸치고 바들바들 떨고 있었는데, 흠씬 두들겨 맞고 온 루만큼이나 몰골이 엉망이었다. 함께 일하는 여자들이 그녀를 부축해 주고 있었다.

　"베키가 어제 쿠빌레에 묵는 귀족 나리에게 불려 갔다가 오늘까지 붙들려 있었대. 심한 고문을 당하다가 오늘 간신히 도망을 쳤다는구나."

　호화 여관인 쿠빌레는 파빌리아와 계약을 맺고 있었다. 보는 눈 때문에 파빌리아를 방문하지 못하는 귀족들을 위해 여자들을 제공받는 대신, 파빌리아를 다른 폭력배들의 손에서 보호해 준다는 계약이었다.

　하지만 귀족들 중에는 인식이 평민보다도 못한 환락가 여성을 버러지로 취급하는 자들이 상당히 많았다. 가학적 성향을 가진 몇몇 귀족들은 파빌리아의 여자를 초주검으로 만들어 돌려

보내기도 했고, 때로는 수위를 조절하지 못해 죽이는 경우도 있었다.

하지만 범인을 알기는 힘들었다. 귀족들은 정체를 드러내지 않기 위해 가면을 썼고, 정체를 아는 쿠빌레에서도 입을 다물고 귀족을 보호해 줬기 때문이다. 게다가 사람들의 반응 역시 '몸 파는 여자니 죽으면 좀 어때?'라서, 파필리아 측이 할 수 있는 일은 없었다.

"이제 와서 히센과의 계약을 끊을 수도 없고…… 애초에 그런 놈이랑은 계약을 하는 게 아니었는데."

쥬엔이 후회가 막심한 표정으로 중얼거렸다.

"상처를 좀 봐도 되겠습니까?"

"그래, 한번 봐 봐."

루가 다가가자 베키가 몸을 움츠렸다.

"으……."

혐오스럽다는 듯 인상을 찌푸린 베키의 동료가 작게 신음을 흘렸다.

파필리아에서 일하는 여자들은 루를 좋아하지 않았다. 화상 흉터가 끔찍했기 때문이었다. 모두가 그런 건 아니지만, 이런 식으로 티를 내는 여자들이 꼭 있었다. 새삼 상처를 받을 것도 없다.

베키도 루를 싫어하는 여자들 중 하나였다. 베키의 얼굴을 가린 머리카락을 루가 조심스레 걷어 내자, 베키는 인상을 찡그리고 몸을 떨었다. 루는 모르는 척 그녀의 상처를 꼼꼼히 살폈다.

"라벤다랑 비슷한 상처입니다."

라벤다는 저번 달 이 무렵에 죽은 여자였다. 심한 고문을 당하다가 죽었고, 하수도에 버려진 시체를 루가 찾아냈다.

"동일 인물인 것 같습니다."

루가 검사를 끝내자마자 베키가 얼른 뒷걸음질을 쳤다. 쥬엔이 못마땅하다는 듯 베키를 노려보다가 손을 휘저었다. 나가라는 뜻이었다. 베키와 그녀의 동료들이 나간 후, 쥬엔이 말했다.

"미안해, 루. 저 애들이 아직 어려서 네게 못되게 구는구나."

"아닙니다. 이 흉터는 제가 보기에도 끔찍한데요."

"넌 정말 착한 아이야. 그런 흉터만 아니었더라도 사랑을 받았을 텐데."

쥬엔이 곰방대를 물고 불을 붙였다. 천천히 담배를 피우는 쥬엔에게, 루가 물었다.

"죽일까요?"

"가능하겠니?"

"지난번에 봤을 때는 경호원이 둘 붙어 있었습니다. 용병인 듯하고, 제가 질 것 같진 않습니다. 도시에서 멀어진 후 처리한 다음, 산적에게 당한 것처럼 위장하면 이쪽이 의심받진 않을 겁니다."

"그래, 네가 하는 말이니 틀림없겠지."

사실 이런 일이 처음은 아니었다.

루는 귀족이라는 점을 앞세워 여자를 함부로 다루는 놈들이 끔찍이도 싫었다. 1년 전, 어느 백작의 아들이 파필리아의 여자들을 다수 불러다가 죽인 일이 있었다.

놈은 이제 세상에 없다.

"일단 히셴에게 이 부분에 대해 서신을 보내는 게 좋을 것 같구나. 잠시만 기다리렴."

쥬엔은 책상으로 가서 고급 종이에 무언가를 적기 시작했다. 아마 이러이러한 일이 있었는데 또 이런 일이 생기면 곤란하다, 따위의 내용일 것이다.

히셴은 잔인한 성품을 지닌 인물이었다. 잘못 건드리면 파필리아 전체에 피바람이 불지도 모른다.

'내가 질 것 같진 않은데.'

히셴도, 그가 이끄는 부하들도 상대할 자신이 있었다. 다만 시끄러워지는 게 싫어서 가만히 있었을 뿐이다.

쥬엔이 밀봉한 편지를 루에게 건넸다.

"조심히 다녀와, 루. 상처를 치료할 의사를 불러 둘 테니까."

"괜찮습니다, 이런 건."

"내가 안 괜찮아서 그래."

루는 가볍게 고개를 숙이고 사무실에서 나갔다. 쥬엔은 푹신하고 긴 소파에 반쯤 누운 자세로 작게 한숨을 내쉬었다.

루에게는 큰 도움을 받은 적이 있다. 시카족은 은혜를 입으면 평생 그것을 잊지 않는다. 비록 지금은 고향에서 멀리 떨어진 곳에 있긴 하지만, 쥬엔 역시 시카족이었다.

대신에 쥬엔은 루에게 편히 할 수 있는 일을 맡기려 했지만,
루는 거절했다.

―눈에 띄는 것은 싫습니다. 잡일꾼이면 됩니다, 쥬엔
님.

저런 얼굴이라면 싫기도 할 것이다. 루의 전신에는 끔찍한 화
상 흉터가 있었다. 파필리아 여자들이 루의 흉터만 보면 몸서리
를 치는 이유를 모르는 건 아니었다.

'하지만 참 착한 아이인데. 신은 가혹하기도 하지.'

과거를 묻진 않았지만, 눈에 띄지 말아야 할 만큼 위험한 일이
있었던 게 틀림없었다. 어쩌면 학살에서 간신히 살아남아 도망
치는 몸일지도.

―다만 한 가지 부탁드리고 싶은 건, 언젠가 제가 떠나게
되면 보내 주십시오.

언제 떠나느냐고 묻자 루는 그리움인지 슬픔인지 모를 표정
을 지으며 답했다.

―제가 찾는 분을 찾게 되었을 때요.

쥬엔은 루가 좋았다. 루는 솔직하고 다정한 아이였다. 그래서 루와 쭉 함께 있고 싶었지만, 한편으로는 찾는 사람을 찾았으면 좋겠다고 생각하기도 했다.

그 사람을 찾게 되면, 루는 웃으면서 지낼 수 있지 않을까? 라는.

*　　*　　*

쥬엔에게 파필리아를 그만두겠다는 이야기를 했어야 했는데 깜빡했다. 귀족에게 죽을 뻔한 여자 일 때문에 잠시 다른 생각을 못 했다.

아무도 모르게 조용히 파필리아를 나와 걷는데, 무언가 북슬북슬한 것이 종아리에 엉겨 붙었다. 루의 표정이 밝아졌다.

"제미."

거리에 사는 떠돌이 개였는데 검고 북슬북슬한 털이 사랑스러웠다. 2년 전부터 오며 가며 남는 음식을 줬더니 루를 잘 따랐다.

처음에는 별생각이 없었는데, 매번 루를 볼 때마다 꼬리를 흔들어 주니 어느새 정이 들었다. 모두가 루의 흉측한 얼굴을 보며 피했지만 제미에게는 인간의 외모 따위는 아무 영향도 미치지 않았다.

"하루 종일 뭐했어? 맛있는 거 먹었어?"

"멍!"

"내가 깜빡하고 먹을 걸 안 들고 나왔네. 이따 일 끝내고 줄게. 심부름 가는 길이거든."

"멍멍."

제미는 마치 루의 말을 알아들은 것처럼 짖었다. 영리한 개였다.

"따라오게? 나 위험한 곳에 가는 거야. 오지 마."

옆을 따라오는 제미에게 말했지만 제미는 신나게 꼬리를 흔들며 계속해서 따라왔다. 헥헥거리는 제미의 얼굴을 보니 마음이 좀 가벼워졌다. 나중에 케이에게 제미를 함께 데리고 가도 되느냐고 물어봐도 괜찮을까.

케이라면 '개가 개를 키우는군.'하고 중얼거릴 것 같았다.

케이는 창틀에 한쪽 팔꿈치를 괴고 앉아 창밖을 응시했다. 청명한 밤하늘에 별이 반짝거리고 있었다. 구름 한 점 없는 맑은 밤하늘이다.

케이의 방은 2층이었고, 창문은 길 쪽으로 향해 있었다. 늦은 시간이라 아무도 없었다. 다들 잠이 들었는지 전 객실의 불이 꺼져 있었다. 어쩌면 케이처럼 불을 끈 채 창밖의 밤하늘을 구경하고 있는지도 모르겠다.

"카룬이 사거리 근처의 옷가게에 눈독을 들이고 있는 것 같습니다."

아래쪽에서 남자의 작은 목소리가 들려오는가 싶더니, 한 무리의 사내들이 정원으로 나오는 게 보였다. 케이는 무심히 그들을 내려다봤다.

"사거리까지 손을 뻗으려고 한단 말이야?"

남자치고는 한 톤 높은 목소리가 들려왔다.

"네, 대장. 어쩔까요? 애들을 보내 둘까요?"

케이의 한쪽 입꼬리가 올라갔다. 높은 목소리의 주인이 히센인 모양이다. 자세히 보니 호리호리한 체형의 연갈색 머리카락의 사내가 있었다. 어두워서 얼굴은 잘 보이지 않았다.

"아니, 일단은 두고 보는 게 좋겠어. 사거리 쪽은 잘못 건드리면 관리들이 움직일 거야. 정리도 안 된 상황에서 관리까지 끼어들면 귀찮아져."

히센이 차분하게 말했다.

왈! 왈!

개가 짖는 소리가 들려왔다.

"안 돼, 제미. 같이 가."

그리고 귀에 익은 목소리도.

"뭐야, 이 개새끼는!"

히센의 중얼거림과 동시에.

깨앵—!

개의 새된 비명 소리가 어둠의 침묵을 깨뜨렸다.

"제미!"

루의 음성이 공기를 갈랐고, 케이는 저도 모르게 벌떡 일어났다. 피비린내가 케이의 민감한 후각을 자극했다. 케이는 창틀을 두 손으로 짚고 아래를 내려다봤다.

어둠보다도 더 검은 머리카락을 가진 자그마한 체구의 루가 히센의 무리 앞에 우뚝 멈춰 있었다. 그리고 히센의 구둣발 아래에는 짓뭉개진 검은 개가 혀를 빼물고 죽어 있었다. 터진 배 밖으로 피가 흘러나오고 있었다. 지독한 광경이었다.

"제미……."

루가 믿을 수 없다는 듯 중얼거렸다.

"넌 뭐야?"

"형님, 저놈 파필리아의 괴물인데요."

파필리아의 괴물. 루는 이 도시에서 그렇게 불리는 모양이다. 케이는 어째서인지 울컥 화가 치밀었다.

'죽여야겠군.'

방금 그 말을 한 놈을 죽여야겠다. 그러지 않으면 이 짜증이 풀리지 않을 것 같으니까.

그렇게 결심했을 때였다.

차랑—

두 자루의 롱소드가 모습을 드러냈다.

*　　*　　*

루는 자신이 무엇을 하고 있는지 인지하지 못했다.

먼저 달려간 제미. 그리고 제미의 단말마와 피비린내, 그 끔찍한 광경.

루의 시야에 맺힌 영상은 그것뿐이었다. 손에 쥔 검이 어떤 방식으로 어떻게 움직이는지조차 깨닫지 못했다. 그저 제미와 자신의 사이를 가로막는 것을 얼른 해치우고, 제미의 시체를 거둬야 한다는 생각뿐이었다.

생각했던 것보다 더 크게, 제미가 루의 마음속에서 자리 잡고 있었던 모양이다. 그 어떤 기쁨도 없이 살아온 삶에서, 루를 볼 때마다 반가워 꼬리를 치는 그 존재가 무척이나 컸던 모양이다. 그 하나의 온기가 사라지는 순간, 처음으로 이성을 잃었다.

누군가 뒤에서 루를 끌어안고 루의 손목을 꽉 잡기 전까지, 검을 든 루의 춤사위는 계속되었다.

"그만."

루의 귓가에 낮은 음성이 맺혔다.

"그만해라, 루."

그제야 시야가 돌아왔다. 루는 꿈에서 깬 사람처럼 검 끝에 있는 것을 확인했다. 루의 검은 하얗게 질린 히센의 목을 베기 직전이었다.

루의 시선이 아래로 떨어졌다. 히센의 발치에는 여전히 제미의 시체가 있었다. 아까의 지독한 광경은 꿈이 아니었다.

"놔주세요, 주인님."

케이가 루의 허리를 한 팔로 단단히 감고 있었다.

"저자를 죽여야겠습니다."

"그만둬라, 루."

"개도 감정이 있습니다, 주인님."

"그래서 내게 이빨을 드러낼 생각이냐?"

"주인님께서 저를 때리고 벌주셔도 주인님께 이빨을 드러낼 일은 없습니다. 하지만 저자는 제 주인이 아니잖습니까."

"나는 저 녀석을 살려 둬야겠다."

"명령이십니까?"

"그래."

검을 내렸다. 그래도 케이는 루를 놔주지 않고 잠시 기다렸다. 루가 다시 검을 들지 않으리라는 걸 확신한 후에야, 케이는 루를 놔주었다.

루는 두 자루의 검을 검집에 집어넣고 제미를 향해 걸어갔다. 루는 울지 않았다. 작은 흐느낌도 없었다. 그저 떨리는 손으로, 축 늘어진 제미의 시체를 안아 들었을 뿐이었다.

"묻어 주고 오겠습니다."

"그래."

루가 어둠 속으로 사라졌다.

히센은 어디론가 도망친 후였다.

혼자 남은 케이는 주위를 둘러봤다. 루는 얼마 되지 않은 시간에 남자 여섯을 해치웠다. 그들이 비명을 지를 틈도 없었다. 놀라운 실력이었다.

더 놀라운 것은 그렇게 움직였으면서도 호흡이 흐트러지지 않았다는 점이었다.

케이는 일단 위로 올라가 쿠반에게 히센을 잡아 놓으라 일러두고, 와칸을 데리고 아래로 내려왔다. 거리에 벌어진 참상에 와칸은 인상을 찌푸렸다.

"이걸 루 혼자서 했단 말씀이십니까?"

"그래."

"이 두 놈은 무기를 꺼내지도 못했습니다."

"그래. 그리고 여섯 놈 전부 비명도 못 질렀지."

"대체 어디서 검술을 익혔을까요? 장검 두 자루를 휘두르는 게 쉬운 일은 아닐 텐데. 게다가 루는 키도 작은 편이라 더 힘들 겁니다."

"거리를 정리해라, 와칸. 난 다녀올 데가 있다."

"히센의 잔당들도 정리해 둘까요?"

와칸은 눈치가 빨랐다.

케이는 가볍게 고개를 끄덕이고, 루가 사라진 골목을 향해 걸어가기 시작했다.

루는 제미의 무덤 앞에 책상다리를 하고 앉아 있었다. 밤바람에 루의 검은 머리카락이 흔들렸다. 머리카락 끝이 눈을 찔렀지만 루는 눈을 깜빡이지도 않았다. 마치 인형처럼, 공허한 푸른 눈동자를 제미의 무덤에 고정시키고 있었다.

"내가 원망스럽겠지."

언제 온 걸까.

케이가 루의 옆에 서 있었다.

"아닙니다."

"개도 감정이 있다고 하지 않았나?"

"주인을 향한 원망의 감정은 없습니다."

"오래 키운 개였나?"

"키운 건 아니었습니다. 떠돌이 개에게 먹이를 주었더니 멋대로 따르더군요. 저만 보면 꼬리를 치는 게 귀엽고 사랑스러워서, 마음을 주고 말았나 봅니다."

"그걸 키웠다고 하는 거지."

"그렇습니까."

"울고 싶으면 울어라. 모르는 척해 줄 테니."

"이런 일로 울지 않습니다."

"그래, 그러면 그것도 좋겠지."

그는 더 이상 말하지 않았다. 루 역시 말할 기분이 아니었기에 입을 굳게 다물었다.

무거운 침묵이 내려앉았다.

루는 그가 지겨워져서 돌아갈 거라 생각했다. 하지만 그는 돌아가지 않고 가만히 서 있었다.

팔락팔락—

간혹 그의 옷자락이 바람에 흩날리는 소리가 들려왔다.

울 생각은 없었다. 울 일도 아니라고 생각했다. 그런데 어째
서일까. 그렇게 가만히 있노라니 눈시울이 뜨거워졌다. 참으려
고 했는데 맺혔던 눈물이 무게를 이기지 못하고 흘러내렸다.

루는 소리 없이 흐르는 눈물을 그대로 내버려 두었다. 그에게
우는 모습을 들키고 싶지 않았기 때문이다.

만약 혼자 있었더라면 울지 않았을 것이다. 언제나 그래 왔듯
이 슬픈 감정도 꾹꾹 접어서 저 안 어딘가에 던져뒀으리라.

그러나 지금은 케이가 옆에 있다. 울어도 된다 말해 주는 이가
있어서 슬픔을 드러내고 만 걸까. 슬픈 일이라는 걸 알아주는 이
가 있어서 감정을 내비치고 만 걸까.

한참 흐르던 눈물은 동이 틀 무렵에나 멈췄다. 불어오는 바람
이 볼에 묻은 눈물을 자연스럽게 말려 주었다.

루는 천천히 일어났다. 그제야 그가 루를 향해 시선을 돌렸
다.

바람이 말려 주었다지만 아무래도 운 흔적이 남아 있을 것이
다. 하지만 케이는 그에 대해 일언반구도 하지 않았다.

"파필리아로 갈 건가?"

"히센을 만나서 전해야 할 것이 있습니다."

"그래, 그럼 가자."

"주인님은 다정하신 분이군요."

루의 말에 케이의 눈이 커졌다가 가늘어졌다. 그의 입가에 옅은 미소가 떠올랐다.

"그런 말은 처음 듣는군."

"다정하십니다. 적어도 제게는요."

"그래?"

그가 걸음을 옮겼다.

"그렇다면 그건, 내가 널 키우고 있기 때문이겠지."

*　　　*　　　*

히센은 아름다운 남자였다. 갸름하게 찢어진 눈매와 보라색 눈동자는 보면 볼수록 묘한 매력을 지녔다. 하지만 그 오만하고도 예쁜 얼굴이 지금은 잔뜩 일그러져 있었다. 갑자기 등장한 두 사내 때문이었다.

"늦었다, 와칸."

지루한 표정으로 담배를 피우던 쿠반이 막 방으로 들어온 와칸에게 말했다.

"이 녀석이 히센인가?"

와칸이 히센에게 시선을 던졌다. 히센은 눈을 부릅뜨고 와칸을 노려봤다. 하지만 와칸은 눈썹 하나 움직이지 않고 의자를 끌어다 쿠반의 옆에 앉았다.

"예쁘장하게 생겼지? 아무리 봐도 계집애처럼 생겨서 내가 확인을 좀 해 봤지."

쿠반이 상스럽게 웃으며 한쪽 손으로 가슴을 움켜쥐는 시늉을 했다. 와칸이 인상을 찌푸리며 쿠반의 뒤통수를 가볍게 때렸다.

"체통 좀 지켜, 쿠반."

"깨끗한 척하지 마, 인마. 우리 같은 평민 놈들한테 체통이 뭐가 중요하다고. 대장은?"

"루를 데리러 갔다."

"루? 갑자기 루는 왜?"

쿠반은 자세한 사정을 모르고 있었다. 갑자기 케이가 히셴을 잡아 두라고 명령해서, 그저 막 쿠빌레를 떠나려던 히셴을 잡아 뒀을 뿐이었다.

와칸은 케이에게 들었던 일을 설명했고, 쿠반은 믿을 수 없다는 듯 눈을 크게 떴다.

"말도 안 돼. 사내놈 여섯을 순식간에 해치웠다고? 그 꼬맹이가?"

"그래."

"어이, 정말이냐?"

꽁꽁 묶어서 던져둔 히셴의 다리를 툭 차며 물었다. 히셴의 얼굴이 모멸감으로 일그러졌다.

"어이, 히셴. 이 몸이 물어보시잖아. 정말이냐고?"

"너희들, 대체 뭐하는 놈들이야?"

이를 아드득 갈던 히센이 물었다. 쿠반이 씩 웃었다.

"내 이름은 쿠반, 덤비고 싶냐?"

"갑자기 들이닥쳐서 꽁꽁 묶어 놨는데 어떻게 덤비란 거야?"

"헤에. 말투도 계집애 같네. 그런데 대장은 이놈을 왜 살려 두라고 한 거지? 얼굴이 마음에 들었나? 대장이 얼굴을 좀 따지잖아."

"그랬다면 널 곁에 두지 않으셨겠지."

와칸이 담담하게 중얼거렸다.

"무슨 소리야, 와칸. 지금 이 도시에서 날 따라다니는 여자가 몇인 줄 알아?"

"별로 알고 싶지 않군."

"넌 말이야. 호기심을 좀 가질 필요가……!"

거기까지 말했을 때 벌컥, 문이 열리고 케이가 들어왔다. 그 뒤로 루도 따라 들어왔다.

루를 발견한 히센의 눈이 공포로 물들었다. 루의 검이 자신의 목을 베려던 그 순간을 떠올린 것이다.

히센에게 있어서 루는 갑자기 등장한 악귀였다. 무언가 손을 써 볼 틈도 없이 부하들이 죽어 나자빠졌고, 그 역시 죽을 뻔했다.

루의 검은 빠르고 정확하고 매정했다. 생명이 깃든 것처럼 춤추던 검의 궤적을, 히센은 똑똑히 기억하고 있었다.

"대장, 잡아 뒀수. 나 잘했지?"

쿠반이 얼른 케이의 옆으로 다가가 물었다.

"그래, 잘했다."

"들었냐, 와칸? 나 칭찬 받았다?"

쿠반이 싱글싱글 웃으며 말했다. 와칸은 쿠반을 무시하고 케이에게 말했다.

"대장, 말씀하신 대로 처리해 뒀습니다. 이쪽이 문제가 되는 일은 없을 겁니다."

"그래, 와칸. 잘했다."

와칸이 쿠반을 보며 씩 웃었다.

"나도 칭찬 받았다."

케이는 조용히 히센을 내려다봤다. 히센은 케이의 붉은 눈동자를 똑바로 바라보기가 힘들었다. 히센의 보라색 눈동자가 옆으로 스르륵 움직이다가 루의 것과 마주쳤다. 루는 무표정하게 히센을 노려보고 있었다.

루의 새파란 눈동자는 맑고 투명했다. 히센의 속을, 그 자신조차도 건드리지 못하는 깊은 곳을 샅샅이 헤집을 듯 날카롭고 매서웠다.

"루, 히센을 만나 전해야 할 것이 있다고 했지?"

케이의 말에 루가 주머니에 넣어 뒀던 쥬엔의 서신을 꺼내기 위해 손을 움직였다. 히센이 움찔했지만 루는 비웃지도, 조롱하지도 않았다.

서신을 꺼낸 루가 히센의 얼굴 앞에 그것을 툭 던졌다.

"쥬엔 님께서 보내신 서신입니다."

'쥬엔'이라는 이름을 듣자, 쿠반의 얼굴이 하얗게 질렸다. 하지만 그걸 본 사람은 아무도 없었다.

루는 잠시 망설였다. 히센에게 하고 싶은 말이 많았다. 하지만 머릿속이 정리가 되지 않았다. 입을 열면 '널 죽일 거야. 죽이고 말겠어.'라는 말만 튀어나올 것 같았다.

"전할 것은 그게 끝인가?"

케이의 질문에 정신을 차렸다. 루는 가볍게 고개를 끄덕이고 뒤로 물러났다. 그의 심기를 거스르고 싶지 않았다.

케이가 히센을 살려 두라고 한 데는 이유가 있을 것이다. 어쩌면 히센의 능력을 높이 산 것일지도 모르겠다. 포르쿠스의 후계자를 자청하는 이들 중 가장 총명하고 잔인한 놈이니까.

"네 부하들은 죽었다, 히센."

케이가 말했다. 히센이 눈을 부릅떴다.

"잭, 카룬, 왁터. 이 셋은 내일 정리할 예정이다. 가능하겠지?"

마지막 질문은 쿠반과 와칸을 향한 것이었다.

"지금 당장이라도."

쿠반이 대답했다. 그 말을 들은 케이가 몸을 휙 돌렸다.

"나가자."

히센은 황당했다. 자신을 살려 둔 이유가 있을 거라 생각했는데, 케이가 아무것도 제안하지 않았기 때문이다. 케이는 정말로 모두를 이끌고 나가 버렸다. 문이 닫히기 전, 잠시 뒤를 돌아본 루와 눈이 마주쳤다.

히셴은 오싹함을 느꼈다. 루의 눈동자는 정말이지, 무섭도록 푸르렀다.

＊　　　＊　　　＊

케이아스가 구온 시에 들어오고 5일.

포르쿠스의 잔당이 전부 사라지고 평화가 찾아왔다.

포르쿠스(돼지)를 대신하여 어둠의 세계를 장악한 이들을, 구온 시 시민들은 토스카(늑대)라 불렀다.

＊　　　＊　　　＊

완연한 겨울로 접어들었다.

12월의 구온 시는 뼈가 에일 듯 추웠다.

루는 늘 입는 망토 위에 모포 하나를 더 걸치고 장작을 정리하는 중이었다. 겨울이라 장작 수요량이 많아서, 하루에 한 번씩은 꼬박꼬박 장작을 하러 나가야 했다.

'토스카라……'

사람들이 케이 일당을 토스카라 부른 지도 벌써 한 달이 지났다.

히셴의 사건 이후, 루는 케이를 만나지 못했다. 그대로 잊힌

게 아닌지 걱정됐지만, 그보다 더 큰 문제는 '토스카'라는 호칭이
었다.

'티그리스인데. 늑대 따위가 아닌데.'

케이는 무슨 생각인 걸까? 설마 구온 시에 이대로 눌러앉아
토스카로 살아가려는 건 아니겠지?

"루."

쥬엔의 목소리에 루는 벌떡 일어났다. 쥬엔은 몸매가 드러나
는 진분홍색 드레스에 여우 털로 만든 코트를 걸치고 있었다. 쥬
엔이 이런 곳까지 방문하는 일은 드물기에, 루는 의아한 마음으
로 인사했다.

"쥬엔 님, 안녕하세요."

"그래, 안 춥니?"

"네, 괜찮습니다."

"추우면 말해. 이것 같은 모피 코트를 한 벌 마련해 줄 테니
까."

"아닙니다. 이대로가 좋습니다."

쥬엔의 배려는 고맙지만 그녀에게 모피 코트를 받아 입고 다
니면 일꾼들의 괴롭힘이 더 심해질 터였다. 게다가 새하얀 모피
코트는 루의 울긋불긋한 얼굴을 더 도드라져 보이게 만들 것이
다. 루는 눈에 띄고 싶지 않았다.

"그래, 그럼. 부탁이 하나 있는데…… 토스카의 쿠반이라고 알
고 있지?"

"네, 알고 있습니다."

"그에게 이 편지 좀 전해 줄래?"

쥬엔이 밀봉된 편지를 내밀었다.

"그가 무슨 짓을 저질렀습니까?"

"아니, 그런 건 아니고."

중얼거리는 쥬엔의 볼이 발그레하게 물들었다. 루는 편지를 받아 들다가 그 봉투에서 향긋한 냄새가 난다는 것을 깨달았다.

'연애편지인가?'

전에 쥬엔과 쿠반이 만나는 것을 본 적은 있지만 그런 사이일 줄은 몰랐다. 게다가 구온 시의 여왕거미라 불리는 쥬엔이 얼굴을 붉히다니.

'그런 타입을 좋아하셨던 건가?'

쥬엔은 잘생기고 돈 많은 귀족이나 기사들이 구혼을 해 와도 차갑게 거절만 해 왔다. 그런 쥬엔이 얼굴을 붉히게 된 남자가 쿠반처럼 거칠고 무식할 것 같은 남자라니. 여자 마음은 알다가도 모르겠다.

루는 편지가 구겨지지 않도록 조심스럽게 품에 넣었다.

"그럼 다녀오겠습니다."

"응, 꼭 그 자리에서 답장을 받아다 줘."

*　　　*　　　*

파필리아를 나와 하늘을 올려다봤다. 정오 무렵이지만 먹구름이 해를 가리고 있어서 어둑했다.

'눈이 오려나?'

몇 년 전 구온 시에 와서야 처음으로 '눈'이라는 것을 보게 되었다.

하늘하늘 떨어지는 희고 차가운 눈은 아름다웠다. 고개를 들면 흰 가루가 떨어지는 것처럼 보여서 좋았다.

'눈, 왔으면 좋겠다.'

사람들은 눈이 오면 땅이 질척해진다며 싫어했지만, 루는 좋았다. 쌓이는 흰 눈도, 녹아내려 더러워지며 질척거리는 눈도.

"파필리아의 괴물이다!"

"으악, 징그러! 가까이 가면 안 돼!"

동네 꼬마들이 루를 보더니 비명을 지르며 여기저기로 흩어졌다. 루는 망토로 얼굴이 보이지 않도록 여미고 쿠빌레를 향해 걷기 시작했다.

토스카가 구온 시의 어둠을 장악하면서 대부분의 상점을 소유하게 되었지만, 그들의 본거지는 쿠빌레였다. 쿠빌레의 편안한 침대가 케이의 마음에 든 모양이었다.

쿠빌레 앞의 골목길에 접어들자 제미가 떠올랐다. 그 처참했던 죽음. 한 달도 전의 일인데 머릿속에서 지워지질 않는다.

쿠빌레 안에 들어가자 처음 보는 남자가 카운터를 지키고 있었다. 붉은 기운이 도는 금발에 안경을 쓴, 마른 체형의 남자였다.

지루한 표정으로 책을 읽던 남자가 루에게로 흘끗 시선을 보냈다. 루의 얼굴을 확인한 남자가 반색을 하며 일어났다.

"혹시…… 루?"

"아, 네에."

"반갑다. 난 유진이라고 해. 대장의 이거지."

유진이 자기 머리를 톡톡 두드리며 말했다. 대장의 머리라는 뜻인가 보다.

"쿠반이랑 와칸한테 네 얘기를 들었어. 대장이 키우는 개라면서?"

"네에."

키우는 것치고는 한 달 동안 얼굴도 못 봤지만, 이라는 말은 덧붙이지 않았다.

유진은 신기하다는 듯 루의 얼굴을 꼼꼼히 뜯어봤다. 화상 자국이 있는 얼굴은 징그러울 텐데도, 유진의 얼굴에선 그런 기미를 찾아볼 수가 없었다. 그는 그저 대장의 개를 흥미로워하고 있었다.

아무리 그래도 이런 얼굴을 자세히 보이는 건 싫었다. 루가 망토의 모자로 얼굴을 더 가리려 하자, 유진이 루의 손목을 살짝 잡았다.

"잠깐, 잠깐. 조금만 더 보게 해 줘."

"전 구경거리가 아닙니다, 유진 님."

"유진 님은 무슨. 그냥 편하게 형이라고 불러."

유진이 싱글싱글 웃으며 말했다. 처음의 나른한 모습과는 달리 유쾌한 남자다.

"구경하려는 게 아니라 뭔가 생각이 나려고 해서 그래. 좀 보게 해 줘, 응?"

"대체 뭐가……?"

"건드리지 마라, 유진."

뒤에서 들려오는 음성에 루는 바짝 긴장했다. 남들보다 한 톤 낮은 음성. 케이의 목소리였다.

그저 목소리를 들었을 뿐인데도 심장이 반응했다. 루는 입 안의 볼을 세게 깨물며 두근거림을 가라앉히기 위해 노력했다. 목소리만으로도 이 정도면 얼굴을 봤을 땐 아주 심장이 멎을지도 모르겠다.

"내 개다."

그가 루의 어깨를 감싸 끌어당겼다. 덕분에 루는 등을 그의 가슴에 기대는 자세가 되었다. 그의 가슴은 단단하고 따뜻했다.

'심장이…….'

루는 당황했다. 그가 이런 식으로 스킨십을 해 올 줄은 몰랐기 때문이다.

"대장, 너무 집착하면 개도 질려서 떠납니다. 어느 정도 풀어 줘야 주인 소중한 줄 알고 꼬리를 흔드는 거라고요."

유진이 손등으로 안경을 추켜올리며 말했다.

"오랜만이군, 루."

케인은 유진의 말을 깨끗이 무시하고 루에게 말했다. 정수리 부근에서 들려오는 그의 음성이 루의 전신을 감싸듯 퍼져 나갔다. 루는 마른침을 삼키며 대답했다.

"네, 주인님."

"어쩐 일이지?"

"심부름을 왔습니다."

"심부름? 내게?"

"아니요. 쿠반 형님께."

"아아, 그런가?"

어깨를 꽉 감싸고 있던 그의 팔이 풀어져 나갔다. 그의 음성에 묘하게도 실망이 담겨 있었다. 그는 가겠다는 말도 없이 휙 돌아서서 사라졌다.

그제야 루는 그가 있었던 자리를 돌아볼 수 있었다. 희미하게 그의 향기가 남아 있었다.

"흐음. 이거 참, 못 볼 걸 봤네. 대장이 삐치다니."

유진이 중얼거렸다.

"네?"

"아니, 아무것도 아냐. 쿠반은 지하 주점 어딘가에 있을 거야. 아, 그리고 볼일 끝나면 대장 방에 가 봐. 501호니까."

"네, 알겠습니다."

유진이 왜 그런 말을 하는지는 알 수 없었지만 일단 대답했다. 유진이 재미있다는 듯 웃으며 손을 흔들었다. 그의 웃는 얼굴이 싫지 않았다.

이른 시간인데도 주점 안은 떠들썩했다. 음유시인 무리가 연주하는 음악 소리가 울려 퍼졌고, 홀은 가득 차 있었다. 쿠반은 홀에 없었다.

'룸에 있는 건가?'

종업원을 불러 물어보려 했지만 다들 분주히 오가고 있었다. 루가 불러서 물어본다고 해도 상대해 주지 않을 것이다. 루는 파필리아의 괴물이니까.

'그러고 보니 주인님의 사람들은 내 외모를 가지고 조롱하질 않네.'

사람들이 루를 보면 가장 먼저 하는 것이 인상을 찌푸리는 일이다.

그다음에는 동정이나 역겨움 등을 표현했는데, 토스카 단원들은 누구도 루에게 그런 반응을 보이지 않았다. 심지어 케이조차도.

신기하다고 생각하며 룸이 있는 곳으로 향했다. 지하 주점의 룸은 총 10개로, 가게 양쪽에 5개씩 위치해 있었다.

'살짝만 열어 보면 모르겠지. 다들 술을 마시고 있을 테니.'

첫 번째, 두 번째 방은 비어 있었다. 세 번째 방에는 기사로 보이는 사람들이 있었고, 네 번째 방은 비어 있었다. 그리고 다섯 번째 방문을 열었을 때, 막 그 방문을 열고 나오려던 사람과 마주치고 말았다.

"넌 뭐야? 엿보고 있었던 거냐?"

수염을 기른 남자는 용병처럼 보였다. 남자가 루의 멱살을 잡아 올렸다.

"여기가 감히 어딘 줄 알고!"

"그만하세요, 바흘."

"하지만 라일 님, 이 녀석이⋯⋯."

"누군가를 찾고 있는 거겠지요. 맞죠?"

루는 고개를 끄덕이며 바흘의 뒤쪽을 살펴봤다. 룸에는 파필리아의 여자 두 명과 처음 보는 남자 세 명이 앉아 있었다. 루를 본 파필리아의 여자들이 모르는 척 시선을 돌렸고, 두 남자는 인상을 찌푸렸다. 루를 처음 본 사람들이 그렇듯이 혐오감을 드러내며.

하지만 방금 바흘에게 그만두라고 말한 남자는 달랐다. 긴 금발이 눈부신 라일은 흰 피부와 에메랄드처럼 깨끗한 녹색 눈동자를 지니고 있었다.

누가 봐도 귀족인 듯 보이는 화려한 외모와 단정한 차림새가 루의 눈에 들어왔다.

라일은 루의 얼굴을 보면서도 표정을 바꾸지 않았다. 토스카의 단원들이 그랬던 것처럼.

"라일 님이 말씀하실 땐 똑바로 대답해! 고갯짓만 하지 말고."

루를 내려놓은 바흘이 어깨를 툭 치며 말했다.

"네, 죄송합니다. 방을 잘못 찾았습니다."

"그래요. 가 보세요."

"네, 감사합니다."

루는 꾸벅 인사를 하고 휙 돌아섰다.

"라일 님, 저런 놈들한테 일일이 다정하게 대하실 것 없습니다. 그러니까 평민 연놈들이 라일 님께……."

탁—

투덜거리는 바흘의 목소리가 문이 닫히며 사라졌다. 루는 안도의 한숨을 내쉬었다. 눈에 띄고 싶지 않았는데 하마터면 큰 문제를 일으킬 뻔했다.

다행히 맞은편 첫 번째 방에서 쿠반을 찾을 수가 있었다. 쿠반은 양쪽에 여자들을 앉혀 놓고 가슴을 주무르고 있었다. 파필리아의 여자들은 아니었지만 루가 아는 얼굴들이었다. 한 명은 서점 주인의 딸, 한 명은 정육점 주인의 딸이었다.

루는 '정육점 주인아저씨, 무서운데…….'라고 생각하며 문을 열고 안으로 들어갔다.

"쿠반 형님."

"오오, 루. 오랜만이다."

쿠반이 여자의 드레스 안에 들어가 있던 손을 빼 들어 올리며 말했다. 루는 인상을 찌푸렸다.

'쥬엔 님은 왜 이런 남자를…….'

"어쩐 일이냐? 이 형님이 그리워서 찾아왔냐?"

그래도 쿠반이 친근하게 대해 줘서 안심할 수 있었다.

"쿠반 님, 쟤랑 아는 사이세요?"

"쟤, 파필리아의 괴물인데…… 어떻게 저런 거랑 알고 지내세요?"

"쟤 몸에 저거 말이에요, 옮는 대요. 가까이하시면 안 돼요."

여자들이 쿠반의 팔에 매달리며 재잘거렸다. 쿠반의 표정이 순식간에 굳었다.

"나가, 돼지들."

쿠반의 입술이 벌어지며 음산한 음성이 흘러나왔다.

"네?"

"지금 뭐라고……?"

여자들이 자기 귀를 의심하듯 되물었다. 쿠반은 싸늘한 표정으로 말했다.

"당장 여기서 나가라고 했다, 이 돼지들아."

방금 전보다 확실한 목소리에 여자들의 얼굴이 하얗게 질렸다. 그녀들은 뭐라고 투덜거렸지만, 쿠반이 두려운지 쌩하니 룸을 빠져나갔다.

"그러지 않으셔도 됐습니다, 형님. 전 익숙합니다."

루의 말에 쿠반이 이를 드러냈다.

"저런 거에 익숙해지지 마! 네놈은 대장의 개라고, 대장의 개! 그게 무슨 뜻인지 알아?"

"모르겠는데요."

"그래, 나도 몰라! 대장이 왜 갑자기 널 개로 키우겠다고 저 야단이신지, 드디어 미쳐서 인간이 개로 보일 지경이 되신 건지…… 나도 하나도 모르겠다고!"

"아, 네……."

"하지만 분명한 건, 넌 대장의 소유야. 대장의 소유물이 무가치하게 행동하고 저런 것들에 익숙해지는 건 유쾌한 일이 아니야. 알겠냐? 엉?"

"네, 알겠습니다. 주의하겠습니다."

"에잇! 네놈은 뭐가 그렇게 딱딱하게 구는 거냐? 좀 편하게 행동하라고. 형님은 무슨, 형이라고 불러."

"……."

루가 가만히 있었더니 쿠반도 이성을 되찾았다. 쿠반이 소파에 등을 기대며 턱으로 맞은편 소파를 가리켰다. 루가 그곳에 앉자, 쿠반이 커다란 컵을 루의 앞에 내려놓고 술을 따랐다.

"어쩐 일이냐?"

"심부름을 왔습니다."

"심부름? 나한테?"

"네. 이걸……."

루가 품에서 편지를 꺼냈다.

"쥬엔 님께서 형님께 전해드리라고."

무심코 손을 내밀었던 쿠반이 기겁하며 손을 거뒀다. 때문에 루가 넘기려던 편지가 테이블 위로 툭 떨어졌다.

루는 쿠반의 반응을 이해할 수가 없었다.

방금 쿠반의 모습으로 미루어 보건대, 쿠반은 여자를 좋아하는 것이 분명했다. 그렇다면 이 거리에서 가장 아름다운 여왕거미 쥬엔에게도 관심이 있을 것이다. 저번에 같이 다니는 걸 목격하기도 했고.

수많은 남자들이 쥬엔의 눈에 띄고 싶어서 안달복달했다. 그런 쥬엔의 자필 편지를 독이라도 되는 듯 대하다니.

"필요 없어. 가져가."

"하지만 형님."

"하지만이 아니야. 난 그 여자랑 얽히고 싶지 않아. 가져가."

다른 때라면 쿠반의 뜻에 따랐을 것이다. 하지만 붉게 물든 쥬엔의 얼굴이 떠올라 그냥 돌아갈 수가 없었다.

"쥬엔 님은 좋은 분입니다, 형님. 겉보기엔 화려하고 차가워 보이지만 사실 다정하고 순수한 분이세요."

"그러든가 말든가."

"……."

"난 그 여자 싫다, 루."

"이유를 알 수 있습니까?"

물어놓고 후회했다. 너무 건방져 보이지 않았을까.

하지만 쿠반은 루의 집요함에 대해 화내지 않았다.

"흐음. 이유라…… 난 아직 화려한 솔로로 지내고 싶거든."

"네?"

"결혼 같은 건 싫단 말이지. 이 몸이 말이야, 한 여자에게 묶이는 건 다른 여자들에게 미안한 짓이잖아."

루는 쿠반이 무슨 소리를 하는 건지 알 수가 없었다. 편지를 받아 달라는 것뿐인데, 왜 결혼 이야기까지 나오는 건지 모르겠다. 이러다가는 손잡으면 임신한다는 얘기까지 하게 생겼다.

"하여간 나는 그 여자랑 엮이기 싫어. 그거 가져가라."

"놓고 가겠습니다."

"어이, 루. 이 하늘 같은 형님의 말을 무시하겠다는 거냐?"

쿠반이 술잔을 들며 투덜거렸다. 루는 옅은 미소를 지으며 답했다.

"제 하늘은 주인님뿐입니다."

쿠반이 입가에 가져갔던 술잔을 멈추고 루를 빤히 응시했다. 루가 고개를 갸우뚱했다.

"왜 그렇게 보십니까?"

"아니, 뭐……."

쿠반이 시선을 옆으로 피했다.

"대장이 왜 널 키우겠다고 했는지 알 것도 같고, 모를 것도 같고……."

"네?"

"아무튼 나가, 나가. 그 편지 가지고 나가 버려!"

쿠반이 귀찮다는 듯 손을 휘저었다. 루는 쿠반이 따라 준 술을 단숨에 들이키고는 일어나, 편지를 놔둔 채 룸에서 나왔다.

"편지 가지고 가라니까!"

쿠반의 절규 같은 외침이 들려왔지만 무시하고 문을 닫았다. 룸 앞을 걸어가다가 맞은편에서 달려오던 종업원과 부딪칠 뻔했다.

루와 비슷한 또래로 보이는 종업원은 머리에 파란색 두건을 두르고 있었고, 주근깨가 많았다.

"으앗, 죄송함돠!"

종업원이 떨어뜨릴 뻔한 쟁반을 똑바로 잡으며 말했다. 눈이 마주쳤다. 갈색의 커다란 눈망울이 어디선가 본 듯했다.

"어?"

그쪽도 마찬가지인지, 종업원의 눈이 커졌다.

"혹시 너…… 루?"

"네, 절 아십……."

"어이, 텐치! 얼른 안 튀어올래?"

안쪽에서 누군가 외쳤다.

"네, 네, 갑니다요!"

종업원의 이름이 텐치인 모양이다. 텐치는 가겠다고 했으면서도 가지 않고 루의 앞에 서 있었다.

"이야, 되게 궁금했는데. 대장이 널 키우기로 했다면서? 좋겠다."

그냥 종업원인 줄 알았는데 케이의 사람 중 한 명인 모양이다.

"좋은 겁니까?"

"에이, 웬 존댓말이야. 너랑 나랑 같은 나이일걸. 20살이라면서?"

"아, 네에."

"친구네, 친구. 말 놔, 인마."

친구.

생각도 못 한 호칭에 당황했다. 친구라니. 그런 건 꿈꿔 본 적도 없다.

"하여간 대장한테 네 얘기 듣고 깜짝 놀랐어. 엄청 궁금했었는데."

"주인님이 내 이야기를⋯⋯?"

아직은 반말을 쓰는 게 어색했다.

"텐치, 안 오냐?"

안쪽에서 누군가 텐치를 채근했다.

"네, 가요, 가! 나 가 봐야겠다. 다음에 또 보자."

"아, 으응."

"아, 맞다. 대장이 너에 대해 뭐라고 했냐 하면."

뛰어가던 텐치가 문득 걸음을 멈추고 돌아보며 말했다.

"새파란 눈동자가 보석보다 아름답다고 했어. 눈을 보면 대장의 개가 누군지 알 수 있을 거라고."

텐치가 후다닥 달려갔다. 사람들 사이로 사라지는 그의 뒷모습을 보며, 루는 텐치를 어디서 봤는지 깨달았다. 텐치는 제미와 아주 많이 닮았다.

　　　　　*　　　*　　　*

　로비에서 유진을 마주치고 싶지 않았다. 눈치가 빠른 듯한 유진에게 지금 짓고 있는 표정을 보이기 싫었다.

　제미를 생각하느라 텐치가 한 말의 의미를 뒤늦게 깨달았다.

　　—새파란 눈동자가 보석보다 아름답다고 했어.

　케이가 루에 대해 그런 식으로 표현했을 거라고는 꿈에도 생각하지 않았다.

　'얼굴과 몸이 화상 흉터로 뒤덮인 흉측한 녀석' 정도로만 표현했을 줄 알았는데. 상상도 못 한 칭찬에 심장이 제멋대로 움직였다.

　'그만.'

　얼굴이 화끈거렸다.

　'그만해.'

　텐치가 듣기 좋은 소리를 했을 뿐인지도 모른다. 실제로는 흉측한 녀석이라고 표현했지만, 루의 기분을 생각해서 그런 칭찬을 해 준 걸지도.

　'하지만……'

　케이는 처음부터 루의 외모에 대해 일언반구도 하지 않았다.

1층 로비의 카운터에 앉아 있는 사람은 다행히 유진이 아니었다. 루는 서둘러 계단을 올라갔다.

5층은 쿠빌레의 가장 꼭대기 층으로 중요 고객들만 묵는 층이었다. 501호는 가장 안쪽에 있었다. 루는 문 앞에서 잠시 심호흡을 했다. 이제 심장은 제 속도를 되찾았다. 얼굴이 화끈거리는 것도 괜찮아졌다.

하지만 아직도 모르겠다. 유진은 왜 굳이 케이의 방에 들렀다가 가라고 한 걸까? 케이는 그런 내색을 전혀 하지 않았는데. 케이의 명령도 없고, 용건도 없는 상태에서 방문해도 괜찮을지 모르겠다.

망설이다가 마음을 다잡고 문을 두드렸다.

똑똑—

"들어와라."

루는 조심스레 문을 열었다.

호화로운 방이었다.

넓은 방에 고급 가구들이 채워져 있고, 오른쪽에는 커다란 침대가, 왼쪽에는 대리석으로 만든 욕조가 있었다. 케이가 있는 곳은 욕조 안이었다.

따뜻한 물속에 케이는 알몸으로 앉아 있었다. 이런 모습을 보게 될 줄은 몰랐기에 소스라치게 놀랐다. 루는 눈을 크게 뜬 채로 굳어 버렸다.

"너였나?"

한 팔을 욕조 가장자리에 걸친 케이가 느릿하게 중얼거렸다. 찰랑거리는 맑은 물에 잠긴 그의 몸이 언뜻언뜻 내비쳤다. 넓은 어깨 아래에 자리 잡은 가슴은 단단한 근육질이었다.

루는 꿀꺽, 마른침을 삼켰다.

돌아서기에는 늦었다. 케이는 루를 남자라고 알고 있었다. 같은 남자끼리 알몸 좀 봤다고 놀라거나 돌아서는 건 이상해 보일 것이다.

'어떡하지?'

그렇다고 계속 보고 있을 수는 없다. 욕조를 채운 물이 너무 맑아서, 가슴뿐 아니라 그 아래까지도 보일 것만 같았다. 남자로 살아오긴 했지만 실제로 남자의 알몸을 본 적은 없었다. 궁금하긴 하지만 이런 식으로 보고 싶지는 않다.

"무슨 일이지?"

케이가 물었다.

"아, 저는…… 유진 형님이 올라가 보라고 하셔서……."

"유진이? 쓸데없는 짓을 했군."

"아, 죄송합니다. 그럼 나가 보겠습니다."

마침 잘됐다고 생각하며 돌아서려는데, 케이가 불렀다.

"루. 그냥 있어라."

망했다.

"네? 하지만……."

"아니면 너도 들어올 테냐?"

"아, 아니요!"

당황해서 새된 목소리로 외치고 말았다. 케이의 눈이 가늘어졌다.

"왜 그렇게 당황하는 거지?"

"아, 저는…… 그게…… 그러니까…… 어…… 몸이…….."

"몸이?"

"제 몸에도 흉터가 있어서……."

"그래서?"

"주인님께서 보기 괴로우실까 봐 그렇습니다."

"어차피 죽으면 썩어 사라질 육체, 그 모양이 뭐가 그리 대단하다는 거지? 흉터 하나둘쯤은 다들 가지고 있는 거 아닌가?"

"하지만…… 그러니까…….."

어떡하지?

할 수만 있다면 루는 도망치고 싶었다. 아니면 욕조 옆에 있는 가루비누를 쏟아부어, 거품을 잔뜩 만들어 내고 싶었다.

하지만 결국 그 무엇도 하지 못한 채 주춤주춤 뒷걸음질만 쳤다. 그런 루를 재미있다는 듯 지켜보던 케이가, 갑자기 벌떡 일어났다.

촤악―

물에 잠겨 있던 그의 탄탄한 몸이 고스란히 드러났다. 루는 황급히 고개를 숙였다.

다행이다. 가슴과 배까지만 봤다.

"별스러운 녀석이군. 같은 사내의 몸을 보는 것이 그리도 부끄러운 것이냐?"

"제가…… 타인과 함께 목욕을 해 본 적이 없어서……."

"흐음."

그는 부끄러움도 없이 알몸으로, 욕조 밖으로 걸어 나왔다. 찰박, 찰박. 그가 걸을 때마다 젖은 발걸음 소리가 났다.

"수건."

그가 명령했다. 루는 그의 몸을 보지 않으려고 노력하며 수건을 찾았다. 수건은 욕조 근처의 테이블 위에 가지런히 개켜져 있었다. 수건을 가지러 가려면 그의 옆을 지나가야만 했다.

꿀꺽—

마른침을 삼키며 조심스럽게 그곳을 향해 걸어갔다. 아래로 떨어뜨린 시야로, 그의 쭉 뻗은 다리가 들어왔다. 루는 울고 싶어졌다.

간신히 수건이 있는 곳에 도착했다. 사실 몇 걸음 안 되는 거리인데, 루에게는 몇 킬로미터나 떨어진 것처럼 느껴졌다.

수건을 집어 두 손으로 공손히 내밀었다. 하지만 그는 받아들지 않았다.

"닦아."

"네?"

생각지도 못한 명령에 번쩍 고개를 치켜들었다. 그가 짓궂은 눈으로 루를 보고 있었다.

"닦으라고."

"주, 주인님의 몸을 닦으란 말씀이십니까?"

"그래."

"……."

"내 개 아니었나? 주인의 알몸에 욕정이라도 느끼는 건가?"

"그, 그런 건 아닙니다!"

"그래? 그렇다면 닦아."

"네, 주인님."

루는 아랫입술을 잘근 깨물고 그에게 다가섰다. 수건을 쥔 손이 떨리는 게 루의 눈에도 보였다. 케이가 봤을 때 이런 반응은 정말 이상할 것이다.

루는 담담한 척하려고 노력했지만, 그에게로 향하는 손이 바들바들 떨리는 것을 막을 수가 없었다.

그때, 그가 루의 손목을 낚아채 끌어당겼다. 하마터면 여자처럼 비명을 지를 뻔했다. 루는 간신히 비명을 삼키고 그를 올려다봤다.

젖은 그의 몸에 루의 몸이 닿았다. 허벅지에 느껴지는 그의 다리가 신경 쓰였다.

"루."

"네, 주인님."

"내 개로 살려면 내 몸에 익숙해져라."

"네."

"이런 일에 일일이 계집처럼 반응하지 말고."

"죄송합니다."

마음이 가라앉았다.

그의 말이 옳았다. 그는 주인이고 루는 개였다. 개는 주인의 어떤 모습을 봐도 놀라거나 당황하지 않는다. 그저 주인의 명령에 따라 꼬리를 흔들 뿐이다.

떨림이 사라졌다.

"그럼 닦아."

그래서 루는 그가 다시 명령했을 때, 흔들림 없이 그의 명령을 수행할 수 있었다. 수건으로 넓은 어깨와 등을, 가슴과 배를 닦았다. 다리 사이로 내려갈 때에 잠시 멈칫했지만, 그가 눈치채기 전에 아무렇지도 않게 움직일 수 있었다.

처음으로 본 남성의 성기는 컸지만, 단단하게 서 있지는 않았다. 루는 어떨 때에 남성의 성기가 서는지 모를 만큼 바보는 아니었다. 남성의 성기는 여성에게 성욕을 느꼈을 때에 힘을 얻는다. 지금 그의 성기는 아무 반응도 없다.

그가 루에 대해 어떤 칭찬을 하든 어떤 행동을 하든, 그저 그뿐인 것이었다.

'기대한 적 없었는데, 나도 모르게 기대했던 건가? 이 몰골로?'

확인하고 나니 처참했다. 무언가를 기대한 자신을 깨닫게 된 것이 더 처량했다.

온몸에 심한 화상 흉터를 가진 '남자'에게 그가 욕정을 느끼지 않는 건 당연한 일이었다.

'대체 난 뭘 기대한 거지?'

루는 쓴웃음을 지으며 그의 다리에 묻은 물기를 깨끗하게 닦아 냈다. 일어섰을 때, 루의 얼굴엔 표정이 사라지고 없었다.

"다 했습니다, 주인님."

"그래."

케이는 의자에 벗어 뒀던 옷을 입기 시작했고, 루는 무심히 그의 행동을 지켜봤다. 이렇게 된 것이 차라리 다행이었다. 그의 행동에 일일이 반응하는 것은 괴롭다.

옷을 다 입은 케이가 창가에 있는 테이블로 향했다. 테이블 위에는 줄이 하나 있었다. 종업원을 부를 때 사용하는 줄이었다.

케이가 그 줄을 당기며 루를 돌아봤다.

"밥은 먹었나?"

"아직 안 먹었습니다."

똑똑─

종업원이 노크를 했다.

"들어와."

문이 열리고 들어온 사람은 텐치였다. 텐치가 루를 보고 환하게 웃었다.

"와아, 루. 또 보네."

"밥을 먹어야겠다. 뭔가 가져와라, 텐치. 두 사람이 먹을 분량으로."

"네, 대장. 술도 가지고 올까요?"

"그래."

"한 상 멋들어지게 차려 오겠습돠. 조금만 기다리십쇼!"

텐치가 경쾌하게 말하고 방에서 나갔다.

루는 테이블 옆에 가만히 서 있었고, 케이도 굳이 앉으라는 말을 하지 않았다. 케이는 창문 밖으로 보이는 거리를 내려다보고 있었다.

루는 가만히 그의 옆모습을 살펴봤다.

은빛 머리카락 아래에 자리 잡은 조각 같은 얼굴은 시리도록 아름다웠다.

오래전 봤을 때와 조금도 달라지지 않은 붉은 눈동자와 얼굴이, 그때의 기억을 수면 위로 끄집어냈다.

아무 문제없이 행복했던 나날. 엄마의 미소와 아빠의 웃음소리에 그저 즐겁기만 했던 그때.

루가 추억에 잠겨 있을 때, 텐치와 종업원들이 음식을 가지고 들어왔다. 그들은 테이블 위에 맛 좋아 보이는 음식을 차리기 시작했다. 테이블 하나로는 모자라, 종업원이 다른 테이블을 가져와 옆에 내려놨다.

막 구운 빵과 버터, 사과 소스를 발라 구운 오리고기, 데친 조개와 생선살, 신선한 야채를 함께 버무린 샐러드, 해산물을 아낌없이 넣어 끓인 스프…… 거리 생활을 하게 된 후, 한 번도 먹어보지 못한 귀한 음식들이 테이블을 가득 채웠다.

음식을 보자 갑자기 허기가 밀려왔다. 그러고 보니 오늘은 아침도 먹지 못했다.

때때로 지트가 이유 없이 성을 내며 루의 몫을 빼앗을 때가 있는데, 오늘도 그랬던 것이다.

"앉아라, 루."

텐치와 종업원들이 나간 후, 케이가 말했다. 루는 케이의 맞은편에 앉았다.

"먹어."

케이가 포크를 들며 말했다. 은제품으로 만든 포크는 손대기도 무서울 만큼 반짝반짝 빛이 났다.

"잘 먹겠습니다."

음식은 보이는 것만큼이나 맛이 좋았다. 실로 오랜만에 먹는 고급 음식에 혀가 녹을 것만 같았다. 어느 순간 앞에 케이가 앉아 있다는 것도 잊고 정신없이 음식을 입에 밀어 넣었다.

케이는 한 손에 턱을 괴고 그런 루를 물끄러미 응시하고 있었다.

어느 정도 배가 부른 루가 정신을 차렸을 때, 케이는 다시 포크를 들고 식사를 하는 중이었다. 그래서 루는 케이가 자신을 쭉 지켜보고 있었다는 것을 알지 못했다.

"술은 잘 마시나?"

"아니요. 많이는 마시지 못합니다."

"그래. 한 잔 정도는 받을 수 있겠지?"

"네, 한 잔이라면."

두 병 정도는 마실 수 있다.

케이가 루의 잔을 채웠다. 달콤씁쓸한 맛이 일품인 벌꿀주였다.

"뭔가 이야기를 좀 해 봐."

술잔을 기울이며 케이가 말했다.

"이야기요?"

"그래."

"어떤 걸 말씀하시는지……."

"아무 거나. 네 목소리를 듣고 싶다."

아까의 일이 없었다면 그의 말에 심장이 뛰었을 것이다. 약간 반응이 있긴 하지만 전처럼 빠르게 뛰진 않았다.

루는 고민했다.

무슨 이야기를 해야 할까. 그는 어떤 이야기를 듣고 싶은 걸까.

사실 이야기를 하는 것보다는, 그에게 묻고 싶은 것이 많았다.

"주인님께 질문을 해도 괜찮습니까?"

"네 이야기를 하면, 네 질문에도 답해 주지."

"제 이야기요."

"그래. 네 이야기."

그가 뭘 요구하는지 알 수 있었다. 그는 루에 대해 아무것도 알지 못한 채로 받아 주었다. 그러니 그에게 자신의 사정에 대해 설명을 해 두는 것이 도리이리라.

"장사를 하는 부유한 집안에서 태어났습니다. 아버지는 유명한 상인이었고, 어머니는 유명한 미인이었습니다. 정말로 아름다운 분이셨지요."

다른 나라에도 소문이 날 만큼 아름다운 외모. 그것이 독이 되었다.

"어머니는 밖에 잘 나가지 않았습니다. 어머니의 얼굴을 본 남자들이 어떻게 반응하는지 알고 계셨기 때문이지요. 아버지는 어머니를 위해 아름다운 저택을 지어 주셨습니다. 나무와 풀, 호수가 있는 넓고 사랑스러운 저택이었습니다."

다른 나라로 갈 때마다 아버지는 진귀한 것을 사다가 저택 안에 진열했다.

어머니는 저택 안에서 전 세계를 누릴 수 있었다. 루는 집에 있으면 어머니를 향한 아버지의 애정과 아버지를 향한 어머니의 신뢰를 느낄 수 있었다. 그래서 그 넓은 저택이 몹시도 사랑스러웠다.

"어느 날 어머니의 소문을 들은 한 귀족이 몰래 저택 안을 훔쳐봤습니다. 그는 정원을 거니는 어머니를 봤고, 어머니를 노리개로 삼아야겠다고 결심했습니다."

그는 처음에 점잖게 어머니를 자신의 집으로 청했다. 다른 사람들의 청은 거절할 수 있었지만 그의 요청은 거절할 수가 없었다. 그만큼 권력가였다, 그 남자는.

"어머니를 자신의 저택으로 불러들인 그 남자는 어머니를 억지로 취하려 했습니다. 하지만 어머니는 거부했고, 뒤늦게 집에 돌아와 그 사실을 알게 된 아버지는 어머니를 구하기 위해 그에게 찾아갔습니다. 그는 어머니의 거센 반항에 화가 나 있었습니다. 그래서……."

루의 얼굴이 고통스럽게 일그러졌다.

"어머니가 보는 앞에서 아버지를 심하게 고문하고 쫓아냈습니다. 더 거부하면……."

거기까지 말하고 루는 입을 다물었다.

―더 거부하면 네 딸년까지 죽어 주마.

그날, 루는 아버지 몰래 그 뒤를 따라갔었다. 그리고 저택 안에서 들려오는 아버지의 신음과 어머니의 비명, 놈의 목소리를 똑똑히 들었다.

"더 거부하면 저까지 죽이겠다고 협박했습니다. 그리고 그날 밤."

루는 눈을 감았다.

―미안해, 미안해요.

저택 너머에서 들려온 어머니의 절규 섞인 사과를, 아버지는 들지 못했을 것이다.

하지만 루는, 남들보다 오감이 뛰어나게 발달한 루는 똑똑히 들었다.

"그날 밤, 어머니는 스스로 목숨을 끊었습니다."

2장

　케이는 가만히 루의 얼굴을 응시했다. 눈을 감자, 루의 긴 속눈썹이 도드라졌다. 풍성하고 긴 속눈썹은 눈가에 짙은 그림자를 드리우고 있었다. 자그마한 얼굴과 오뚝한 코, 라인이 또렷한 붉은 입술. 화상을 입지 않았다면 필시 아름다운 얼굴이었을 것이다.

　문득 루가 눈을 떴다.

　고양이 같은 눈매 안에 하늘이 있었다.

　사파이어처럼 새파란 눈동자. 저 눈동자는 정말이지, 아름답다는 말로도 부족하다.

　케이는 미간을 좁히며 시선을 옆으로 피했다.

　'사내놈을 보면서 별생각을 다 하게 되는군.'

루의 입술이 벌어지며 한 톤 높은 허스키한 음성이 흘러나왔다. 묘하게 색기 어린 목소리다.

"그 남자의 집에서 일하는 자 중에 이 일을 안쓰럽게 여기는 사람이 있었습니다. 그 사람이 먼저 와서 그 사실을 알리고 도망치라 말했습니다. 그 남자가 머리끝까지 화가 나서 우리를 죽이려고 한다고요."

놈은 어머니의 시체를 앞에 두고 외쳤다고 했다.

─*이년의 딸을 데려다가 제 어미가 못한 것을 대신하게 해야겠다! 그 애비가 보는 앞에서!*

하지만 그 말까지는 케이에게 할 수 없었다.

"저택에는 침입자가 있을 때 도망칠 수 있는 비상용 통로가 있었습니다. 아버지는 그자의 손에서 둘 다 도망칠 수는 없다고 판단했고, 저만 그 통로로 내보냈습니다. 그 통로를 빠져나와 도망친 저는, 우리 가족의 사랑스러운 저택이 불타는 것을 보게 되었습니다."

불타는 저택을 내려다보고 있을 때, 언제 왔는지 선대 검은 호랑이가 루의 뒤에 서 있었다.

그는 도울 수 없음을 비통해했고, 루에게 조언을 해 주었다. 루는 그의 조언에 따라 이렇게 살아왔다는 것 또한, 케이에게 말하지 않았다.

"이것이 제 이야기입니다."

케이는 당혹스러울 만큼 루를 빤히 응시하다가 물었다.

"네 가족을 그렇게 만든 남자가 누구지?"

루는 잠시 망설이다가 솔직하게 말하기로 결심했다.

"오르딘."

"……."

"오르딘 공작입니다."

그의 눈이 커졌다. 하지만 그건 아주 잠깐일 뿐. 케이는 원래의 표정으로 돌아왔지만, 루는 그의 얼굴에 떠오른 서늘한 냉기를 느낄 수 있었다.

"오르딘 공작이라……."

그가 싸늘하게 중얼거리며 포크를 내려놨다.

"오르딘 공작이란 말이지."

그가 벌떡 일어섰다.

"나가자."

"네."

계단을 내려가는 동안 그는 말이 없었다. 로비로 내려갔더니, 아까는 보이지 않던 유진이 카운터에 앉아 있었다.

유진은 책을 읽고 있었는데, 케이와 루를 보더니 책을 덮고 일어났다.

"대장, 어디 가세요?"

케이에게 물어보면서도, 유진은 루의 얼굴을 빤히 응시했다.

아까부터 왜 저렇게 얼굴을 살펴보는 걸까? 유진의 시선이 불편했다.

"산책."

케이가 짧게 대답했다.

"대장. 같이 가면 안 돼요? 확실한 건 아닌데 드릴 말씀이……."

"나중에 확실해지면 얘기해."

"네, 네. 그러지요. 잘 다녀오세요. 루, 다녀와."

유진이 웃으며 손을 흔들었다. 루는 살짝 고개를 숙여 보이고는 케이의 뒤를 따라 쿠빌레에서 나왔다. 그가 향하는 곳은 해안 절벽 쪽이었다.

그곳에선 항구와 도시 일부가 훤히 내려다보여, 루는 때때로 잠이 오지 않을 때 그 절벽에 올라가곤 했다.

그는 깎아내린 듯한 절벽 끝에 위태롭게 서서 바다를 내려다봤다. 지대가 높아서 불어오는 바람도 매서웠다. 뼈를 에일 듯한 찬바람이 루의 얇은 옷 안으로 스며들어 왔다. 하지만 루는 내색하지 않고 그의 뒤에 가만히 서 있었다.

바람에 흩날리는 그의 은빛 머리카락이 시리도록 아름다웠다.

"루, 너는 복수를 꿈꾸는 건가?"

그의 질문은 갑작스러웠다.

"네."

"오르딘 공작에게?"

"네."

그의 표정을 볼 수는 없지만 그가 냉소를 머금고 있음을 짐작할 수 있었다.

"오르딘 공작에 대해 알고는 있는 건가?"

"네, 알고 있습니다."

"그가 제국의 황제보다 더한 권력가라는 것도?"

"네."

그가 돌아섰다. 그의 붉은 눈동자가 무겁게 가라앉아 있었다.

"그가 티그리스를 손에 쥐었다는 것도?"

그건 몰랐다.

루의 눈이 커지는 걸 본 그가 싸늘하게 웃었다.

"그래, 몰랐겠지. 티그리스 내부의 정보는 쉬이 알 수 있는 것이 아니니."

"그가 정말로 티그리스를 손에 넣었습니까? 티그리스는……권력의 손이 미치지 않는 곳 아니었습니까?"

"내게서 티그리스의 힘을 빌리려고 했던 거라면 실패다, 루. 티그리스는 이름만 남았을 뿐, 선대 검은 호랑이와 함께 사라졌다. 나는 이름뿐인 그놈들에게 쫓기는 신세고."

케이는 루의 질문에 대답하는 대신 다른 이야기를 했다.

"전에도 말했지만 난 티그리스가 아니다. 티그리스를 되찾을 생각도 없고. 복수를 원하는 거라면 다른 주인을 찾는 게 좋을 거다, 루. 이번이 주인을 바꿀 마지막 기회다. 지금 돌아선다면 네 목을 베지 않으마."

"저는……."

루는 뭐라 대답해야 좋을지 알 수 없었다.

그가 티그리스가 아니라는 것은 알고 있었다. 하지만 오르딘 공작이 티그리스를 손에 넣었다는 것은 몰랐다. 케이는 티그리스가 이름뿐이라고 했지만, 그렇다고 해서 티그리스의 힘이 약해진 것은 아닐 것이다. 티그리스는 대륙에서 유일한 마법사 집단이었다.

마법이 소멸해가는 때에, 마법사들로만 이루어진 집단의 힘은 강할 수밖에 없었다. 타 국가에서도 티그리스를 함부로 건드리지 못했다.

그런 티그리스가 오르딘 공작의 손에 들어갔다. 오르딘 공작은 터무니없이 강한 힘을 손에 넣은 것이다.

"저는……."

케이의 말대로 복수를 꿈꾸는 거라면 지금 케이를 떠나는 것이 나았다. 그는 권력이나 힘에 관심이 없어 보이니까. 함께 있어 봐야 그의 뒤치다꺼리나 해야 할 뿐이리라.

하지만 떠나겠다는 말을 할 수가 없었다. 목이 콱 막혀 말이 나오지 않았다.

케이가 천천히 돌아서서 루를 응시했다.

눈부신 은발, 아름답게 빛나는 붉은 눈동자. 그의 눈동자는 흔들림 없이 루를 응시하고 있었다.

그의 맑은 눈동자 안에 비친 자신의 얼굴이 보였다. 화상 자국으로 형편없는 얼굴이어야 하는데, 아니었다. 어린 시절 뽀얗고 통통한 볼을 가진 소녀가, 그의 눈동자 안에 비춰지고 있었다.

루는 인정할 수밖에 없었다.

그의 개가 되기로 자처한 것이 단지 복수 때문만은 아니라는 것을. 그의 힘과 권력을 빌리기 위함이 아니라는 것을.

어릴 때 그를 처음 본 순간 싹튼 그 마음. 그때는 이름 붙일 수 없었던 그 감정. 다시 보는 순간 순식간에 자라나 루를 지배한 그것.

그를 사랑하기 때문이라는 것을.

그것을 인정하는 순간, 언제 멈췄냐는 듯 목소리가 흘러나왔다.

루는 케이를 똑바로 응시하며 옅은 미소를 지었다.

"저는 당신의 개입니다, 주인님. 당신이 그 무엇일지라도."

*   *   *

"그건 큰 문제군."

와칸이 중얼거렸다.

"그래, 큰 문제지."

쿠반이 왼쪽 다리를 떨며 답했다.

둘은 쿠빌레 지하 주점의 룸에 마주 앉아 있었다. 테이블 위에는 편지가 한 장 놓여 있었다. 쥬엔의 편지였다.

"시카족이라면 유명한 암살자 집단이니까 쉬이 넘어가진 않을 거다."

"그래, 쉬이 넘어가진 않겠지."

루가 가지고 왔을 때만 해도 연애편지일 거라고 생각했다. 그럴 수밖에 없는 것이, 편지에선 은은한 향기까지 나고 있었다.

루에게는 읽지 않겠다고 단언했지만, 내용이 궁금하긴 했다. 루가 나가자마자 봉투를 뜯어 읽었더니 그것은 단순한 연애편지가 아니었다.

쿠반 님.

알아요. 당신이 나와 결혼할 생각이 없다는 거.

하지만 알아 두세요. 시카족 여성에게 있어서 첫 키스의 상대와 결혼하지 못하는 건, 죽음과도 마찬가지라는 것을.

그걸 벗어날 수 있는 방법은 하나죠. 첫 키스의 상대가 죽는 거.

당신이 죽으면 저도 자유로워질 수 있어요.

그거 아세요? 시카족 족장이 얼마나 많은 재주가 있는지.

그날은 미처 말씀드리지 못했는데, 저는 족장의 딸이랍니다.

짐작되시나요? 제가 아버지께 얼마나 많은 것을 배웠을지.

*걱정하지 마세요. 제 첫 키스 상대이니만큼, 편안히 보내드
리겠습니다.*

쥬엔.

"대체 이 세상 누가 협박 편지에 향수를 뿌리냔 말이야!"

쿠반이 붉은 머리를 쥐어뜯으며 절규했다.

"어떡하지? 응? 어떡할까, 와칸?"

"결혼하든가, 죽어야지."

"야, 너 말이 심하다?"

"별수 없어. 시카족은 집요해. 게다가 족장의 딸이라면 수많
은 기술을 배웠을 거다. 널 죽일 수 있는 방법이 100가지는 되겠
지."

"그럼 내가 먼저 죽이면 되겠군."

당장이라도 일어날 듯한 쿠반에게 와칸이 말했다.

"시카족은 부족원들 사이가 긴밀하기로 정평이 나 있지. 게다
가 쥬엔은 족장의 딸이니, 건드리면 시카족 전체가 널 쫓을 거
다. 그렇게 되면 넌⋯⋯."

와칸이 담배를 꺼내 입에 물고 불을 붙였다. 한 모금 깊이 빨
아들였다가 연기를 훅 내뱉은 와칸이 쿠반을 응시하며 말했다.

"대장 손에 먼저 죽을걸."

"역시 그럴까?"

"응. 대장은 귀찮아지는 걸 싫어하니까. 직접 죽이는 것도 귀

찾아할 테니, 아마 널 묶어서 시카족에 선물로 보낼 거다."

"아니야, 대장은……! 그래, 그럴 것 같아. 네 말이 맞아."

케이라면 그럴 법도 했다.

쿠반은 담배에 불을 붙이며 케이의 말을 떠올렸다.

*—아랫도리를 어떻게 놀리든 내가 상관할 바는 아니지
만, 문제는 일으키지 마라.*

쿠반이 구온 시에 먼저 가 보겠다고 했을 때, 케이는 분명 그
렇게 말했다.

*—걱정 마소, 대장! 지금까지 내가 문제 일으키는 거 봤
수?*

가슴을 팡팡 두드리며 대답하는 쿠반을, 케이는 미심쩍다는
듯 응시했다.

'역시 대장은 선견지명이 있어!'라며 감탄할 때가 아니었다.

큰일이다.

케이가 조심하라고 했는데 이런 문제를 일으켰으니, 쥬엔보
다는 케이 손에 먼저 죽게 생겼다.

쿠반과 와칸이 담배를 뻑뻑 피우는데, 벌컥 문이 열렸다.

"으악. 너희들 무슨 담배를 이렇게 피우는 거야? 숨 막혀 죽겠

네.”

유진이었다.

유진은 손으로 부채질을 하며 안으로 들어와 쿠반의 옆에 앉았다.

“야, 루 말인데…….”

“마침 잘 왔다, 유진.”

유진의 말을 끊으며 쿠반이 황급히 상황을 설명했다. 유진은 머리가 좋은 놈이니 적당한 방법을 찾아 줄지도 모르겠다. 싱글싱글 웃으며 쿠반의 이야기를 듣던 유진이 푸하하 웃음을 터뜨렸다.

“그냥 결혼하지 그래? 파필리아의 여주인이라면 예쁘기로 유명하잖아. 게다가 시카족이라면 우리한테도 도움이 되지 않겠어?”

“싫다고! 난 한 여자한테 묶일 생각 없다니까! 얼른 방법을 찾아내! 그 좋은 머리를 굴려 보라고!”

쿠반이 유진의 멱살을 잡아 흔들며 외쳤다. 쿠반의 거친 힘에 앞뒤로 흔들리던 유진이 검지를 들어 올렸다.

“방법이 하나 있기는 한데, 이건 네가 쓰레기가 되는 짓이라서.”

“이놈은 원래 쓰레기야. 어떤 방법이냐?”

와칸이 쿠반 대신 말했다. 유진이 납득한다는 듯 고개를 끄덕였다.

"그래, 그건 그렇지. 그렇다면 말이야. 일단 파필리아의 여주인에게는 결혼을 하겠다고 말해 둬. 하지만 대장이 시킨 일이 있어서 시간을 좀 둬야겠다고, 그 전에는 연애만 하자고. 그러고 나서 즐겨, 쿠반. 너, 그거 휘두르는 거 좋아하잖냐."

유진이 쿠반의 다리 사이를 가리켰다.

"실컷 즐기다가 적당할 때 도망을 치든가, 그 여자 손에 죽든가, 대장 손에 죽든가. 셋 중 하나를 선택하는 거지."

"그저 살날이 조금 더 길어졌을 뿐이잖아!"

"모를 일이지, 그 전에 다른 사람 손에 죽을지."

"내가 죽는 건 기정사실이냐?"

"네놈처럼 살다가는 일찍 죽을 게 빤하잖아."

"그래, 쿠반은 적이 많으니까. 난 더 일찍 죽을 거라는 데 한 표 던진다."

와칸이 고개를 끄덕였다.

"와칸, 넌 입 닥치고 있다가 이런 데만 추임새 넣지 말라고!"

버럭 성질을 내긴 했지만, 쿠반은 유진의 방법이 썩 괜찮다고 생각했다.

그래, 그 독거미 같은 계집이 결혼을 원한다면 일단 하겠다고 해 두자.

토스카의 상황이 나아지는 대로, 아무도 모르게 목을 베어 버리면 그만이리라.

　　　　　*　　　　*　　　　*

　쥬엔은 실오라기 하나 걸치지 않고, 침대에 옆으로 비스듬히 누워 있었다. 곰방대를 피우는 쥬엔의 얼굴에 옅은 미소가 떠올랐다.

　토스카의 쿠반.

　그가 범상치 않은 사내라는 것은 알고 있었다. 하지만 그 정도일 줄은 몰랐다.

　포르쿠스의 후계자들을 단숨에 제압한 일당 중의 한 명이었다니.

　이러니저러니 해도 포르쿠스는 한 도시의 어둠을 지배하던 자들이었다. 쉬운 상대들이 아니었을 텐데도 큰 소란 없이 처리했다. 그만큼 실력이 뛰어나다는 뜻이다.

　'그래, 내 남편이 되려면 그 정도는 되어야지. 어디서 굴러먹다가 왔는지 모를 팔푼이가 아니라서 다행이야.'

　쥬엔은 곰방대를 내려놓고 침대에 엎드렸다. 부드러운 이불이 쥬엔의 몸을 휘감았다.

　'이제 어떤 식으로 접근을 해 오려나?'

　편지를 읽은 쿠반이 할 것 같은 행동은 두 가지였다. 먼저 쥬엔을 죽이러 오거나, 쥬엔과 결혼을 하려는 척하거나.

　'머리가 나쁘지 않은 남자였으면 좋겠는데.'

　그런 생각을 하고 있을 때, 창문이 열리고 검은 그림자가 불쑥 안으로 들어왔다. 쥬엔은 그쪽으로 시선도 주지 않았다. 누구의 방문인지 알고 있었기 때문이다.

쥬엔의 집은 제대로 된 용병들이 지키고 있었다. 그들의 눈에 띄지 않고 조용히 숨어들어 올 수 있는 사람은 많지 않다.

"아주 재미있는 편지를 보냈던데? 응?"

낮고 굵은 목소리가 음산하게 울려 퍼졌다. 그제야 쥬엔은 천천히 시선을 돌려 그를 응시했다.

쿠반이었다.

쿠반은 쥬엔을 씹어 먹을 듯 침대 옆으로 다가왔다. 쥬엔의 알몸을 보면서도 그는 눈 하나 깜빡이지 않았다. 그런 그의 반응은 모멸감과 동시에 묘한 쾌감을 이끌어 냈다.

쥬엔은 엎드린 자세로 눈을 가늘게 뜨고 그를 응시했다.

"죽이러 오셨나요? 아니면 죽으러 오셨나요?"

쥬엔의 도발에 쿠반이 으르렁거리듯 하얀 이를 드러냈다. 침대 위에 무릎을 대고 쥬엔을 돌려 눕힌 쿠반은, 그녀의 풍만한 가슴을 꽉 움켜쥐며 말했다.

"내 밑에 깔려서 울부짖게 만들어 주지, 시카족 계집."

*   *   *

뜨거운 행위가 끝난 후, 그가 눈을 내리깔고 쥬엔의 얼굴을 응시했다. 그의 오만한 표정이, 쥬엔은 마음에 들었다.

떨리는 손을 들어 그의 뺨을 쓰다듬었다.

쿠반은 그녀의 손을 붙잡아 손목을 깨물고 손가락 몇 개를 자신의 입 안에 넣었다. 쿠반은 그녀의 손가락이 초콜릿이라도 된다는 듯 핥고 빨다가, 손가락 끝을 잘근 깨물더니 놔주었다.

"시카족 계집. 결혼을 원한다면 얼마든지 해 주지."

쿠반이 침대에서 내려오며 말했다.

쥬엔은 혀로 입술을 핥으며 상체를 일으켰다. 길고 풍성한 머리카락이 쥬엔의 가슴 위로 떨어졌다.

"그래요? 큰 결심하셨군요."

"그래, 감사한 줄 알아라. 하지만 한 가지 조건이 있어."

쿠반은 쥬엔이 예상한 대로 행동했다. 쥬엔은 속으로 웃으면서도 겉으론 걱정스러운 듯 그의 얼굴을 올려다봤다.

"토스카는 이제 막 시작이다. 나는 대장을 보필할 의무가 있고. 토스카가 제대로 자리를 잡을 때까지는, 결혼 생활 같은 속 편한 짓을 할 수가 없단 말이지."

"흐응, 그런가요?"

"결혼은 할 거야, 언젠가는. 하지만 기다려 줘야겠어."

"그렇다면……."

쥬엔은 손을 뻗어 침대 옆 테이블 위에 있는 곰방대를 가지고 왔다. 곰방대를 침대 끝에 탁탁 치며 말했다.

"저도 조건을 하나 걸어야겠네요."

"뭔데?"

쿠반이 담배에 불을 붙이며 대수롭잖다는 듯 물었다.

"구온 시에 있는 이상, 하루에 한 번씩은 이 집에 들를 것."

"어이, 그게 말이 된다고……!"

"첫 키스를 한 후, 반년 내에 결혼식을 올리는 것이 시카족의 규칙이에요. 토스카가 반년 사이에 안정될 예정인가 보지요?"

"제길!"

쿠반이 욕설을 내뱉었다.

"방문하는 시간도, 머무는 시간도 상관없어요. 하루에 한 번씩 이 집에 들러, 제 얼굴을 보고 가세요. 그러기만 한다면 1년이든, 10년이든 기다려드리지요."

쿠반의 얼굴이 사납게 일그러졌다. 그는 끄응, 신음을 흘리며 한참을 고민했다.

쥬엔은 느긋하게 그의 대답을 기다렸다. 쿠반은 다루기 힘든 사내였다. 하지만 상관없었다. 지금껏 이 손에 걸려 멋대로 빠져나간 사내는 없었으니까.

아마 다른 남자들보다 다루기 힘들겠지만, 쥬엔은 시간을 두기로 했다.

시간을 두고 천천히, 매일 내 얼굴을 보다 보면.

"알겠어, 그렇게 하지. 대신 내 일이 마무리될 때까지는 결혼하자고 채근하지 마!"

당신도 내 거미줄에 엮이게 될 거야.

쥬엔은 옅은 미소를 지으며 대답했다.

"그럴게요, 쿠반 님."

*   *   *

돌아선 케이는 한참 동안 말이 없었다.

'내가 뭔가 잘못한 걸까? 웃지 말았어야 했나?'

불안한 마음으로 그의 뒷모습을 지켜봤다. 그의 은빛 머리카락이 흩날리고 있었다.

문득 그가 돌아섰다. 루는 묵묵히 그의 말을 기다렸다. 하지만 그는 말을 하는 대신, 루에게 다가와 자신의 외투를 벗어 어깨에 걸쳐 주었다.

"옷을 따뜻하게 입고 다니는 게 좋겠군."

"이 옷을 벗어 주시면 주인님께서 춥지 않으십니까?"

"그런가?"

그는 이도 저도 아닌 대답을 중얼거리더니 다시 해안 쪽을 향해 돌아섰다.

겨울이란 계절에 감싸인 바다는 처연한 청빛으로 비명 같은 파도 소리를 흘리고 있었다.

루는 외투에 남아 있는 그의 향기에 아찔해졌다. 목욕물에 향료를 섞은 건지, 옅은 아카시아 냄새가 났다. 그 향이 좋아서 킁킁대고 있었는데 그가 물었다.

"진짜 개 같군."

"네?"

"왜 그렇게 냄새를 맡는 거지?"

"아…… 이 향기가 좋습니다."

"그래?"

"네. 어릴 적 저택에 아카시아 나무가 한 그루 있었는데……
아니, 죄송합니다."

"뭐가?"

"제가 말이 많아서……."

"괜찮아. 더 짖어 봐."

차분한 그의 음성만 듣고서는 그의 기분을 짐작할 수가 없었
다. 비아냥거리는 건지, 화를 내는 건지, 그것도 아니면 정말로
괜찮다고 하는 건지, 도통 알 수가 없다. 하지만 명령이려니 생
각하고 계속해서 말했다.

"저택에 아카시아 나무가 한 그루 있었는데, 참으로 크고 향기
가 좋아서 그 아래에서 노는 것을 좋아했습니다."

"그렇군."

다시 침묵이 흘렀다.

얼마나 그러고 있었을까.

해가 지고 사위가 어두워졌다. 도시는 반짝이지만 해안가 절
벽은 빛이 없어 어두웠다. 하지만 그의 머리카락은, 저 아래 도
시에서 올라오는 불빛에 반짝거렸다. 마치 별이 가루가 되어 묻
어 있는 것처럼.

그의 머리카락을 만져보고 싶었다. 부드럽겠지. 상상하는 것보다 훨씬 더 부드러울 거야.

그런 생각을 하고 있는데 콧등에 차가운 것이 떨어졌다. 고개를 들자 어두운 하늘에서 하얀 가루 같은 것이 나풀나풀 내려오고 있었다.

"눈이 옵니다, 주인님."

"그렇군."

"들어가시지요."

"조금만 더 여기 있지."

"네, 주인님."

루의 대답을 들으며 케이는 눈을 감았다. '주인님'이라는 단어는 듣기 좋으면서도, 한편으로는 짜증이 난다. 왜일까.

남자치고는 조금 높은 허스키한 음성이 '케이아스'라고 불러 주었으면 좋겠다는, 바보 같은 생각을 했다. 이건 정말이지, 아무에게도 말할 수 없다.

이름을 불러 주었으면 좋겠다니. 그런 계집애 같은 생각을 하다니.

왜일까.

왜 루는 아무것도 없는 나를 주인으로 선택한 걸까?

루의 마음을 짐작할 수가 없었다.

처음에는 티그리스의 이름을 빌려 복수를 하기 위함이라고 생각했다. 하지만 오늘 분명하게 말했는데도 루는 그의 곁에 남겠다고 말했다.

　　—저는 당신의 개입니다, 주인님. 당신이 그 무엇일지라
　도.

　루의 음성이 떠올랐다. 그 말을 할 때의 눈빛도.
　대장 옆에 있겠다, 라는 말은 쿠반도, 와칸도, 유진도 했다.
　부하들이 허구한 날 하는 소리가 "대장한테 아무것도 없어도
괜찮아요. 우리의 대장은 대장뿐입니다."였다.
　녀석들에게 그런 소리를 들을 때는, '그러든가 말든가.'쯤의
감정이었다.
　하지만 루에게 들을 때는 달랐다.

　　—저는 당신의 개입니다, 주인님. 당신이 그 무엇일지라
　도.

　왜 그 말이 유독 가슴을 때리는 걸까? 맑고 투명한 눈동자 때
문일까? 맑은 가을 하늘보다도 아름답고 푸르른 눈동자로 똑바
로 응시하며 말하기 때문일까?
　어깨에 쌓인 눈이 녹아 옷이 축축해졌을 때에야 상념에서 벗
어났다. 가루처럼 내리던 눈이 어느새 함박눈이 되었다.
　뒤를 돌아보자, 옷이며 머리에 눈이 쌓인 루가 망부석처럼 서

있었다.

"춥겠군."

"괜찮습니다. 주인님께서 벗어 주신 외투가 따뜻합니다."

"내려가자."

"네, 주인님."

조금 험한 길이었다. 하지만 케이도, 루도 발걸음을 늦추지 않았다. 뒤에서 따라오는 루가 넘어질까 봐 신경이 쓰였다. 그리고 그걸 신경 쓰는 자신에게 짜증이 났다.

왜 이러는 거지? 뭐가 문제인 걸까, 대체.

부하들과 함께 불속에 들어가는 일이 있더라도, 그들이 괜찮은지 아닌지 신경 쓰지 않을 것이다. 그런데 왜 유독 루는 신경이 쓰이는 걸까? 만난 지 얼마나 됐다고.

처음 봤을 때부터 그랬다. 그래서 쿠빌레에 자리 잡은 후에도 루를 불러들이지 않았다. 루를 보면 울컥울컥, 저 안 깊은 곳에서 무언가 치밀어 올랐기 때문이다. 일상을 방해하는 기분이 드는 건 싫다.

그렇다면 루를 버리면 그만인데, 그건 더 싫었다.

'너무 쉬었더니 미쳐 가는 건가?'

티그리스에서 나와 얼마간은 미친 듯이 싸웠다. 추적자를 죽이고, 앞을 가로막는 놈들을 죽였다.

그렇게 죽이고 죽이다 보니 그조차도 질려서 관둬 버렸다. 그러자 추적자도 케이의 뒤를 쫓지 않았다. 케이가 마법을 사용하지 않아, 그의 뒤를 쫓을 방법이 사라진 것이다.

이유 없이 사람을 죽이는 것이 싫은데다가 티그리스와 엮이기도 싫어서, 그 이후로는 마법을 사용하지 않았다. 그게 문제인 걸까? 어릴 적부터 당연하게 사용하던 마법을 쓰지 않아, 정신이 이상해지고 있나?

"주인님."

루의 목소리에 정신을 차렸다.

"이쪽으로 가셔야 합니다."

어느새 도시에 들어와 있었다.

"그래. 너는 그만 가 봐라."

"네, 주인님."

루는 왜 쿠빌레로 불러 주지 않느냐고 묻지 않았다. 순순히 명령을 따르는 루의 태도에 또 짜증이 났다. 케이는 신경질적으로 머리를 쓸어 올리며 뒤를 돌아봤다. 루가 걸어가는 뒷모습이 보였다.

남자치고는 작은 키, 마른 체구. 어둠 속에 금방이라도 아스러질 것 같은 불안한 모습에, 케이는 저도 모르게 루의 뒤를 따라 걷기 시작했다.

*　　　*　　　*

파필리아의 뒷문으로 들어서자마자 발길질이 날아들었다.

퍽—

정확하게 복부를 맞은 루는 비틀거리며 고개를 들었다. 지트
가 잔인한 미소를 짓고 있었다.

"야, 이 괴물 새꺄. 어딜 쏘다니다 오는 거야?"

"무슨 일 있었어?"

"무슨 일? 이 새꺄, 몰라서 물어? 오늘 장작 때는 거, 네가 하기
로 했었잖아!"

"그랬던가?"

그런 적 없었다. 오늘 장작 때는 당번은 지트였다.

"모르는 척하지 마, 새끼야! 근데 이 옷은 어디서 난 거냐? 훔
쳤냐?"

지트가 탐욕스러운 눈빛으로 루의 외투를 잡았다.

"야, 야, 벗어 봐라. 이런 고급 외투가 너한테 어울린다고 생각
하냐? 이리 내놔!"

"이건 안 돼."

"뭐?"

"이건 안 돼, 지트."

"이 새끼가!"

지금껏 순종적이었던 루의 반항에 지트의 얼굴이 일그러졌
다.

"죽고 싶냐? 이게 어디서 대들어?"

지트의 주먹이 루의 얼굴을 향해 날아들었다. 루는 눈을 질끈

감았다.

괜찮아, 아프지 않을 거야. 괜찮아.

주먹이 닿을 때가 되었는데 아무것도 닿지 않았다. 눈을 든 루는, 생각지도 못한 광경을 보게 되었다.

케이가 지트의 손목을 잡고 있었다.

"이 손목을 자르는 걸로 시작하지."라고, 케이가 말했다.

"다, 다, 당신 누구야?"

지트가 겁에 질린 얼굴로 외쳤다.

케이의 얼굴은 구온 시 시민들에게 알려지지 않았다. 쿠반과 와칸이 행동 대장이었기 때문이기도 하고, 케이 자신이 게으르기 때문이기도 했다.

하지만 190cm가 넘는 장신의 케이는 존재만으로도 충분히 위압감이 있었다. 루보다 약간 큰 정도의 지트로서는 당연히 겁에 질릴 수밖에 없었다.

"뭐, 뭐, 뭐하는 거야?"

케이가 품에서 단검을 꺼내자 지트의 얼굴에서 핏기가 빠져나갔다. 지트는 온 힘을 다해 잡힌 손목을 빼내려 했지만, 케이의 힘을 이길 수가 없었다.

단도는 날카로웠다. 하지만 케이의 눈빛보다는 아니었다. 케이의 붉은 눈동자는 잔혹하고도 매섭게 빛나고 있었다.

지트는 깨달았다. 이 남자가 자신을 죽이리라는 것을. 그 누구도 이 남자를 이기지 못하리라는 것을.

태어나서 처음으로, 소리조차 지를 수 없는 공포를 맛보았다. 검보다도 날카로운 붉은 눈동자와 그의 전신에서 뿜어져 나오는 살기에 질려, 지트는 그만 오줌을 지리고 말았다.

"주인님. 안 됩니다."

지트의 손목에 단도가 닿았을 때, 정신을 차린 루가 달려갔다.

"안 됩니다, 주인님."

케이가 움직임을 멈췄다.

"왜 안 되지?"

그가 루를 보지도 않고 물었다. 그의 눈동자는 여전히 지트를 향해 있었다.

"주인이 자기 개를 건드리는 자를 죽이는 게, 안 되는 일인가?"

"하지만……."

"걱정 마라, 루. 손목 하나, 발목 하나로 끝낼 테니."

그게 더 안 될 일이다. 손목과 발목이 없으면, 이 도시에서 먹고 살아갈 수 없게 된다. 차라리 죽는 게 낫다.

"주인님……."

애원하는 루의 목소리에 케이가 미간을 좁혔다.

"너는 내 개다, 루."

그의 눈동자가 루에게로 향했다.

"내 개를 길가의 돌멩이 취급하는 건, 날 그리 취급한다는 것과 마찬가지지. 내가 길가의 돌멩이로 취급을 받으면서도 참길 바라나?"

그의 말을 들으며, 몇 시간 전 들었던 쿠반의 말을 떠올렸다.

—넌 대장의 소유야. 대장의 소유물이 무가치하게 행동
하고 저런 것들에 익숙해지는 건 유쾌한 일이 아니야.

이제야 쿠반의 말을 제대로 이해할 수가 있었다. 그의 개가 되
기로 했다면, 그에 맞는 품격을 지녀야만 했다. 하지만 그러지
못했고, 그것이 그를 분노케 했다.

"죄송합니다."

"왜 네가 죄송해하지?"

"죄송합니다, 주인님. 앞으로 이런 일 없을 겁니다."

"이자가 그렇게 감싸 줘야 할 만큼 소중한가?"

"그자가 소중한 것이 아닙니다. 쥬엔 님께 은혜를 입었습니
다. 쥬엔 님의 일꾼을 다치게 하고 싶지 않습니다."

"그래, 분명해서 좋군."

그가 단도를 품에 집어넣고 지트의 손을 놔주었다. 다리에 힘
이 풀린 지트는 그대로 주저앉았다.

어느새 구경꾼들이 모여 있었다. 파필리아의 여자들, 일꾼들.
다들 크게 놀란 표정으로 이쪽을 보고 있었다.

파필리아의 괴물 루. 그런 루를 자신의 것이라고 말하며 지켜
주는 은발의 미남.

처음으로 구온 시 사람들 앞에 얼굴을 드러낸 케이는, 그들의

시선 따위 아무래도 좋다는 듯 루의 목에 팔을 둘렀다.

"가자. 넌 이제부터 쿠빌레에서 살아라. 그리고……."

그가 구경꾼들을 돌아봤다.

케이는 붉은 눈동자로 그들을 노려보며 낮은 목소리로 말했다.

"너희들이 괴물이라 부르는 이 아이는, 이 도시의 어둠을 지배한 토스카의 사람이다. 누구든 이 아이를 조롱하거나 건드리는 자는, 상상할 수 있는 모든 방법으로 고문을 당한 후 죽을 것이다."

* * *

쥬엔은 머리를 단장하며 하녀의 이야기를 들었다. 좀 전에 파필리아에서 벌어진 놀라운 사건에 대한 이야기였다.

"그래서 루가 그 남자를 따라갔니?"

"네, 쥬엔 님. 신나서 따라가던데요."

신나서 따라갔다는 것은 과장이리라. 루는 그런 식으로 감정을 드러내는 남자가 아니니까.

"그렇구나. 어떤 남자였니?"

"정말 잘생겼더라고요. 은발에, 눈동자는 피처럼 붉고, 키가 크고, 체격이 좋았어요. 그 괴무…… 아니, 루를 토스카의 사람이라고 단언하던데요."

"그래, 잘됐구나."

"자, 잘됐다니요. 루는 파필리아를 배신한 거예요!"

"배신이라니. 나는 루를 파필리아의 일꾼으로 쓰려고 한 적도 없어. 이 집에 손님으로 묵으라는데도 그 애가 멋대로 파필리아를 도와준 거지."

루를 두둔하는 쥬엔의 말에 하녀가 입술을 씰룩거렸다. 하지만 쥬엔은 무시했다.

루는 처음부터 찾는 사람이 있다고 말했다. 순순히 그 남자를 따라갔다는 걸 보니, 그 남자가 찾던 인물인 모양이다.

은발의 붉은 눈동자. 쿠빌레의 가장 좋은 방에 묵는 그 남자가 토스카의 대장이라는 것은, 이미 알고 있었다.

'토스카의 대장을 찾고 있었던 거구나. 대체 그 남자가 뭐하는 남자이기에.'

전에 한번 변장을 하고 쿠빌레에 간 적이 있었다. 토스카 단원들은 전부 범상치 않아 보였다. 모르는 사람들의 눈에는 그저 종업원으로 보일지도 모르겠지만, 어릴 적부터 훈련을 받고 자라온 쥬엔은 알 수 있었다.

그런 사람들이 신뢰하고 따르는 남자니까, 대단한 사람이리라.

쥬엔은 틀어 올린 머리에 비녀를 꽂으며 미소 지었다.

'잘됐다, 루.'

　　　　　*　　　*　　　*

　그의 뒤를 따라 쿠빌레로 들어갔다. 책을 읽던 유진이 벌떡 일어났다.

　"대장, 늦으셨네요. 어, 루도 왔구나. 마침 잘됐다. 대장, 아까 하려던 얘기……."

　"코코아."

　"네?"

　"따뜻한 코코아랑 빵을 가져와."

　"네, 네. 그런데 대장. 제 말 좀 들어 주면 안 돼요?"

　유진이 볼멘소리로 중얼거렸지만 케이는 무시하고 계단을 오르기 시작했다. 루가 미안하다는 눈빛을 보낸 후, 케이의 뒤를 따라 올라갔다.

　로비에 혼자 남겨진 유진은 깊은 한숨을 내쉬고 다시 의자에 앉았다. 그리고 카운터를 손가락으로 톡톡 두드렸다.

　"이상하단 말이야."

　유진은 눈치가 빠른 자였다.

　"대장이 뭔가 이상해. 코코아라니. 단 걸 싫어하는 분이. 게다가…… 루가 입고 있던 그 코트, 분명 대장 코트인데. 루가 여자라면야, 우리 대장 사랑에 빠지셨구만……하겠지만. 루는 사내놈이고. 대체 뭐지? 대장, 왜 저러는 거지?"

　혼잣말을 중얼거리고 있는데, 와칸이 지하에서 올라왔다.

"야, 와칸. 마침 잘됐다."

심심했던 유진은 와칸을 붙잡고 방금 전의 일을 이야기했다. 잠자코 그의 이야기를 들은 와칸이 단호하게 말했다.

"대장이 더웠나 보군."

"눈이 오는 날씨인데?"

"대장은 속을 알 수 없는 분이니까."

"뭐, 그야 그렇지만."

"그건 그렇고. 일주일 후에 지하 주점을 대절한 여자가 가터 백작의 딸이라는 건 알고 있나?"

"가터 백작이라면…… 구온 시 시장 말이야?"

"그래."

"전혀 몰랐는데."

"백작의 딸이니 잘못 대응했다가는 시끄러워질 거다. 종업원들 단속 잘 시키는 게 좋겠다."

"아니, 그 백작 딸은 왜 이런 데서 논다는 거야? 사람 귀찮아지게."

"그래도 계약금으로만 큰돈을 지불했으니, 잘만 하면 상당히 도움이 될 것 같군."

"뭐, 그야 그렇겠지만. 아, 맞다. 와칸, 루 말이야……."

그때, 지하에서 누군가 와칸을 불렀다.

"나중에 듣도록 하지."

와칸이 휙 돌아서서 계단으로 향했다. 그 뒷모습을 보며 유진은 어깨가 들썩일 만큼 깊은 한숨을 내쉬었다.

"아니, 대체 왜 아무도 내 말을 안 들어 주는 거냐고?"

*　　　*　　　*

달콤한 코코아 향기가 방 안에 가득했다. 코코아가 가득 담긴 커다란 컵은 루의 앞에만 놓여 있었다. 코코아와 빵을 가지고 온 사람은 텐치였는데, 그는 당연하다는 듯 루에게 코코아를 주고 돌아갔다.

루가 컵을 케이에게 건네려고 하자 케이가 말했다.

"난 됐다. 너 먹어."

"네, 감사합니다."

코코아는 귀한 음료였지만, 쿠빌레쯤 되는 호화여관에 코코아가 구비되어 있는 건 이상하지 않았다. 루는 감사한 마음으로 코코아를 한 모금 머금었다.

혀가 녹을 듯 달콤하고 진한 맛이 입 안에 가득 퍼졌다. 감개무량할 정도로 맛이 좋아서, 홀짝거리다가 정신을 차리니 어느새 한 잔을 다 마셨다.

그 모습을 지켜보던 케이가 줄을 잡아당겼다.

벨 울리는 소리를 듣고 후다닥 달려온 텐치에게 코코아 한 잔을 더 시키는 케이를, 루는 물끄러미 응시했다. 케이는 역시 다정하다.

"내게 하고 싶은 말이 있나?"

루의 시선을 느낀 케이가 물었다.

"토스카. 토스카의 목적을 알고 싶습니다."

"목적이라."

그가 창밖으로 시선을 던졌다.

"뭔가 기대하는 모양인데 관두는 게 좋을 거다. 부하들이 제멋대로 만든 모임일 뿐이니까."

"기대하는 거 없습니다, 주인님."

루가 말했다.

"주인님께서 주시는 코코아 한 잔으로도, 저는 넘치도록 기쁩니다."

"그렇군."

잠시 침묵이 흘렀다.

그의 은빛 머리카락을 보는 것이, 루는 좋았다. 고요 속에 잠긴 그의 머리카락은 별빛의 노래 같았다. 가만히 보고 있노라면 불빛에 반짝반짝 오색으로 빛났다.

눈 덮인 설원에 있는 듯, 혹은 쏟아지는 오로라 아래에 있는 듯, 아름다운 광경이었다.

"선대가 죽은 후, 티그리스에게 쫓기며 살아왔다. 쉴 곳이 필요했고, 구온 시가 몸을 숨기고 있기에 적당하다고 판단했다. 당분간은 이곳을 거점으로 삼고 지낼 생각이다."

케이가 담담한 목소리로 설명했다.

"그러십니까. 그렇다면 토스카는 주인님을 편히 쉬시도록 구온 시의 어둠을 잘 다스리는 일을 하고 있는 거군요."

"그렇다고 할 수 있지."

케이는 부하들이 티그리스 탈환을 위해 애쓰고 있다는 말은 하지 않았다. 아무리 애써도 바뀌는 것은 없을 테니까.

상대는 오르딘 공작을 등에 업은 마법사 무리다.

마법을 사용할 줄 모르는 부하들이 덤벼 봐야 개죽음을 당할 뿐이다.

'티그리스의 마법도 이제 예전 같지는 않겠지만 오르딘 공작이 문제지. 그놈이 가진 권력이 너무 거대해졌어.'

케이는 팔짱을 낀 자세로 앉아 루를 응시했다. 루는 자기 얼굴보다 커다란 컵을 입에 대고 홀짝홀짝 코코아를 마시고 있었다.

이마에 드리운 새까만 머리카락은 반짝반짝 윤기가 흘렀다. 만지면 굉장히 부드러울 것 같다는 생각을 하다가 인상을 찌푸렸다.

왜 또 이런 생각을 하고 있는 걸까. 같은 사내놈끼리 만질 게 무엇이 있고, 부드러울 게 무엇이 있단 말인가.

루가 앞에 있으면 생각이 제멋대로 흘러간다. 불쾌하지만 그렇다고 루를 쫓아내고 싶진 않았다. 기분 좋은 표정으로 코코아를 마시는 루를 지켜보는 것이 싫지 않았다. 참 잘도 먹는다.

"내일은."

루의 허름한 옷에 시선이 닿았다.

"옷을 사러 가야겠군."

"네, 주인님."

루가 곧바로 대답했다. 아마도 케이의 옷을 사러 간다고 생각한 모양이다. 케이는 그렇게 생각하도록 내버려 두었다.

"그럼 적당히 먹고 자라, 루."

"네. 아, 그런데…… 전 어디서 자면 됩니까?"

"개면 개답게 주인의 발치에서 자야지."

짓궂은 마음으로 그렇게 말했다. 당황할 줄 알았는데 루는 순순히 대답했다.

"네, 알겠습니다."

짜증이 났다.

아무리 개를 자처했다고는 해도 발치에서 자라고 한 것까지 넙죽 받아들일 건 없잖은가.

"농담이다."

"주인님께서 농담도 하시는 줄은 몰랐습니다."

"……나도 농담쯤은 한다."

케이가 줄을 잡아당기자, 근처에 있었는지 텐치가 곧장 들어왔다.

"네, 대장! 뭐할까요?"

"옆방에 루의 잠자리를 마련해 주도록."

"네, 대장! 지금요?"

"그래."

"저, 이 빵 남은 거 먹어도 됩니까?"

"……그래."

텐치가 루의 정중함을 반만이라도 닮았으면 좋겠다고 생각하며, 케이는 침대로 향했다. 루가 꾸벅 인사를 하고 텐치를 따라 방에서 나갔다. 텐치는 몇 조각의 빵을 입에 밀어 넣고 우물우물 씹고 있었다.

케이는 침대에 누워 눈을 감았다.

루가 나갔는데도 선대의 향기가 남아 있다.

'아버지, 당신은 저 녀석에게 무슨 짓을 한 거지?'

처음에는 스쳐 지나갔을 뿐일 거라 생각했다. 하지만 루와 있으면 있을수록 선대의 냄새가 강해졌다.

선대가 루에게 마법을 걸어 둔 것이 틀림없다고는 생각하는데, 어떤 종류의 마법인지 모르겠다. 루가 과거 이야기를 하면서도 선대에 대해 이야기를 하지 않은 걸 보면, 대수롭지 않은 마법인 것 같은데.

'뭐, 상관없겠지.'

케이는 신경을 끄기로 했다.

어차피 당분간은 마법을 사용하지 않을 예정이니까.

어쩌면 평생이라도.

*　　*　　*

케이의 옆방은 케이의 방만큼이나 호화로웠다. 이런 방에 묵으려면 하루에 은화 1개는 내야 할 것이다.

부모님이 돌아가시고 한동안은 거리에서 지냈다. 파필리아에서 일하면서부터는 작은 골방의 딱딱한 침대에서 모포를 두르고 잤다.

제대로 된 침구가 있는 방을 사용하는 건 기억도 나지 않을 만큼 오랜 일이라, 이런 곳에서 그냥 자도 되는 건지 불안할 정도였다.

"방 진짜 좋지?"

텐치가 주머니에서 빵을 꺼내며 말했다. 빵 부스러기가 바닥에 떨어졌다.

"응, 정말 좋다."

"부럽다. 이런 방에서 자고."

"넌 어디서 자는데?"

"주점 옆에 있는 방."

나도 그런 곳이면 되는데, 라고 생각하다가 곧 그 생각을 거뒀다.

케이의 개라면 그에 맞는 품격을 지녀야만 한다고 생각한 게 몇 시간 전의 일이다.

이런 것들을 부담스럽게 받아들이지 말자. 케이라는 남자의 옆에 서도 부끄럽지 않은 인간이 되자.

"근데 루, 너 그 검. 진짜로 둘 다 사용하는 거야?"

"응."

"대단하다. 장검 두 자루는 휘두르기 힘들 텐데. 봐도 돼?"

텐치가 손을 내밀었다. 루는 검을 뽑아 그에게 건넸다. 텐치는 능숙하게 검을 받아 들더니 침대 끄트머리에 앉아 살펴보기 시작했다. 꼼꼼히 점검하는 모습이, 검에 꽤나 익숙해 보였다.

"많이 낡았네. 조만간 부러질지도 모르겠는데. 소중한 검이야?"

"아니, 주웠어."

검을 살 만한 돈이 없었다. 거리를 돌아다니던 시절, 버려진 검들 중 쓸 만한 것을 주웠다.

"유진 형님한테 검 사 달라고 해. 유진 형님이 자금을 관리하거든."

"아니, 괜찮아."

그런 것까지 신세를 질 수는 없었다.

"지하 주점에서 할 만한 일이 있을까?"

검을 돌려받으며 물었다.

"응, 손님이 많아서 엄청 바쁘거든. 휴이 형님한테 일자리가 있느냐고 물어볼게."

"휴이 형님?"

"지하 주점 담당 형님이야. 주방에서 일하는데 엄청 무서워. 요리는 잘해?"

"아니. 해 본 적이 없어."

"그래? 그럼 서빙을 해야겠네."

"서빙은, 서빙은 안 돼."

"아……."

루의 화상 흉터 있는 얼굴을 보며 텐치가 미안하다는 듯 웃었다.

"그럼 청소나 설거지 쪽으로 알아봐야겠다."

"응, 부탁 좀 할게."

"있잖아, 루."

"응?"

"우리 단원 중에 나랑 같은 나이가 들어온 건 네가 처음이야. 우리 앞으로 친하게 지내자."

주근깨 가득한 얼굴로 순수하게 말하는 텐치를 보며, 루는 옅은 미소를 지었다.

"응, 그래."

텐치가 나간 후, 루는 창문을 활짝 열었다. 차가운 바람이 훅 밀려들어 왔다.

오늘 하루 있었던 일들이 꿈처럼 느껴졌다. 그의 외투를 입고 있지 않았더라면, 기분 좋은 꿈을 꾸고 있다고 생각했을 것이다.

그의 옷에서 나는 아카시아 향이 좋아, 벗고 싶지 않았다. 외투 옷깃에 얼굴을 묻으니, 마치 그에게 안긴 것 같은 기분이 들었다.

파필리아를 나오기 직전, 목을 감싸던 그의 팔이 떠올랐다. 굵고 따뜻한 팔뚝이, 루를 절대 혼자 놔주지 않겠다는 듯 단단히 감싸고 있었다.

그때의 느낌을 떠올리며 배시시 웃다가 퍼뜩 정신을 차렸다. 좋은 방에 혼자 남게 되니 마음이 편해져서 바보 같은 행동을 하고 말았다.

이런 여자 같은 행동은 하면 안 되는데.

창문을 닫고 방 안을 둘러봤다.

케이의 방과 달리 욕실이 따로 마련되어 있었다. 아니, 케이의 방에도 욕실이 있는데, 욕조만 따로 꺼내 놓은 걸지도 모르겠다.

욕실 문을 열고 들어가자, 수도 설비가 잘되어 있는 공간이 모습을 드러냈다.

파필리아의 일꾼들은 공용 목욕탕을 사용했는데, 여자인 루는 아무도 이용하지 않는 새벽에 씻었어야 했다. 이제는 눈치 보지 않고 마음껏 샤워를 할 수 있겠다.

'딱히 다른 일이 있을 것 같진 않으니 씻을까?'라고 생각할 때였다.

똑똑—

노크 소리가 들렸다.

"네."

"나 유진인데 문 좀 열어 줄래?"

이 시간에 유진이 어쩐 일일까.

그러고 보니, 유진은 계속 하고 싶은 말이 있는 것 같았다.

문을 열자 유진이 한 손을 들었다.

"늦은 시간에 미안."

"어쩐 일이십니까?"

"잠깐 좀 보고 싶어서."

"뭘요?"

"네 얼굴."

"네?"

"아니, 네 피부라고 해야 하나?"

"아…….."

역시 루의 얼굴을 뚫어져라 살펴본다고 생각했던 것은 착각이 아니었다. 유진은 루가 허락하지 않았는데도 멋대로 들어왔다.

"어디 얼굴 좀 보자."

유진이 루의 얼굴로 손을 뻗었다. 루는 저도 모르게 흠칫하며 몸을 뒤로 뺐다. 유진이 씩 웃었다.

"안 잡아먹어, 인마."

"얼굴을 보이는 걸…… 좋아하지 않습니다."

"그래, 그렇겠지. 그래도 좀 보자."

유진이 억지를 부리며 루에게 한 걸음 다가섰다. 루는 이를 악물고 거부감을 드러내지 않기 위해 애썼다. 유진은 눈가를 가린 루의 머리카락을 위로 걷어내고, 얼굴을 꼼꼼히 살펴보기 시작했다.

거부감을 넘어서서 지루한 감정까지 생길 무렵, 유진이 루의 볼에 시선을 고정시킨 채 말했다.

"루, 옷 좀 벗어 봐."

*　　　*　　　*

당혹감을 감출 수가 없었다.

루는 눈을 크게 뜨고 뒷걸음질을 쳤다. 그런 루의 행동에 유진이 오히려 의아하다는 표정을 지었다.

"왜 그래?"

"아, 옷은…… 갑자기 왜…… 벗으라고 하시는지……."

"엥? 그게 그렇게 당황할 일이냐?"

'당연하죠!'하고 튀어나올 뻔한 말을 꿀꺽 삼켰다.

같은 남자라면 당황할 일이 아니겠지만, 남자가 아니라서 문제다.

그동안은 혼자서만 지냈다. 파필리아에서도 혼자나 마찬가지였기에, 이런 요구를 들어 본 적이 없다. 새벽에 혼자 목욕을 하는 루를 이상하게 보는 사람도 없었다. 다들 흉터 때문일 거라고 생각하고 있었기 때문이다.

하지만 이젠 상황이 달라졌다.

토스카 일원은 긴밀한 사이인 것 같아 보인다. 같이 목욕도 하고, 그 앞에서 옷도 벗는 것이 아무렇지도 않은 관계. 가족과도 같은 사이.

앞으로도 이런 일이 왕왕 생기리라는 것을, 루는 확신했다.

그렇다면 이제부터 이런 요구를 받지 않도록 확실하게 행동해야 한다.

"저는 다른 사람 앞에서 옷을 벗지 않습니다."

"왜? 흉터 때문에?"

"아니요."

흉터 때문이라고 하면 '어차피 얼굴에도 있는데 상관없잖아.'라는 소리를 들을 것 같았다.

"그럼?"

"……."

"왜 그렇게 계집애 같이 굴어? 남들이 보면 내가 성희롱이라도 하는 줄 알겠다."

"아뇨, 그런 게 아닙니다. 그게 아니라……."

일단 아니라고 말은 해 뒀지만 어떤 변명을 해야 할지 모르겠다.

"저는……."

"부모님의 유언이었다는군."

변명은 유진의 뒤에서 들려왔다. 열린 방문 너머로 와칸이 보였다.

"어? 와칸, 여긴 어쩐 일이야?"

"대장 방에 문제는 없는지 확인하러 올라왔다."

"충성스러운 개는 루가 아니라 네 쪽인 것 같아. 개 같은 놈."

묘하게 기분 나쁜 칭찬을 하며 유진이 킬킬 웃었다.

"그나저나 부모님 유언이라고? 남들 앞에서 옷을 벗지 말라는 게?"

"그렇다더군."

"대체 왜?"

"그건…… 루에게 물어봐라."

와칸이 무책임하게 떠넘겼다.

하지만 루는 그에게 고마웠다. 어찌 되었든 도망칠 구멍을 발견한 기분이다.

유진이 이유를 듣기 위해 루를 돌아봤다. 루는 잠시 망설이다가, 몇 시간 전 케이에게 했던 과거 이야기를 늘어놓기 시작했다. 언젠가는 토스카 일원에게 할 이야기였다.

유진과 와칸은 심각한 표정으로 루의 이야기를 들었다. 루는 솔직하게 다 이야기한 후, 거짓말을 하나 보탰다.

"아버지는 어머니와 같은 일이 저에게도 벌어지지 않기를 바라셨습니다. 귀족들 중에는 남색을 즐기는 자들도 있으니, 절대 다른 사람들 앞에서 몸을 드러내지 말라고 하셨지요."

잘 생각하면 말도 안 되는 소리다. 몸을 드러낸다고 남색 취향의 귀족들에게 걸려드는 게 아니다. 성욕을 불러일으킬 만큼 아름다운 외모가 문제가 되는 것이다.

하지만 눈시울이 붉어진 유진은, 거기까지 생각이 미치지 않는 듯했다. 그는 코를 훌쩍거리며, 루의 어깨를 토닥였다.

"그래, 그래. 너, 인마. 정말 힘들게 살았구나. 아버지 유언이면 당연히 지켜야지."

"……네."

만난 지 24시간도 되지 않았는데, 루의 과거를 자기 일처럼 가슴 아파해 주는 유진의 모습에 가슴이 찡해졌다. 그를 속이는 것이 미안했지만 어쩔 수 없었다.

"앞으로 뭔가 힘든 일 있으면 이 형님한테 말해. 이제 와서 하는 말인데, 내가 토스카 중에서 제일 머리가 좋거든. 뭐가 됐든 다 해결해 줄게."

"네, 감사합니다."

"그럼 루."

안경을 벗고 눈가에 맺힌 눈물을 닦아 내며, 유진이 말했다.

"팔뚝 정도는 보여 줄 수 있지?"

"……."

이 남자는 대체 왜 이렇게 몸을 보고 싶어 하는 걸까?

이상한 취향이라도 있는 게 아닌지 의심스러웠지만, 루의 처지를 진심으로 안타깝게 여겨 준 사람이니 그쯤은 해 주기로 했다.

루가 외투를 벗고 소매를 둘둘 말아 올렸다. 유진은 루의 가느다란 손목을 잡아 얼굴 높이로 들어, 아까처럼 꼼꼼히 살펴봤다. 그러더니 검지로 루의 피부를 쓱 쓸었다.

"흠. 역시……."

"무슨 문제라도?"

"루, 너……."

"유진 형님! 휴이 형님이 불러요!"

유진의 말을 끊으며, 텐치의 외침이 들려왔다. 동시에 케이의 방문이 열렸다.

"다들 내려가. 시끄러우니까."

무시무시한 표정으로 명령한 케이는 무슨 일이냐고 묻지도 않고 문을 닫았다.

"아, 진짜. 왜 다들 내 말을 끊는 거냐고."

유진이 투덜거리며 루의 방에서 나갔다. 그가 계단 아래로 사라진 후, 루가 와칸에게 말했다.

"도와주셔서 감사합니다."

"네 이야기의 어디까지가 진실이지?"

"유언 부분만 거짓말이었습니다."

"그렇군."

와칸은 곧바로 내려가지 않았다. 무슨 볼일이 있는 건가 싶어 문을 닫지 않고 그를 올려다보고 있었더니, 와칸이 머뭇거리다가 루의 머리를 툭툭 토닥였다.

"고생 많았다."

그 간결한 한 마디가 무척이나 따뜻해서, 루는 저도 모르게 미소를 짓고 말았다.

*　　*　　*

"해산물보다는 돼지고기 수요가 많아. 해산물을 줄이고 돼지고기를 좀 더 사들여."

늦은 밤.

지하 주점은 한창 활발하게 움직이고 있었다.

휴이는 도마 위에서 칼질을 멈추지 않으며 말했다.

"야채 구입처는 바꿔. 신선도가 떨어져. 입맛 드럽게 고급인 자식들만 방문하는 곳이라서, 기가 막히게 눈치채더라고."

양손에 쥔 식칼을 자유자재로 움직이며 요리하는 휴이의 모습은 흉흉하기 그지없었다.

참으로 주방이라는 곳과 안 어울리는 사내라고 생각하며, 유진은 휴이가 말하는 것을 받아 적었다.

"그런데 형. 나 말이야. 뭔가 재미있는 걸 알아냈다? 형은 내 얘기 들어 줄 거야?"

오늘 낮부터 얘기하고 싶어서 죽는 줄 알았다. 하지만 말만 꺼내려고 하면 우연인지 필연인지 방해를 받았다.

"해 봐. 요리에 침 안 튀게 조심하고."

"루 말이야. 만나 봤어?"

"대장의 개 말이지? 아직. 텐치한테 얘기는 들었어. 대장 말대로 눈동자가 어마어마하게 예쁘다던데."

"어, 예쁘지. 눈동자, 그래. 진짜 예쁘긴 해."

"그래서? 그놈이 왜?"

"오늘 봤더니 끔찍한 화상 흉터가 있더라고. 피부가 쭈글쭈글해. 울긋불긋 쭈글쭈글. 그렇게 엉망이기도 힘들 만큼 엉망이야. 얼굴만이 아니라 온몸에 생긴 흉터 같거든. 알아봤더니 파필리아의 괴물이라고 불린다더라."

"루 외모 까려는 거면 닥치고 나가. 남의 외모 따위 관심 없으니까."

"아니, 아니. 내가 그럴 사람이 아니잖아. 그게 아니라…… 하여간 그 화상 흉터 말이야. 뭔가 좀 이상하더라고. 전신에 화상 흉터가 골고루 퍼졌는데, 그게 좀 이상해."

"뭐가?"

"균등해."

"균등?"

휴이가 커다란 냄비에 일정한 크기로 썬 고기를 집어넣었다. 양념을 하고 불을 붙인 휴이가 앞치마에 손을 닦으며 유진을 돌아봤다. 유진의 이야기에 흥미를 느낀 것이리라.

"화상 흉터라는 게 말이야. 전신에 불이 붙어서, 같은 시간 타오르다가 꺼졌어도, 그런 식으로 생기지는 않거든. 그런데 루의 화상 흉터는 정말로 균등해. 그 작은 얼굴에 있는 흉터까지도."

"그러니까 그 균등이라는 게 뭔 뜻인데?"

"쭈그러든 모양이 다 똑같아. 얼굴도, 손목도."

"흐음."

"울긋불긋한 색깔도 다 똑같고. 마치 일부러 찍어 낸 것처럼."

"그거 재미있군."

"그치? 그래서 내가 좀 알아봤지. 기다려 봐."

유진이 주방을 뛰어나가려다가 우뚝 멈췄다.

"형, 기다려야 돼. 알겠지? 무슨 일이 생겨도 기다려. 내 말 또 중간에 끊게 하지 말고."

"닥치고 얼른 다녀와!"

유진은 서둘러 로비에 가서 카운터 아래에 넣어 뒀던 책을 들고 주방으로 돌아왔다.

다행히 휴이는 아까와 같은 자세로 유진을 기다리고 있었다. 눈물 나게 고마웠다.

"300여 년 전 마검전쟁 때 마법사 쪽이 패배하면서 대부분의 마법사가 죽임을 당하고, 마법 관련 서적이 불태워졌지. 뒤늦게 살아남은 마법사들이 무리를 지어 반란을 꾀했지만 그조차도 잘되지 않았어. 간신히 살아남은 몇 명만이 음지에서 활동하기 시작했고, 평화를 찾은 지금은 티그리스라는 막강한 힘을 지닌 조직이 됐지."

"무슨 말을 하려나 했더니 역사 공부를 하자는 거냐?"

휴이가 불퉁거렸다.

"자자, 들어 봐. 하여간 마검전쟁 이후 대부분의 마법이 잊혔어. 티그리스의 마법사들이 사용할 줄 아는 마법은 몇 가지의 공격 마법뿐이지. 대를 이어 갈수록 마법을 다루는 능력도 점점 약해지고 있고. 그러던 중에 놀라운 재능을 가진 아이가 태어났어. 그게 선대 검은 호랑이야. 대장의 아버지."

"그래서?"

"선대는 기록을 통해서도 마법을 익힐 수가 있었어. 다들 공격 마법만 다룰 줄 알았지만, 선대는⋯⋯."

유진이 책을 펼쳐 어느 부분을 가리켰다.

"이런 저주 마법도 사용할 수 있었던 거야."

무심히 책으로 시선을 준 휴이의 눈이 커졌다. 책에는 그림이 실려 있었다. 벌거벗은 인간의 앞모습과 뒷모습을 그린 그림이었는데, 평범한 인간이 아니었다. 온몸이 화상을 입은 것처럼 쭈글쭈글한 흉터로 덮인 인간이었다.

"인체변형 저주야. 가장 기본적인 저주이기는 해. 오래전에는 인간을 두꺼비 같은 다른 동물로 변화시키는 것도 가능했다고 쓰여 있어. 하여간 이 저주는 상대를 끔찍한 모습으로 바꾸거나, 혹은 정체를 들키고 싶지 않을 때 위장용으로 사용했다고 하더라. 저주를 거는 것만큼 저주를 푸는 것도 쉬웠을 테니까."

유진이 즐거운 목소리로 설명했다.

"흐음."

휴이가 턱을 문질렀다.

"그럼 선대께서 왜 루한테 이런 저주 마법을 걸어 둔 거지?"

"아까 루한테 들었는데……."

유진은 루의 과거에 대해 이야기했다.

"루가 자기 어머니를 닮았다면 분명 굉장한 외모일 거야. 선대께서 걱정스러운 마음에 저주를 걸어 둔 거겠지. 오르딘 공작의 눈에 띄지 않도록."

"그럼 루는 왜 너나 대장한테 선대를 만났다는 이야기를 하지 않은 거지? 루가 대장의 정체를 알고 있긴 하냐?"

"응, 알고 있을 거야. 그리고 그건 내 나름대로 추측해 봤는데…… 루도 자기가 저주에 걸린 걸 모르는 게 아닐까? 어릴 때 있었던 일이기도 하고, 실제로 저택이 불에 탔잖아. 그때 화상을 입은 거라고 생각했을 수도 있고. 충격 받으면 기억에 혼란이 오고 그러니까."

"음, 확실히…… 그럴 수도 있겠어. 그래서?"

"엉?"

"네 말대로 루가 선대의 저주 마법에 걸린 거라고 한다면, 그게 뭐? 선대는 이미 없고, 대장은 당분간 마법을 사용해선 안 되잖아. 루에게 걸린 마법은 풀 수 없는 거 아니냐?"

"그게 말이야."

유진이 안경을 추켜올리며 씩 웃었다.

"풀 수 있는 방법이 하나 있어."

유진이 책장을 넘겼다. 거기에는 마법약을 만드는 방법이 쓰여 있었다.

"이건……."

"그래, 마법 때문에 생긴 병을 고치는 데는 역시 마법약이지."

"야, 인마. 이건 안 돼. 재료가…… 이건 심하잖아. 이런 걸 루가 마시려고 들겠냐?"

"좀 끔찍한가?"

"거미 눈알 100개에, 모기 다리에 뱀 꼬리…… 이 자식아, 너라면 먹겠냐?"

"그거야 뭐, 루한테 재료를 말 안 하면 그만이지."

"지독한 놈. 게다가 17살 이상인 처녀의 머리카락 한 뭉텅이라니. 이 세상에 17살 이상인데도 처녀인 여자가 어디 있어?"

"있더라."

"뭐?"

"다음 주에 방문하는 가터 백작의 딸, 비비안 양이 처녀더라고."

"그건 또 어떻게 안 거야?"

"후후후. 내 정보력을 무시하지 마."

"뭐, 네 말이 맞다 쳐도…… 백작 딸의 머리카락을 어떻게 얻을 건데. 한 올 정도라면 모를까, 한 뭉텅이가 필요한 거잖아. 백작 딸이 순순히 자기 머리카락을 잘라 주려고 하겠어?"

"그거야 어떻게든 되겠지."

유진이 탁 소리가 나게 책을 덮었다.

"하여간 형. 이건 아무한테도 말하지 마. 몰래 준비해서 다들 깜짝 놀라게 해 줄 거니까."

"그럼 그냥 네놈 혼자 알고 있으면 되지, 왜 나한테 그런 얘기를 한 건데? 비밀 지키는 게 세상에서 제일 어려운 일이라는 거 몰라?"

"뭘 모르는군, 휴이 형."

유진이 휴이의 넓은 어깨에 손을 얹고, 그의 눈을 똑바로 응시하며 말했다.

"거미 눈알이랑 모기 다리 같은 걸 나 혼자 어떻게 모아? 도와 줘."

"……저주받을 놈."

* * *

항상 그렇듯 악몽에 시달렸다. 포근하고 편한 침대도 악몽을 물리치지 못했다. 루는 뻑뻑한 눈을 비비며 침대에서 내려왔다.

창문으로 희미한 빛이 흘러들어 왔다. 아래를 내려다보니 밤새 내린 눈이 소복하게 쌓였다. 이미 사람들이 오갔는지 눈에 발자국 몇 개가 찍혀 있었다.

루는 방의 불을 켜고 커튼을 내렸다. 문이 잠겼다는 것을 확인한 후에야 욕실에 들어가 옷을 벗었다.

17살 때부터 커지기 시작한 가슴이 가죽조끼 안에 꽉 짓눌려 있었다. 처음에는 코르셋처럼 매일 착용해야 하는 조끼가 답답했지만, 이젠 익숙해졌다.

앞섶을 묶은 끈을 풀고 조끼를 벗자, 눌려 있던 풍만한 가슴이 모습을 드러냈다. 가슴에도 흉측한 화상 흉터가 있어서, 루는 구태여 자신의 몸을 내려다보지 않았다.

수도설비가 잘되어 있는 여관이라, 따뜻한 물을 원 없이 사용할 수 있었다.

예전에는 겨울에도 다 식은 물에서 씻어야만 했기에, 느긋한 샤워를 즐길 수 있다는 것만으로도 감개무량했다.

씻은 후 곧바로 방에서 나와 케이의 방문 앞으로 향했다. 그는 일어났을까? 그가 부른 것도 아닌데 먼저 찾아와도 되는 걸까?

망설인 끝에 그의 방문을 노크했다. 조금 늦게 그의 대답이 들려왔다.

"들어와."

조금 잠긴 목소리였다.

문을 열고 들어가자 침대에 누워 있는 케이가 보였다. 아직 잠이 덜 깼는지 그는 눈을 반쯤 감고 있었다. 저 모습을 귀엽다고 생각하면 안 되는 거겠지. 루는 그에게서 시선을 떼며 말했다.

"쿠빌레의 일을 돕고 싶습니다."

"왜?"

"주인님께서 어제, 저도 이젠 토스카의 일원이라고 하셨으니까요."

"그랬던가."

케이는 중얼거리며 이불을 걷어 냈다. 그는 윗옷을 입고 있지 않았다. 넓은 어깨와 일자로 뻗은 쇄골, 단단한 근육질의 가슴이 드러났다. 하지만 루는 이제 그의 몸을 아무렇지도 않게 응시할 수 있었다. 그가 자신에게 아무 감정이 없다는 것을 알기 때문이었다.

"아무 일도 하지 않고 내 발치에서 꼬리만 흔드는 방법도 있을 텐데."

"이왕이면 재주 많은 개가 되고 싶습니다."

케이가 피식 웃었다.

사막에 부는 바람 같은, 그의 공허한 미소조차 보기 좋았다.

"그래, 적당히 할 일을 찾아봐라."

"네, 나가 보겠습니다."

루는 꾸벅 인사를 하고 돌아섰다. 방문을 열고 나가 문을 닫으려는 그때, 문 사이로 그의 모습이 보였다. 케이는 루를 가만히 지켜보고 있었다.

그가 자신을 애완견 정도로 생각한다는 것을 알지만, 그의 붉은 눈동자는 여전히 이 심장을 뛰게 만든다. 루는 덧없이 뛰는 심장에 쓴웃음을 삼키며, 조용히 문을 닫았다.

*　　　*　　　*

루는 텐치에게 안내를 받아 주방으로 향했다. 주방문을 열었을 때, 주방장인 휴이는 바로 보이지 않았다.

"휴이 형님!"

"어, 그래."

텐치의 외침에 안쪽에서 대답이 들려왔다. 그쪽으로 가 보니, 덩치 큰 남자가 기어 다니고 있었다. 휴이는 체구가 크고 연갈색의 짧은 머리카락을 가진 남자였다.

"형님, 뭐하세요?"

"어, 거미 찾는다."

"거미요? 거미는 왜요?"

"그런 게 있어. 너도 간간히 찾아보고, 죽이지 말고 잡아 와라. 모기나 뱀 같은 것도 있나 보고. 새도 잡아 오고."

"대체 뭘 하고 싶은 거예요?"

"그건 알 거 없고 대답이나 해!"

"네, 근데요. 루 데리고 왔어요."

"어, 그래?"

휴이가 벌떡 일어났다. 그는 진녹색 눈동자로 루를 빤히 내려다봤다.

루는 그의 시선이, 유진의 것과 비슷하다고 생각하며 고개를 숙였다.

"처음 뵙겠습니다."

"그래, 그래. 잘 왔다. 설거지할 거라고?"

"네."

"요리는 아예 못하고?"

"네."

"그래도 주방이 얼마나 신성한 공간인지는 알고 있겠지?"

"네."

루는 주방에서 거미를 잡는 것도 신성한 일 중 하나냐고 묻고 싶었지만 관뒀다.

지하 주점은 오후 5시부터 시작을 하고, 그 전에는 식당으로 운영을 한다. 하지만 손님이 많지 않아 굳이 일손이 필요하지 않다고 했다. 휴이는 앞으로 5시부터 출근하라며, 루와 텐치를 내쫓았다.

"휴이 형님은 내가 마음에 안 드는 걸까?"

루의 질문에 텐치가 웃었다.

"아니, 휴이 형님은 원래 저래. 나한테는 허구한 날 욕만 하는데, 뭐. 너한텐 그래도 친절한 편이야."

오전 시간은 텐치와 함께 보냈다. 원래 이 시간에는 와칸에게 검술 훈련을 받지만, 오늘은 와칸이 자리를 비웠단다. 유진의 부탁으로 뱀을 잡으러 나갔다나?

그래서 할 일이 없어진 텐치는 루의 방에서 한참 수다를 떨었다. 참으로 말이 많은 사내다.

"근데 루, 파필리아에 진짜 그렇게 예쁜 여자가 많아?"

텐치가 호기심 어린 눈으로 물었다.

"응. 많지. 얼굴 보고 뽑으니까."

"파필리아 여자들이랑 놀려면 돈이 많이 필요하겠지?"

"여자에 따라 다르지만, 상당히 필요하긴 해."

"하룻밤에 얼만데?"

"500타리온."

"헉! 내 한 달치 급료의 반이잖아!"

"급료도 받아?"

"당연하지! 한 달에 1,000타리온."

1타리온이면 시장에서 꼬치구이 하나를 사 먹을 수 있고, 5타리온이면 간단한 한 끼 식사가 가능하다.

그 정도면 파필리아에서 무급으로 일하던 루에게는 상상도 못 할 만큼 큰돈으로 느껴졌지만, 텐치는 그렇지도 않은 모양이었다.

"급료 좀 올려 달라고 하는데 안 된대. 5년째 같은 돈을 받으면서 일한다니까."

"토스카 단원들은 무급으로 일하는 줄 알았는데."

"에이, 무급으로 일하는 게 어디 있어? 뭐, 우리가 그냥 떠돌아다닐 때는 각자 알아서 먹을 걸 조달하지만, 이렇게 거점이 생기면 반드시 급료를 지불해 줘. 너도 무급으로 일할 생각하지 마. 유진 형님이 널 본받으라면서 급료를 깎을지도 모르니까."

"응, 그래."

그런 이야기를 하고 있는데 딸랑, 종이 울리는 소리가 들렸다. 소리가 난 곳을 올려다보자, 언제 설치된 건지 은색으로 빛나는 작은 종이 매달려 있었다. 종이 달린 줄은 천장에서 창문 바깥으로 연결되어 있었다.

"아, 저거. 유진 형님이 설치한 건가 보다. 우리가 지하 주점에 내려가 있을 때."

"저게 뭔데?"

"대장의 즉석 호출."

케이의 방과 연결된 종이었다.

"대장이 널 부르나 봐. 그럼 난 내려다볼게."

텐치가 담백하게 말하며 일어났다. 하지만 이어지는 말은 그리 담백하지 않았다.

"있지, 루. 혹시 파필리아를 싸게 이용할 수 있는 방법이 있으면, 나중에 은근슬쩍 알려 줘. 알겠지? 너무 대놓고 알려 주면 쑥스러우니까 은근슬쩍 알려 줘야 돼."

이런 말을 하는 게 더 쑥스럽지 않나?

루는 황당했지만 일단 고개를 끄덕였다.

방에서 나와, 텐치는 계단으로, 루는 케이의 방으로 향했다. 똑똑, 노크를 하고 케이의 대답을 들은 후 안으로 들어갔다.

"앞으로 내가 불렀을 땐 노크 없이 들어와."

창가에 서 있던 케이가 말했다.

"네, 주인님."

"그리고 이제부터는 대장이라고 불러라. 너도 토스카의 일원이니까."

"네, 대장."

"그럼 나가자."

"네."

나가자고 말해 놓고서 케이는 움직이지 않았다. 그는 창밖을 향하고 있던 시선을 돌려 루를 빤히 응시했다. 한참 그렇게 루를 노려보던 그가 물었다.

"넌 호기심이 없는 건가?"

"네?"

"어딜 가느냐고 묻질 않는군."

"그건…… 주인, 아니, 대장께 어디까지 묻고, 행동해도 될지 알 수가 없어서 그렇습니다."

"다른 녀석들이 나한테 하듯이 하면 된다. 아까 네 입으로 인정하지 않았나? 이제 토스카의 일원이라고."

"다른 형님들은 묘하게 버릇없이 행동하는 것 같았는데."

"그래, 버릇없이 굴지."

케이가 피식 웃었다.

"딱 그 정도가 적당하다."

그의 얼굴에 약간은 장난스러운 미소가 떠올랐다. 그 미소가 그와 어찌나 잘 어울리는지, 루는 아찔한 기분을 느꼈다. 그렇게 웃는 그는 나이보다 훨씬 어려 보여서, 마치 오래전 그를 처음 본 그날로 돌아간 것만 같았다.

"네, 알겠습니다."

"그래. 그럼 나가지."

"어딜 가는 겁니까?"

"쇼핑."

로비를 지키는 사람이 없었다.

"유진."

케이가 낮은 음성으로 부르자, 카운터 뒤에서 대답이 들려왔다.

"네, 대장! 잠시만요!"

먼지를 뒤집어쓴 유진이 몸을 일으켰다. 그와 동시에 여기저기서 지친 표정의 종업원들이 불쑥불쑥 몸을 일으켰다. 다들 뭔가 찾고 있었던 모양이다.

기이한 상황임에도 불구하고 케이는 아무것도 묻지 않았다. 케이란 남자는 자기 일이 아니면 관심이 없는 것 같다. 호기심이 없다는 말은 루가 아닌 케이가 들어야 할 말이다.

"돈."

케이가 유진을 향해 손을 내밀었다.

"아, 오늘 쇼핑하러 가신다고 했죠?"

유진이 카운터 아래에 있는 금고를 열어 봉투를 꺼냈다. 두둑했다.

"검을 살 돈까지 해서 넉넉히 넣었어요."

"그래. 다녀오마."

"네, 네. 루, 잘 다녀와."

유진이 환하게 웃으며 손을 흔들더니, 두 사람이 나가는 것도 확인하지 않고 다시 카운터 아래로 몸을 숙였다.

"니들도 쉬지 말고 찾아!"

유진의 날카로운 외침에, 한숨 돌리려던 종업원들도 제각각 흩어졌다.

대체 뭘 찾는 거지?

루는 궁금해서 견딜 수가 없었지만, 문을 나서는 케이의 뒤를 따랐다.

쿠빌레 건물 앞에서 담배를 피우던 쿠반이 두 사람에게 다가 왔다.

"대장, 어디 가슈?"

"쇼핑."

"쇼핑? 갑자기 웬 쇼핑? 그런 거 안 하잖수."

"루."

"아아, 루가 쓸 물건 사러?"

"그래."

몰랐다. 루는 케이의 것을 사러 나간다고만 생각하고 있었다.

"그럼 저도 같이 갑시다. 안에서 좀 쉬려고 했더니 유진이 자 꾸 뭘 찾으라고 야단이라."

케이는 대답하지 않았지만 쿠반은 그걸 승낙이라고 여긴 듯 멋대로 따라왔다.

케이가 앞장을 서고, 루와 쿠반이 나란히 그의 뒤를 따라 걸었다.

"형님. 유진 형님이 뭘 찾는 겁니까?"

궁금했던 것을 물었다.

"글쎄. 뱀이랑 모기랑 거미를 있는 대로 잡아 오라던데. 새도 잡아 오고."

"그걸 왜요?"

"몰라. 드디어 돌았나 보지."

"유진 형님은 좀…… 이상한 분이시네요."

"조금이 아냐. 어젯밤에 갑자기 모기 같은 걸 잡아 오라고 닦달하는데, 눈에 광기가 번들거리더라고. 아니, 이 계절에 모기를 어디서 잡느냐 말이야."

"그러게요. 이런 날씨엔 모기가 없을 텐데."

"그래, 그 말을 했더니 뭐라는 줄 알아? 어딘가에 알이 있을 테니, 찾아서 품에 품어 부화를 시키라는 거야. 아주 미친 거지. 제대로 미쳤어!"

쿠반이 꾹꾹 누르고 있던 불만을 터뜨렸다.

"그런데 더 미치겠는 건 뭔지 아냐?"

"뭡니까?"

"그 자식이 돈줄을 꽉 쥐고 있다는 거야! 그 자식 뜻에 거스르면 돈을 쓸 수가 없어. 아주 미치겠다, 내가."

"그러시겠네요."

"한주먹거리도 안 되는 놈인데. 아호. 조만간 죽이든가 해야
지."

쿠반이 돌아볼 만큼 큰 목소리로 버럭버럭 소리를 지르는데
도, 케이는 관심을 주지 않았다. 대단한 정신력이다.

구온 시의 상점가는 두 종류였다.

낮에 운영하는 일반적인 가게. 이런 가게들에는 조직의 손길
이 크게 작용하지 않는다. 시의 보호를 받기 때문이다.

또 하나는 밤에 운영하는 가게. 파필리아나 쿠빌레, 혹은 위험
한 술집 등이 '어둠의 거리'에 속해 있었고, 조직의 지배를 받았
다. 시에서도 암묵적으로 동의해, 그런 가게들에는 신경을 쓰지
않았다. 전부 관리하기에는 시청의 공무원이 부족했기 때문이
다.

그들의 향한 곳은 낮의 상점가였다.

루는 낮의 상점가를 방문한 일이 거의 없었다. 파필리아에서
일만 했고, 끼니도 적당히 가게의 음식을 먹거나 숲에서 나는 과
일로 때워 왔다. 딱히 급료를 받는 것도 아니라서, 돈을 쓸 일이
없었다.

낮의 상점가는 길이 정비가 잘되어 있고, 깨끗하며, 활기가 넘
쳤다. 특히 고기와 해산물 등 식료품을 파는 가게들은 호객 행위
를 하느라 시끌벅적했다. 항구를 통해 들어오는 관광객들을 잡

으려는 것이다.

하지만 어둠과 관계가 없는 그들도 쿠반의 얼굴은 알고 있는 듯, 거리로 들어선 쿠반을 보자마자 조용해졌다.

"쿠반, 대체 무슨 짓을 하고 다닌 거지?"

케이가 낮은 음성으로 물었다.

"무슨 짓은 뭘…… 그냥 술도 마시고 밥도 먹고 그랬수다."

그럴 리가 없다고, 루는 생각했다.

먹고 마시기만 했다면, 상점 주인들이 저렇게 겁에 질린 표정을 짓지는 않을 것이다.

"자, 자. 대장, 저기 저 옷가게. 질 좋고 싼 옷을 판다고 하더라고. 저기서 삽시다."

케이에게 혼날 것이 두려운 듯, 쿠반이 걸음을 재촉했다. 케이는 더 이상 지적하지 않고 가게로 향했다.

옷가게는 향수도 같이 파는지, 좋은 향기가 가득 했다. 루는 생전 처음 들어와 보는 옷가게의 내부를 신기한 기분으로 둘러봤다.

여성 옷과 남성 옷이, 고급 옷과 저렴한 옷이, 구역을 나눠 진열되어 있었다.

"어서오십…… 쿠, 쿠반 님?"

환한 표정으로 인사를 하던 옷가게 주인이, 쿠반을 보자 얼굴이 하얗게 질렸다. 쿠반이 황급히 그에게 다가가 어깨에 팔을 걸쳤다.

"오랜만이지, 우리?"

"그, 그런가요?"

"저기 저분이, 우리 토스카의 대장님이시고, 저기 저 비쩍 마른 놈이 우리 대장이 아끼는 녀석인데 말이야. 저 녀석 옷을 사러 왔거든."

"네, 네."

"옷 좀 가져와 봐."

"예입!"

옷가게 주인이 안절부절못하며 옷들을 꺼내기 시작했다.

*　　　*　　　*

"쿠반."

케이의 음성이 더 낮아졌다. 쿠반이 하하하, 어색하게 웃었다.

"자, 자. 대장. 좋은 게 좋은 거잖수. 우리 사소한 일은 좀 접어 둡시다. 루한테 잘 맞는 옷을 골라야 하지 않겠수?"

케이가 작게 한숨을 내쉬었다.

"오늘은 일단 넘어가 주지. 앞으로 관계없는 사람들을 건드리면, 오른쪽 손가락부터 시작하겠다."

"어휴, 우리 대장. 아주 잔인한 소리를 하시네. 나 오른손잡이인 거 아시면…… 하하하하. 그렇게 노려보지 좀 마소. 두 번 다시 문제 안 일으킬 테니까."

그런 이야기를 하는 동안, 옷가게 주인이 옷을 잔뜩 꺼내 왔다.

"이 옷들이 손님 체형에 맞을 것 같습니다."

수북하게 쌓인 옷을, 루는 당혹스러운 마음으로 내려다봤다. 남들이 버린 옷을 주워 입는 게 어느새 당연한 일이 되어 버렸다.

수많은 옷들 중 하나를 고르는 건, 건장한 남자 10명을 상대하는 것보다 어렵다.

하지만 그런 고민은 길지 않았다. 쿠반이 제멋대로 옷을 뒤적거리며 루에게 어울릴 만한 옷을 찾기 시작한 것이다.

"대장, 이거 루랑 잘 어울릴 것 같죠?"

"그렇군."

"이 옷도 잘 어울릴 것 같은데. 이것도."

"그래."

쿠반과 케이의 행동을, 루는 이해할 수가 없었다.

잘 어울리다니.

어차피 비쩍 마른 몸에 엉망으로 일그러진 얼굴이다. 뭘 입어도 어울릴 턱이 없다.

하지만 쿠반은 신이 나서 골랐고, 케이는 쿠반이 고른 옷을 만족스러워했다.

루는 슬슬 그들의 심미안이 의심될 지경에 이르렀다. 저 남자들의 눈, 괜찮은 걸까?

"이렇게 많이는 필요 없습니다."

고른다고 골랐는데도, 계산대에 놓인 옷이 수북했다. 어림짐 작으로 20벌은 넘는 것 같다.

"일단 계절별로 4, 5벌은 있어야 되잖냐. 겨울에는 외투도 필 요하고. 그렇게 많은 것도 아냐. 아, 훈련용 옷도 사야지."

쿠반이 편해 보이는 옷을 몇 벌 더 추가했다.

케이가 주머니에서 유진에게 받은 봉투를 꺼냈다. 그 안에는 지폐뿐 아니라, 은화도 몇 개 들어 있는지 짤랑거리는 소리가 났 다.

"얼마지?"

"지인 할인은 당연히 해 주겠지?"

케이의 뒤에서 쿠반이 물었다. 케이가 미간을 좁혔다.

"쿠반."

"아니, 아니, 대장. 괴롭히려는 게 아니잖수. 난 그냥 좀 더 경 제적으로……."

"할인은 필요 없다. 얼마지?"

한참 어려 보이는 케이가 반말을 하는데도, 주인은 불쾌한 기 색이 없었다.

"6500타리온이지만 할인을 하면……."

"할인은 됐다."

케이는 주인의 말을 자르며 은화를 하나 꺼내 계산대 위에 내 려놨다. 반짝반짝 빛나는 원형의 은화를 본 주인의 눈이 번쩍거렸다. 하지만 주인은 곧바로 은화를 향해 손을 뻗지 않고 미심쩍다는 듯 케이를 바라봤다.

"거스름돈은 필요 없다. 가자."

"아, 대장! 이런 식으로 돈 쓰면 유진이…….."

"쿠반. 오른손 손가락…….."

"역시 우리 대장은 돈을 쓸 줄 안다니까! 대장부 중의 대장부지! 으하하하하."

옷가게 주인은 존경심이 가득한 눈으로 케이를 올려다봤다. 말 한 마디로 쿠반을 꼼짝도 못 하게 만드는 케이에게, 경외심까지 느끼는 것 같았다.

'대체 쿠반 형님은 여기서 무슨 짓을 하고 다닌 거지?'

하여간 토스카에는 평범한 인물이 없는 것 같다.

* * *

와칸은 카운터에 커다란 자루를 쿵, 내려놨다. 가득 찬 자루는 꿈틀거리고 있었고, 비릿한 냄새가 났다.

"대체."

와칸이 인상을 찌푸렸다.

"무슨 짓을 꾸미는 거지, 유진?"

"꾸미긴. 100마리 딱 채웠지? 왜 이렇게 오래 걸렸어?"

"이런 날씨에 뱀 100마리 잡는 게 쉬운 일인 것 같나?"

실제로 와칸의 옷은 흙투성이였다. 겨울잠을 자는 뱀을 찾기 위해 땅을 파고 돌아다녔던 것이다.

"쉬운 일만 하면 그게 남자야? 어려운 일을 해내니까 남자지."

"네가 어쭙잖은 논리를 펼칠 땐 뭔가를 꾸밀 때지. 말해, 유진. 목을 베기 전에."

"네가 내 목을 베는데, 내가 가만히 당하고 있을 것 같아?"

유진이 씩 웃으며 허리춤에 차고 있는 총으로 손을 가져갔다.

"총알 하나둘쯤 박힌다고 안 죽어."

"아니, 보통은 죽어."

와칸은 이유를 듣기 전까지는 돌아갈 생각이 없는 듯했다. 이제 슬슬 숙박객들이 들어올 시간이다. 흙투성이의 덩치 큰 사내가 로비에 있으면, 심약한 고급 손님들이 겁에 질릴 것이다.

유진은 어쩔까 고민하다가 와칸을 팔을 끌어당겨 카운터 뒤로 오게 했다. 그리고 작은 목소리로 루와 저주 마법에 대해 이야기했다.

와칸은 유진이 쓰고 있는 은제 안경테가 반짝거리는 것을 가만히 응시하며 유진의 이야기를 들었다.

유진은 머리가 좋고 꾀가 많은 녀석이다. 허투루 하는 소리는 아니리라.

'그게 저주 마법 때문이었군.'

와칸은 루가 여자라는 것을 아는 유일한 사람이었다.

사내 녀석들이야, 흉터 하나둘쯤 훈장으로 여긴다. 쿠반만 해도 이마에 있는 흉터를 자랑스럽게 생각했다.

하지만 여자는 다르다. 몸에 작은 상처 하나만 생겨도, 흉이 질까 걱정하는 것이 여자였다. 그런데 루는 온몸에 끔찍한 화상 흉터가 있다. 그것 때문에 파필리아의 괴물이라고 불리기까지 했다.

남자도 견디기 힘든 조롱을, 여자인 루가 견디며 살아온 것이다.

와칸은 여자를 버린 것도 모자라, 화상 흉터까지 짊어지고 살아가야 하는 루가 안쓰러웠다. 그녀는 너무 작고 위태로웠다.

"아무튼 말이야. 이 재료를 다 구해서 팔팔 끓이기만 하면, 루에게 걸린 저주를 풀 약을 만들 수 있거든."

"그런 거였군."

"대장과 루를 위한 깜짝 선물이라고 해야 할까? 그래서 아무한테도 말하지 않으려고 했지."

"깜짝 선물이라."

원래의 피부로 돌아오면, 루가 놀라기는 할 것이다. 흉터가 없는 루가 어떤 모습일지 궁금하긴 했다.

"그래서 말인데, 와칸. 너 남쪽 정글에 좀 다녀와라."

남쪽 정글은 하루 이틀 사이에 다녀올 만한 거리가 아니었다. 가장 빠른 말을 타고 종일 달려도, 오가는 데만 한 달이 걸린다.

와칸은 유진이 드디어 미친 건가 싶었다. 안 그래도 케이가 정말로 티그리스를 되찾을 생각이 없는 것 같아서 뒤숭숭한데, 미친 동료까지 앞에 두니 짜증이 치밀었다. 하지만 와칸은 놀라운 참을성을 가진 사내였다. 비명이 나오려는 것을 꾹 참으며, 낮은 목소리로 물었다.

"또 왜?"

유진이 싱글싱글 웃으며 답했다.

"모기 잡으러."

3장

"이걸로 하겠다고?"

무기상에서 루가 고른 검을 보며 쿠반이 기겁했다.

"네, 역시 두 자루는 너무 비쌀까요? 그렇다면 제가 급료를 받아서 갚도록 하겠습니다."

"아니, 아니. 가격이 문제가 아니지. 유진이 검을 사라고 돈을 챙겨 줬으면 두둑하게 챙겨 줬을걸. 무기 사는 데는 돈을 안 아끼니까. 문제는 돈이 아니라…… 이거 클레이모어야, 인마. 양손검이라고."

"네."

"길이가 네 키랑 비슷해."

"제 키는 170cm는 됩니다. 이건 150cm짜리고요."

"비슷하긴 하잖아! 이거 하나 무게가 얼만 줄 알아? 3키로야, 3키로! 게다가 허리에 차지도 못해!"

"그럼 등에 비스듬히 겹쳐서 차면 되겠군. 모양이 좋겠는데."

가만히 있던 케이가 끼어들었다.

"아니, 대장. 모양이 문제가 아니잖수. 싸움에선 속도가 생명이잖아요. 게다가 루 팔뚝 좀 보소. 이런 팔뚝으로 3키로짜리를 양손에 하나씩 쥐고 휘두를 수나 있겠수? 이 롱소드야 1키로밖에 안 되니 어떻게 휘둘렀다고 쳐도."

"가능하겠나?"

케이가 루에게 물었다. 루는 가볍게 고개를 끄덕였다.

"네, 대장."

"가능하다는군."

"아니, 대장. 저 말을 믿수? 원래 검 좀 다룬다는 놈들은, 제 힘을 과신하는 경향이 있다고요."

"과신하는 중인가?"

"아닙니다."

"과신하지 않는다는군."

"아, 그러니까! 대장은 대체 왜 저 녀석 말을 그렇게 맹신하는 건데?"

"그거야……."

거기까지 말하고 케이가 입을 다물었다.

자신도 알 수 없었다. 왜 루의 말이라면 의심하는 것 없이 믿게 될까. 루가 제 입으로 과거에 대해 이야기하기는 했지만, 그걸 확인해 보진 않았다. 그냥 녀석의 말이 진실일 거라고 믿었다.

흔들림이 없는 맑은 눈동자 때문일까. 그래서 이렇게 의심 없이 믿게 되는 걸까.

"그거야 내 개이기 때문이지. 개가 주인에게 거짓말할 리 없잖아."

"에잇! 말이 안 통하네. 전 답답해서 못 있겠수. 먼저 갈 테니, 클레이모어를 사든, 바스타드 소드를 사든 알아서 하소. 나중에 가서 후회하지 마라, 루. 분명 후회할 거다! 후회할 거라고!"

쿠반이 저주 같은 말을 내뱉다가, 케이의 시선을 받더니 후다닥 도망치듯 나가 버렸다.

클레이모어라고 해도 다 같은 클레이모어가 아니었다. 만든 장인에 따라 가격이 달라졌는데, 루가 고른 것은 유명한 장인이 만든 검이었다.

"보는 눈이 있으십니다, 손님."

이라며, 무기상이 제시한 가격은 금화 1개였다. 은화 30개와 같은 가격이다. 그게 얼마나 많은 돈인지, 루는 짐작조차 되지 않았다.

하지만 케이는 그 정도 가격은 예상했다는 듯 봉투 안에서 금화를 하나 꺼냈다. 반짝거리는 금화를 보는 건 처음이었다. 루는 숨을 멈추고 금화가 주인의 손으로 넘어가는 것을 지켜봤다.

케이는 돈을 지불하자마자 휙 돌아서서 가게를 나갔다. 루는 클레이모어를 챙겨 들고 그의 뒤를 따랐다. 클레이모어와 롱소드, 옷의 무게가 합쳐져서 상당히 무거웠지만, 못 버틸 정도는 아니었다.

"이렇게 비쌀 줄은 몰랐습니다."

"그래?"

"쿠빌레에서 일하면 급료를 받는다고 들었습니다. 반드시 모아서 갚도록 하겠습니다."

"누구한테?"

"네?"

"토스카의 자금을 쥐고 있는 건 유진이다. 돈 문제라면 유진에게 말해라."

"아…… 네, 대장."

"클레이모어 두 자루를 등에 메고 다니려면 적당한 검집이 필요하겠군. 유진에게 말해 두면 만들어 줄 거다."

"유진 형님이 그런 것도 만드십니까?"

"손재주가 좋지."

쇼핑을 끝냈으니 쿠빌레로 돌아갈 줄 알았다. 하지만 케이가 향한 곳은 서쪽 성문 방향이었다. 루는 말없이 그의 뒤를 따라 걸었다.

케이는 걸을 때 소리를 내지 않았다. 허리를 똑바로 세우고 정면을 응시하며 천천히 걷는 그의 뒷모습은 근사했다. 목덜미에서 찰랑거리는 은빛 머리카락을 만져 보고 싶었다. 그를 마음껏 만질 수 있으면 좋겠다는 생각을 하다가, 퍼뜩 정신을 차렸다.

'내가 무슨 생각을……'

이런 생각 따위 안 하기로 했는데. 정신을 똑바로 차리고 있어야겠다.

그가 걸음을 멈춘 곳은, 루와 처음 만났던 그 부근이었다. 그때와 다른 것이 있다면, 사람의 발길이 닿지 않아 아침에 내린 눈이 고스란히 쌓여 있다는 점이었다. 눈은 발목까지 쌓여 있었다.

"쿠빌레에도 장작이 필요하지. 장작을 모아다 주면 유진이 좋아할 거다."

케이가 루를 향해 돌아섰다.

"검을 사용해 봐라, 루."

루는 케이가 자신을 시험하고 있다는 것을 깨달았다. 그는 루가 클레이모어를 잘 다룰 수 있는지, 자신의 실력을 맹신하고 있는 건 아닌지 확인하려고 했다.

"손에 무게와 길이를 익힐 시간이 필요합니다. 잠시만 연습하고 하겠습니다."

"그래."

루는 그동안 사용했던 낡은 롱소드를 내려놓고, 긴 클레이모어를 양손에 하나씩 쥐었다. 클레이모어는 루의 키와 비슷할 정도로 길고 무거웠다.

루는 손목을 흔들어 무게를 가늠했다. 확실히 손목에 무리가 간다. 하지만 이걸 잘 다룰 수 있게 되면, 롱소드 때와는 비교도 안 될 만큼 강해질 것이다. 무거운 것을 휘두를 때의 타격감이 기대됐다.

루의 한쪽 입꼬리가 슬며시 올라갔다.

*　　*　　*

쿠반이 창문으로 들어갔을 때, 쥬엔은 화장대 앞에 앉아 있었다. 슬슬 나갈 준비를 하는지 연회색의 풍성한 드레스를 입었다. 몸매가 드러나진 않지만 가슴이 패여, 풍만한 가슴이 탐스럽게 올라와 있었다.

"어서 오세요."

쥬엔이 거울에 비친 쿠반을 보며 말했다.

"올 때마다 넣어 줘야 되는 거냐?"

쿠반의 질문에 쥬엔이 빙그레 웃었다.

"원하신다면."

"할 기분 아냐."

"그렇다면 차나 한잔하시겠어요?"

"아니, 술."

"그래요."

쥬엔이 하녀를 불러, 가장 고급술을 가지고 오라고 시켰다. 하녀가 금 쟁반에 술과 얇게 저민 햄을 가지고 왔다.

쿠반은 투명한 잔에 술을 따르는 쥬엔을 물끄러미 응시했다.

"루가 토스카 사람이 되었다면서요?"

쥬엔이 물었다.

"어, 그렇게 됐네. 대장 눈에 들었거든."

"그래요. 잘됐네요."

"일꾼이 사라져서 어쩌냐?"

"일꾼이라니요. 그 아이를 일꾼으로 부릴 생각도 없었답니다. 자, 드세요."

쥬엔이 쿠반에게 잔을 내밀었다.

술은 맛이 좋았다. 쿠빌레 지하 주점에서 휴이 몰래 훔쳐 마신 술보다 고급인 것 같다.

"토스카의 대장님 눈에 들었다면, 그 애를 괴롭히는 사람은 없겠군요."

"괴롭히는 게 이상한 거지. 이 도시는 대체 어떻게 되먹은 도시이기에, 얼굴에 흉터 좀 있다고 괴물이라고 불러 대고 조롱하는 거냐? 남자 얼굴에 생긴 흉터는 훈장이라고!"

그 말에 쥬엔이 부드럽게 미소를 지었다. 그동안 지었던 요염한 미소와는 달리, 순수하고 애정이 가득 담긴 미소였다. 그 미소가 어찌나 달콤한지, 쿠반은 저도 모르게 마른침을 삼켰다.

루의 이야기를 할 때의 쥬엔은 평소와 조금 달랐다.

"그러게요. 참으로 이상한 도시지요. 하지만 사람 사는 곳이 다 그렇지 않은가요?"

"넌 루를 무시하지 않나 보군. 아니면 내 앞이라서 착한 척을 하는 건가?"

"착한 척?"

쥬엔의 눈이 가늘어졌다.

"제가 이제 와서 쿠반 님 앞에서 착한 척을 해야 할 필요가 있나요? 제가 못됐다고 해서 쿠반 님이 절 버리실 것도 아닌데. 안 그래요?"

"……그, 그렇지."

제 무덤을 판 꼴이다.

쿠반의 당혹감을 아는 건지 모르는 건지, 쥬엔은 느긋하게 곰방대를 입에 물고 허공을 응시했다.

"몇 년 전에 산적들을 만났어요. 물론 제 실력이면 그들을 상대할 수 있었죠. 그때 마침 그 길을 지나가던 루와 동행을 하는 중이었는데, 그 애가 당연하다는 듯 저와 산적들 사이에 서더군요. 저를 지켜 주기 위해. 비쩍 마른 그 애가 양손에 롱소드를 한 자루씩 쥐고 있는 모습을 보면서, 산적들이 비웃었어요. 산적들은 그 한 명, 한 명이 루의 두 배는 되는 덩치였거든요. 그런데 그거 아세요?"

쥬엔의 눈동자가 천천히 움직여 쿠반에게서 멈췄다.

"양손에 검을 한 자루씩 쥐고 싸우는 루는, 정말로 아름다워요. 반할 수밖에 없을 만큼."

*　　　*　　　*

아름답다.

문득 든 생각에 당황할 정신도 없었다.

아름답다.

그 생각만이 머릿속에 가득했다.

케이는 자신이 숨을 쉬지 않고 있다는 것조차 깨닫지 못했다. 붉은 눈동자는 오롯이 루 한 사람만을 담고 있었다. 제 몸만큼 긴 클레이모어를 들고 춤추듯 움직이는 루만이, 세상의 전부인 듯이.

처음에는 어색한 움직임이었다. 원래 사용하던 검보다 무겁고 긴 검이 손에 익지 않아서 어색하게 움직이는 루를 보는 것이 재미있었다. 하지만 그런 시간은 길지 않았다. 어느 순간 움직임을 멈춘 루가 각오한 듯 나무를 응시하다가 씩 웃었다.

그리고……

케이는 숨을 멈출 수밖에 없었다.

여러 개인 듯 흩날리는 검의 궤적, 옷자락, 흔들리는 머리카락. 그 무엇 하나 놓치고 싶지 않았다. 모두 이 눈에 담아 기억하고 싶을 만큼 아름다웠다.

세상 무엇이 저토록 부드럽게 움직일까. 그리고 세상 무엇이 저토록 강하게 움직일까.

문득 루가 움직임을 멈췄다.

후두두두둑─

미처 떨어지지 않고 있던 조각난 나무들이 떨어져 내렸다. 루는 나뭇조각이 떨어지지 않는 곳을 아는 것처럼, 자신의 주위로 떨어지는데도 피할 생각하지 않고 가만히 서 있었다. 나뭇조각들 중 어느 한 개도 루의 몸을 건드리지 못했다.

루가 호흡을 가다듬으며 케이를 돌아봤다. 루의 얼굴에 옅은 미소가 떠올랐다.

"대장. 지금은 누구에게도 질 것 같지 않습니다."

그 순간, 케이는 생각했다.

루를 오롯이 자신의 것으로 만들고 싶다고. 어느 누구에게도 보이지 않고, 자신만의 세계 안에 가두고 싶다고. 그리하여 저 아름다운 움직임을 혼자서만 보고, 또 보고 싶다고.

심장이 빠른 속도로 뛰는 것도 자각하지 못한 채, 케이는 그리 생각했다.

케이의 평가를 기다렸지만 그는 아무 말도 하지 않고 가만히 서 있었다. 그의 붉은 눈동자는 루를 집어삼킬 듯 빛나고 있었다. 무슨 문제라도 있는 걸까?

루는 그에게 다가갔다.

"대장. 괜찮으십니까? 혹시 나뭇조각이 튄 겁니까?"

"아니, 괜찮다."

케이가 꿈에서 깨어난 사람 같은 표정을 지으며 대답했다.

"검은 마음에 드나?"

"네, 아주 좋습니다. 무게감이 있으니, 확실히 움직임이 정확해지는 것 같습니다."

"그래. 더 필요한 것은 없나?"

"네, 지금은 없습니다."

"만약 필요한 것이 생기면 유진에게 말해 둬라. 돈은 걱정하지 말고."

"네."

"그럼 돌아가자."

"네."

케이가 휙 돌아섰다.

그가 움직일 때마다 풍겨 오는 향기가 있었다. 아카시아 향과 섞인 그의 살 냄새. 그래서 루는 그가 그런 식으로 움직일 때가 좋았다.

느릿하게 걷는 그의 뒷모습을 보며, 루는 생각했다.

저 손을 잡고 싶어.

*   *   *

그날은 아침부터 분주했다.

가터 백작의 영애인 비비안이 지하 주점에 방문하기로 했기 때문이다. 백작가에서 미리 보낸 경호기사들이 들락거리며, 내외로 위험한 것이 없는지 살폈다. 비비안의 안전을 위해 어제부터는 숙박객도 받지 않아, 방들은 텅 비어 있었다.

쿠반은 귀족이라면 질색이라며 어딘가로 사라졌고, 와칸은 언제부터인가 모습을 감췄다. 루는 와칸이 안 보이는 게 걱정이었는데, 아무도 그에 대해 신경을 쓰지 않았다.

"루, 귀족 본 적 있냐? 아, 맞다. 귀족이랑 안 좋은 일이 있었지?"

휴이가 요리할 준비를 하며 물었다.

주방은 휴이 이외에도 고용된 요리사들이 몇 명 더 있었다. 다들 귀족의 입에 맞을 만한 음식을 만들어야 한다는 생각에 부담을 느끼는 듯, 입을 다물고 할 일을 하고 있었다. 그들의 귀를 의식해서인지, 휴이는 '오르딘 공작'이라고 지칭하지 않았다.

"그자를 실제로 본 적은 없습니다. 휴이 형님은 본 적 있으십니까?"

"뭐, 오며 가며 몇 번. 성격 드러운 놈들이 많아. 사랑 받고 자란 딸년들은 더 그렇고. 오늘 오는 비비안이란 계집이 어떤 성격인지는 모르겠지만, 눈에 안 띄게 조심하는 게 좋을 거다."

루의 화상 흉터를 걱정해서 하는 말이리라. 귀족가의 귀한 자제들은 눈앞에 끔찍한 몰골인 사람이 있는 걸 못 견뎌 하니까.

"네, 형님. 주의하겠습니다. 어차피 주방을 나갈 일도 없을 텐데요."

"그래, 그래. 오늘은 안에 딱 붙어서 설거지나 해. 일 시작하기 전에 뭐라도 만들어 줄까? 샌드위치?"

저번에 휴이가 심심풀이로 만들어 준 샌드위치를 맛있게 먹었더니, 그 후로 루만 보면 샌드위치를 먹이려 들었다. 루는 그의 마음 씀씀이가 고마웠다.

"네. 꿀 넣어서요."

"오냐. 조금만 기다려."

루가 즐거운 표정으로 휴이의 샌드위치를 기다리는 동안, 케이는 지루한 표정으로 유진의 잔소리를 듣고 있었다.

"어쨌든 구온 시 시장의 딸이니까 잘 보여 두는 게 좋을 거예요, 대장. 대장이 티그리스를 찾기 위해 움직이든, 게으름 피우면서 이 도시에 뼈를 묻든, 시장이랑 부딪쳐서 좋을 건 없습니다."

"최근에 말이 심해지는군, 유진."

"그런 사소한 건 접어 두시고요. 귀족을 상대할 만한 옷을 준비했습니다. 이따 잠깐이라도 얼굴을 비추세요, 대장. 꼭이요."

귀찮다.

하지만 유진의 말이 옳았다. 구온 시에서 머물기로 한 이상, 시장과 안면을 터서 나쁠 건 없었다. 이왕이면 구온 시의 시민들과 부딪치는 일 없이 조용히 지내고 싶었다. 지난번에 상점에서 큰돈을 아낌없이 사용한 이유도, 토스카가 괜찮은 조직이라는 것을 알리기 위해서였다.

다만 지금은 그런 처세술을 펼치는 것보다 더 신경 쓰이는 일이 있었다.

루가 검을 휘두르던 모습이 머릿속에서 떠나질 않는다. 그리고 그 자신감에 찬 미소.

─지금은 누구에게도 질 것 같지 않습니다.

단호하고 당당한 목소리.

짜증이 날 정도로 머릿속에 맴돈다.

루의 미소를 보는 순간, 루의 가냘픈 몸을 끌어안고 싶다는 강한 충동을 느꼈는데, 그 사실을 인정하고 싶지 않았다. 끌어안고 싶다니. 다른 것도 아니고 사내놈을.

'물론 귀여운 개는 끌어안고 싶어지지만.'

아무리 키우는 개라고 해도, 루는 인간 남성이다. 그것도 무거운 검 두 자루를 자유자재로 다루는 훌륭한 남성.

루의 새파란 눈동자가 문제다. 그 맑은 눈동자가 이쪽을 똑바로 응시할 때마다, 평소답지 않은 생각을 하고 상상도 안 해 본 충동을 느낀다.

게다가 이건 누구에게도 말 못 했는데(물론 루를 포옹하고 싶다는 것도 말 못 하지만), 최근에는 아카시아 향이 나는 향수를 뿌리고 있다. 루가 아카시아 향을 좋아한다는 말을 한 후로, 저도 모르게 그 향기가 나는 향수로 손을 뻗게 된다. 케이 자신도 의식하지 못한 행동이었다. 오늘 아침에야 자신이 그러고 있다는 사실을 깨달았다.

'이거야 원, 사랑에 빠진 소년도 아니고. 한동안 계집을 안지 않아서 그런가?'

케이는 쓴웃음을 지었다.

'파필리아라도 한번 가 봐야겠군. 아니면…… 백작의 딸년을 건드려 보거나.'

유진이 알면 소스라칠 생각을 하며, 케이는 입을 열었다.

"이따 내려가지. 그나저나 요새 와칸이 안 보이던데, 어딜 간 거지?"

그 질문에 유진이 눈에 띄게 당황하더니 곧 환하게 웃으며 말했다.

"정글이요."

*　　　*　　　*

하녀들이 비비안의 몸단장을 해 주고 있었다. 코르셋이 숨을 쉬지 못할 정도로 비비안의 날씬한 배를 압박했다. 비비안은 하녀들의 손길을 견디며 속으로 한숨을 내쉬었다.

쿠빌레의 지하 주점을 빌려 파티를 하는 것은, 아버지인 가터 백작의 명령 때문이었다.

　─쿠빌레 지하 주점이 상당히 호화롭고 괜찮다더구나.
친구들과 작은 파티라도 열어 보는 게 어떻겠느냐.

　비비안을 배려하듯 말해 주었지만 그 안에 담긴 의미를 알고
있었다. 비비안은 부모의 권력과 재력에 기대어 돈만 쓸 줄 아는
여느 귀족의 자제들과 달랐다.
　청초하고 아름다운 외모를 지닌 비비안은, 파티보다는 독서
를, 장신구보다는 책을 좋아했다. 권력 있는 귀족과 결혼을 하는
것보다는, 지식을 쌓아 세상에 도움이 되고 싶었다.
　가터 백작 몰래 배운 의료 기술은 여느 의사들 못지않았고, 약
초학이 뛰어나 약사들보다 약을 잘 지었다.
　하지만 그뿐이었다. 그것을 사용할 곳이 없었다.
　백작의 딸이 저택 밖을 멋대로 쏘다니면, 아버지의 이름에 먹
칠을 하게 된다. 게다가 가터 백작은 비비안이 좋은 가문의 남자
와 연을 맺어, 가터가에 도움이 되기를 바라고 있었다.
　비비안은 자신의 위치를 잘 알 만큼 현명한 아가씨였다. 귀족
의 딸이 할 수 있는 일은, 명문 귀족과 결혼해 가문의 힘을 키우
는 것. 동생인 아리크가 백작가를 물려받았을 때 힘이 되어 주는
것. 그것이 비비안이 해야 하는 일이었다.
　'토스카의 대장 이름이 케이라고 했었지?'

비비안에게는 구온 시 거리의 소식을 전해 주는, 말 많은 하녀가 있었다. 그 하녀 덕에 비비안은 도시의 일을 가장 먼저 알 수 있었다.

'굉장히 미남이라고 들었는데. 어떤 사람일까?'

며칠 전, 구온 시 상점가에 토스카의 대장이 부하들을 데리고 방문했었단다. 놀랍게도 그의 부하 중엔 '파필리아의 괴물'이라고 불리던 청년도 있었다고 했다.

　—그런 쓸모없는 괴물을 부하라고 들일 정도니까, 마음이 넓은 사람일 거예요, 비비안 님. 게다가 돈을 펑펑 쓰더래요.

쓸모없는 괴물.

그 남자를 실제로 본 적은 없지만 얘기는 종종 들었다. 끔찍한 화상 흉터가 있어서 얼굴을 가리고 다니는데, 마른 체구에 비해 힘이 좋다고 했다. 자기 몸보다 훨씬 큰 장작 더미를 힘든 기색 없이 짊어지고 다닌다고.

토스카의 대장보다는 괴물이라 불리는 '루'라는 남자가 더 궁금했다. 비비안은 아무 잘못도 없이 외모 때문에 괴물이라 불리는 루가 불쌍했다. 아버지만 허락해 주신다면, 그 불쌍한 청년을 저택에 들여 보살펴 주고 싶었다.

"다 되었습니다, 비비안 님."

하녀장의 말에 상념에서 벗어났다.

비비안은 거울에 비친 자신의 모습을 살펴봤다.

위로 틀어 올린 풍성한 갈색 머리, 흰 얼굴에 슬며시 흘러내린 몇 가닥의 머리카락, 넓게 퍼진 치맛자락과 아름다운 레이스. 목에 건 목걸이는 비비안의 갈색 눈동자와 잘 어울리는 에메랄드였다.

"정말로 아름다우세요, 비비안 님. 비비안 님은 바만 제국 최고의 미녀이십니다."

하녀장이 순수하게 칭찬했다.

바만 제국 최고의 미녀.

종종 듣는 칭찬이었다. 미녀라는 말이 싫지는 않지만, 그래도 이왕이면 현명한 여자라는 칭찬을 받고 싶다.

비비안은 거울을 응시하며 생각했다.

'오늘 그곳에 가면 루라는 사람을 꼭 만나 봐야지.'

*   *   *

휴이는 파티 요리를 준비하는 한편, 루에게 자꾸 간식거리를 만들어 주었다. 맛있는 것을 쉴 새 없이 먹을 수 있다는 게 꿈만 같으면서도 걱정이 되었다. 이러다가 살찌게 생겼다.

'운동을 더 해야겠어. 그리고 보니 토스카는 어디서 훈련을 하는 거지?'

"루. 또 뭐 먹어?"

홀에서 분주히 돌아다니던 텐치가 주방을 방문했다. 오늘은 귀족을 상대하는 날이라서, 텐치의 복장은 근사했다. 날씬한 허리를 강조하는 검은색 조끼와 검은색 바지. 안에는 흰 셔츠를 입었다. 항상 머리에 두르고 다니는 두건도, 오늘은 검은색이다.

"쿠키."

"나도, 나도 먹을래."

텐치가 접시로 달려들었다. 10개가 넘었던 쿠키가 순식간에 바닥났다.

"백작 딸이라니. 어떤 여자일지 되게 궁금하다. 엄청 예쁠까?"

텐치가 우물거리며 말했다.

"가터 백작의 영애가 제국 최고의 미인이라는 얘기는 들었어."

"그래? 한 번도 본 적은 없어?"

"백작의 영애랑 마주칠 일이 없으니까. 그녀가 탄 마차를 본 적은 있지만."

"성격 드럽겠지?"

귀족의 딸은 성격이 더럽다, 라는 공식이 어떻게 성립되는 건지 모르겠다. 휴이에게 세뇌를 당한 걸까?

"사람마다 다르니까. 좋은 사람일 수도 있지."

"손님 지위가 다들 어마어마하더라. 무슨 백작의 아들이랑 실제 백작도 오고…… 자작의 딸이랑 남작도 오고…… 실수 하나라도 하면 유진 형님 손에 죽을 거야."

토스카의 실세는 유진일지도 모르겠다. 쿠반도 그렇고, 텐치도 그렇고, 다들 귀족들보다 유진의 손에 죽을까 봐 걱정이 되는 것 같았다.

텐치가 다시 홀로 돌아가고, 루는 주방을 정리하기 시작했다. 음식을 만드느라 더러워진 그릇들을 닦고, 음식물 쓰레기를 가져다가 버렸다.

그리고 손님들이 하나둘 들어오기 시작했다.

* * *

쥬엔은 거울을 빤히 응시했다.

화장을 마친 쥬엔의 얼굴은 놀랍도록 아름다웠다. 그저 예쁘기만 한 것이 아니었다. 살짝 틀어 올린 머리에서 스르륵 흘러내린 주홍빛 머리카락 몇 가닥이 쇄골 근처에 늘어져 섹시했다. 예쁘게 그은 연갈색 피부와 잘 어울리는 눈동자는, 보랏빛이 감도는 푸른색이었다.

'제국에서 가장 아름다운 비비안?'

쥬엔은 조소를 흘렸다.

비비안을 본 적이 있었다. 예쁘기는 하지만 그뿐이었다. 백작의 가호 아래에 궂은 일 한 번 안 하고 살아온 비비안은 잘 만들어진 인형처럼 보일 뿐, 성숙미도 노련미도 없었다.

'오늘 파티에 귀족 나리들이 잔뜩 오시겠군.'

유곽의 여주인이 귀족 파티에 초대받지 못하는 것은 당연했다. 하지만 쥬엔은 알고 있었다. 예고 없이 그곳에 가도 그녀를 쫓아낼 수 없으리라는 것을.

오늘 초대 받은 남자 손님들 중 대부분이 파필리아의 고객이었던 것이다.

그들을 긴장하게 할 필요가 있었다.

"겸사겸사 루가 잘 지내는지도 보고 와야지."

"루는 잘 지내."

귀걸이를 하던 쥬엔은 뒤에서 갑자기 들려온 목소리에도 놀라지 않았다.

*   *   *

"그런가요?"

"그래."

창틀에 앉아 있던 쿠반이 안으로 들어왔다.

"초대받지도 못한 계집이 파티에 가서 진상을 부리려는 건가?"

쿠반의 거친 손이 쥬엔의 가느다란 목을 움켜쥐었다. 금방이라도 부러뜨릴 듯, 그의 손에 힘이 들어갔다. 하지만 쥬엔은 느긋하게 쿠반을 응시했다.

쥬엔은 그가 자신을 죽일 수 없다는 것을 알고 있었다. 토스카는 아직 자리를 잡지 못했다. 그런 상황에서 시카족 족장의 딸을 건드리는 것이 무엇을 의미하는지, 쿠반이라면 알고 있을 터였다.

"쿠빌레는 대장의 영역이야. 건드리면 죽일 거다."

"저한테 고마워해야 할 거예요, 쿠반."

쥬엔은 목을 움켜쥔 그의 손을 손가락으로 톡톡 치며 말했다.

"파필리아의 여주인이 쿠빌레를 아낀다는 걸 알면, 귀족들이 함부로 건드리지 않을 테니까요."

"그게 무슨 말이지?"

쥬엔의 얼굴에 고혹적인 미소가 떠올랐다.

"아랫도리를 함부로 움직이고 다닌 귀족들이 내 입이 열리는 게 싫어서라도 행동을 조심할 거란 얘기예요. 염문설을 즐기는 남자들도 있다지만, 요새 같은 때에는 행동을 조심하는 게 여러모로 좋으니까요."

*　　*　　*

초대를 받은 귀족들은 10명 남짓이었지만, 제각각 수행기사를 2, 3명씩 데리고 오는 바람에 홀 안의 인원은 꽤나 많았다. 귀족들은 기품 있게 행동했다. 조용조용 대화를 나누고 안주와 술을 즐겼다.

루는 정신없이 설거지를 하면서도, 주방 밖에서 들려오는 이야기에 귀를 기울이고 있었다.

어릴 적, 루의 오감이 남들보다 뛰어나다는 걸 알게 된 아버지가 이런 말을 했다.

　　—정보는 돈보다 귀하단다. 넌 참으로 멋진 능력을 가졌구나.

그때부터 루는 사람들이 많이 모인 자리에서는 귀를 열어 두고 모든 이야기를 들었다. 그 이야기들이 언젠가는 쓸모가 있기를 바라면서.

어느 지방에서 야만인 부족을 무찌른 이가 작위를 받았다더라, 어떤 백작이 파산해서 작위를 팔았다더라, 누구누구가 어느 남자와의 사이에서 아이를 가졌다더라…….

대단한 정보는 없었다.

'작위라.'

공작이나 후작, 백작 같은 명문가는 모르겠지만, 자작이나 남작은 넘쳐 나는 시대였다. 작은 공만 세워도 작위를 받는 일이 많아, 자작과 남작은 제대로 된 귀족 대우를 받지 못했다.

'대장이 작위를 받으면 활동을 하는 데도 꽤 도움이 될 것 같은데.'

하지만 케이는 그런 것에 관심이 없을 것이다. 조용히 사는 게 목적인 사람이니까.

케이에게는 그가 무엇이라도 곁에 있겠다고 말했다. 진심이 기는 했지만 그래도 작은 희망을 버릴 수가 없다. 기적 같은 일이 일어나 케이가 티그리스를 되찾고, 오르딘 공작을……

거기까지 생각했을 때였다.

홀이 갑자기 조용해졌다.

주방문이 닫혀 있어서 홀의 상황이 이쪽까지 전해지진 않았다. 그래서 주방 사람들은 홀의 분위기가 변한 것을 눈치채지 못한 듯했다.

'문제가 생겼나?'

루는 설거지하던 손을 멈추고 가만히 바깥 상황에 귀를 기울였다.

"저 남자인가, 토스카의 대장이라는 게?"

"기생오라비처럼 생겼군."

이윽고 들려오는 남자들의 목소리.

"어머나."

"토스카의 대장이 저렇게 젊어?"

"굉장히 잘생겼네요. 어쩜……."

"폭력 조직의 두목이 아니라 귀공자 같은데요."

여자들의 목소리.

그리고.

"가터 비비안 양. 우리 쿠빌레에 방문해 주서서 큰 영광입니다."

그의 낮고 굵은 음성.

루는 저도 모르게 주방문으로 걸어갔다. 마치 마법에 걸린 것처럼 다리가 저절로 움직였다.

"저는 이곳을 운영하고 있는 케이라고 합니다."

손이 차가운 문손잡이를 잡았다.

문이 열렸다.

훅 다가오는 여러 가지 향수 냄새. 평소와 달리 눈부시게 찬란한 조명, 멋진 옷을 차려입은 남녀들, 그들을 지키는 수행기사들.

하지만 루의 눈에 들어오는 것은 딱 하나. 근사하게 차려입은 케이와,

"안녕하세요, 케이. 덕분에 참으로 편안한 시간을 보내고 있습니다. 갑작스러운 요청이었는데도 이렇게 멋진 요리와 장소를 제공해 주셔서 고마워요. 앞으로 우리 가터가와 협력해서 좋은 관계를 유지할 수 있었으면 좋겠네요."

아름다운 드레스를 입은 제국 최고의 미녀 비비안.

눈이 시리도록 잘 어울리는 남녀가 서로를 마주 보고 있는 모습이었다.

눈을 뗄 수가 없었다.

타인의 얼굴을 빤히 쳐다보는 것이 얼마나 실례되는 행동인지 알고 있었다. 머리로는 '이제 그만 시선을 돌려야 돼!'라고 외

치고 있었지만, 몸이 움직이지 않았다. 비비안의 갈색 눈동자는, 이 세상에 존재하는 이유가 그의 얼굴을 보기 위해서라는 듯 그에게 고정되어 있었다.

부드러워 보이는 은빛 머리카락 아래에 자리 잡은 조각 같은 얼굴. 짙은 눈썹과 긴 속눈썹, 기름한 눈매 안에 담긴 새빨간 눈동자. 그 핏빛 눈동자가 자신을 향하고 있다는 사실이, 소름이 돋을 정도로 기뻤다.

심장이 쿵쾅쿵쾅 빠른 속도로 뛰었다. 이제까지는 없던 반응이었다. 몸에 열이 오르고 팔다리가 저릿저릿한 것이, 쓰러질 것만 같았다. 비비안은 남몰래 주먹을 꽉 쥐고 동요를 드러내지 않기 위해 노력했다.

폭력 조직의 대장이니 덩치가 크고 험악한 인상일 거라고만 생각했다. 하지만 아니었다. 토스카의 대장은 아름답고 기품이 있었다. 귀족들이 모인 자리에 있어도, 그 누구보다 빛나 보일 만큼 멋졌다.

넓은 어깨에 시선이 갔다.

저 품에 안기면 어떤 느낌일까. 저 팔이 내 허리를 단단히 끌어안아 주면 어떤 기분이 들까.

비비안은 그런 생각을 하다가 퍼뜩 정신을 차렸다.

정숙한 여성을 찾기 힘든 시대이긴 해도, 비비안은 어느 남자에게도 마음과 몸을 주지 않고 살아왔다. 언젠가 아버지가 정해 주는 사람과 결혼을 하게 될 때까지는, 하고 싶은 것을 다 해 두

자 생각하며 독서를 하고 의술을 익혔다.

그러나 오늘 토스카의 젊은 대장을 눈앞에 둔 지금, 비비안은 생각했다.

이 남자를 가지고 싶어. 그리고 내 몸과 마음을 모조리 이 남자에게 주고 싶어.

케이와 비비안은 상당히 오랫동안 서로를 마주 보고 있었다. 주위에 있는 다른 사람들의 존재를 잊은 듯이 서로를 마주 보는 둘의 모습에, 루는 심장이 쿵 내려앉았다.

보지 마.

소리를 지르고 싶었다.

케이를 보지 마. 그 예쁜 얼굴로 케이의 앞에 서 있지 마.

그러나 루는, 충동적으로 행동하지 않을 자제력이 있었다. 루는 문고리를 꽉 쥐고 가만히 서서 그들을 지켜봤다.

말로만 들었던 가터 백작가의 비비안은 '제국 최고의 미녀'라는 호칭이 무색하지 않은 외모를 지니고 있었다. 흰 피부와 잘 어울리는 연갈색 머리카락, 둥근 이마와 동그랗고 큰 눈, 도톰한 입술. 남자라면 한 번쯤 돌아볼 만큼 예쁜 얼굴이었다. 피부는 어찌나 고운지, 살짝만 만져도 부드러움을 느낄 수 있을 것 같았다.

비비안을 보면 볼수록, 루는 케이가 그녀에게서 눈을 떼지 못하는 이유를 알 것 같았다. 같은 여자인 루도 그녀의 얼굴을 보는 게 즐거운데, 남자인 케이는 오죽할까.

심장 부근이 따끔따끔 바늘로 찌르는 것처럼 아팠다. 입 안에 쓴맛이 느껴져, 아랫입술을 잘근 깨물었다.

'질투를 하다니. 멍청하게.'

질투를 할 이유가 없다. 루는 여성을 버렸다. 이 도시에서, 아니, 이 대륙에서 루가 여자라는 것을 아는 사람은 와칸 한 명이었다.

한 남자를 사랑하고 사랑받는 일에 대해서는 꿈도 꾸지 않았다. 케이에 대한 감정은 어릴 적의 애정과 현재의 동경. 그뿐이다. 그가 자신을 사랑해 주길 바라지 않았고, 여자로 대해 주기를 원하지도 않았다.

그런데 어찌하여 저 붉은 눈동자가 향하는 여자를 질투한단 말인가. 미련한 감정 소모다.

'대장이 비비안 양과 좋은 관계를 유지하는 건 나쁜 일이 아냐. 아니, 오히려 좋은 일이야. 질투해선 안 돼.'

그렇게 생각했지만 가슴에 이는 따끔따끔한 아픔이 사라지지 않았다.

케이는 남성들의 질투 어린 시선과 여성들의 동경에 찬 시선을 한 몸에 받으면서도 표정에 변화가 없었다.

"아직 부족한 점이 많은 곳인데 좋게 봐 주시니 감사할 따름입니다."

케이가 느릿하게 말했다. 루의 눈에는 비비안의 표정이 똑똑히 보였다. 그의 낮고 굵은 음성을 듣는 것만으로도 감개무량해하는 표정. 촉촉하게 젖어 유독 반짝거리는 갈색 눈동자.

여성이 많은 파필리아에서 일했던 루는, 저 눈동자의 의미를 알고 있었다.

'사랑에…… 빠졌구나…… 나처럼.'

툭—

그때, 누군가 어깨를 치는 바람에 소스라치게 놀랐다. 텐치였다.

"루. 백작 딸, 엄청 예쁘지?"

쿠키가 담긴 쟁반을 손에 든 텐치가 루의 귀에 속삭였다.

"응, 예쁘네."

"대장이 좋아하는 스타일이야."

지끈—

"그래?"

"응. 지금까지 대장이 만난 여자들 보면 저런 느낌이었거든. 청초한 느낌이 드는 미인?"

"그래."

쓴웃음이 나오려는 걸 간신히 참았다.

루는 청초한 느낌은커녕 미인 축에도 들지 못했다. 아니, 애초에 케이에게 있어서 루는 남자였다.

"부족하다니요."

비비안이 우아한 미소를 지으며 말했다.

"깜짝 놀랄 만큼 좋은 곳인 걸요. 언젠가 기회가 된다면 숙박 시설도 이용해 보고 싶어요. 방이 어떻게 꾸며져 있을지 궁금하네요."

"네, 부디. 그럼 즐거운 파티……."

케이가 대화를 마무리 지으려고 한다는 걸 느낀 비비안이 황급히 제안했다.

"괜찮으시다면 구온 시에서의 생활이 어떠신지 듣고 싶은데…… 앉아서 대화를 하실 시간이 있으실까요?"

순수한 외모와는 달리 의외로 적극적인 비비안의 행동에 텐치가 작게 휘파람을 불었다.

"저쪽도 우리 대장이 엄청 마음에 드는 모양인데?"

"그러게."

마음에 드는 정도가 아닐 것이다. 보는 눈도 아랑곳하지 않고 케이에게 관심을 표현할 정도로, 비비안은 그에게 빠져 있었다.

케이는 비비안의 제안을 거절하지 않았다.

"루! 설거지 쌓였다! 후딱 안 움직이냐?"

안에서 휴이가 버럭 외치는 소리에, 루는 정신을 차렸다. 케이와 비비안을 지켜보고 있을 때가 아니었다. 루에게는 할 일이 있었다.

둥근 테이블에 마주앉은 두 사람을 뒤로하고, 루는 주방 안으로 돌아왔다. 설거지거리가 어느새 산더미처럼 쌓여 있었다.

"하여간 귀하신 나리들은 음식을 어쩌나 조금씩 덜어 드시는지. 게다가 한 번 쓴 그릇은 더럽다고 쓰질 않으니 이게 웬 낭비야!"

주방 사람들이 투덜거렸다.

하지만 루는 그들의 투덜거림에 동참하지 않았다. 할 일이 있는 편이 나았다. 끈적거리는 불쾌한 기분에 몰입하는 것보다는.

잘그락잘그락.

쉴 새 없이 손을 놀려 그릇을 닦았다. 일에 집중하면 심장을 자극하는 통증이 사라질 줄 알았다. 그러나 조금도 사라지지 않았다.

서로를 마주 보고 있던, 잘 어울리는 두 사람의 모습이 뇌리에서 떠나질 않았다. 머릿속에 각인된 듯 선명하게 남아 있었다. 게다가 청각이 멋대로 발동해, 케이와 비비안의 목소리를 찾아냈다. 수십 명 귀족들의 목소리 사이에서 또렷하게 들려오는 케이와 비비안의 대화.

듣고 싶지 않다고, 들으면 안 된다고 긴장하고 있을 때는 괜찮지만 잠깐이라도 긴장을 늦추면 다시금 그들의 대화를 엿듣는 자신을 발견하게 되었다. 그런 자신이 한심하고 덧없어서, 루는 울고 싶어졌다.

비비안은 자신이 어떤 표정을 짓고 있는지 알지 못했다. 눈동자가 얼마나 빛나는지, 입술이 얼마나 촉촉한지 아무것도 깨닫지 못한 채 케이에게 집중했다. 찬란한 은빛 머리카락과 반짝이는 핏빛 눈동자, 조각 같은 얼굴. 그에게서 눈을 뗄 수가 없었다.

10인용 테이블에 앉아 있는 사람은 케이와 비비안뿐이 아니었다. 다른 사람들도 함께 담소를 즐기고 있었다. 하지만 비비안은 그들의 목소리 따위는 귀에 들어오지 않았다.

케이는 테이블에 앉은 사람들에게 골고루 시선을 보내고 있었다. 비비안은 그가 자신을 봐 주길 바랐고, 자신에게만 목소리를 들려주기를 바랐다.

하지만 그런 욕심을 드러내지 않을 만한 자제력은 남아 있었다. 비비안은 정신을 차리고 조용히 테이블에서 벗어났다. 그와는 나중에 단둘이 만날 일이 있을 것이다. 파티에 참석한 다른 사람들에게, 이 마음을 고스란히 드러내서 좋을 것은 없었다.

'그러고 보니 오늘 그 사람을 한번 만나 보고 싶었는데.'

파필리아의 괴물이라 불리는 루라는 남자. 얼마나 끔찍한 몰골이기에 괴물이라는 별명이 붙은 건지 궁금했다.

노골적으로 관심을 드러내며 만나게 해 달라고 할 수는 없기에, 그가 일할 만한 곳이 어디인지 고민했다. 얼굴이 엉망이라면 홀에서 일하지는 않을 것이다. 그렇다면 주방일까? 아니면 계단 청소 같은 거?

그런 고민을 하는데, 케이가 일어서는 것이 눈에 들어왔다. 그는 조금 지루한 표정으로 주점을 나가려고 하고 있었다.

'있어 줬으면 좋겠는데. 좀 더 같은 공간에 있고 싶은데.'

그를 붙잡을 수는 없다. 생각해 보면, 폭력 조직의 우두머리가 귀족 모임에 참가하는 것 자체가 이상한 일이다. 구온 시가 '어둠의 세계'를 인정해 주기에 가능한 일이었다.

"뭔가 찾으시는 거라도 있으십니까?"

뒤에서 낯선 음성이 들려왔다.

안경을 쓴, 단정한 인상의 남자가 해사한 미소를 지으며 서 있었다. 보는 사람을 편하게 해 주는 미소였다. 그는 자신을 유진이라고 소개했다.

"파필리아에서 일했던 루라는 사람이 이곳에 있다고 들었어요."

*　　　*　　　*

"아아, 루 말씀이십니까?"

'루'라는 이름에 케이가 걸음을 멈췄다.

"만나 보고 싶은데."

"잠시만 기다려 주십시오."

유진이 어딘가로 사라졌다. 케이는 주점 구석의 벽에 기대어 팔짱을 끼고 비비안을 응시했다. 비비안은 두 손을 앞으로 가지런히 모으고 유진을 기다리고 있었다.

이윽고 유진이 루를 데리고 나왔다.

오늘은 귀족의 날인지라 주방에서 일하는 사람들도 단정한 옷을 입고 있었다. 루 역시 늘씬하고 긴 다리가 돋보이는 검은 바지와 흰 셔츠를 입고 있었다. 하지만 작은 얼굴이 보이지 않도록 푹 눌러쓴 검은색 두건이 단정한 옷차림을 무색하게 만들었다.

비비안의 앞에 고개를 숙이고 서 있는 루가 초라해 보여서, 케이는 조금 기분이 나빠졌다.

'더 좋은 옷을 사 줘야겠군.'

그런 생각을 하며 주위를 둘러보니, 손님들의 시선이 두 사람에게로 향해 있었다. 이 파티의 주최자인 비비안에게 시선이 모이는 것은 당연한 일이었다. 게다가 비비안은 '제국 최고의 미녀'라는 칭송을 듣는 여자였다. 모두가 그녀에게 주목할 수밖에 없다.

"안녕하십니까, 비비안 님."

루의 허스키한 음성이 들려왔다. 케이는 눈을 가늘게 떴다. 귀족들의 가식적인 목소리를 듣다가 루의 음성을 들으니 마음이 편해진다.

"반가워요, 루. 당신에 대한 이야기를 들었어요."

비비안이 미소를 지으며 말했다.

"그러시군요."

"온몸에 화상 흉터가 있다고 들었는데 한번 볼 수 있을까요?"

비비안의 당돌한 제안에 울컥한 것은 루가 아니었다. 케이였다.

케이는 당장이라도 비비안의 목을 움켜쥘 듯한 표정이었다. 그들에게 다가가려는 케이의 손목을, 어느새 옆으로 다가온 유진이 붙잡았다.

"안 돼요, 대장."

"놔라, 유진. 내 개는 귀족들의 구경거리가 아니다."

"안 돼요, 정말. 우리, 아직 자리 못 잡았어요. 여기서 문제 일으키면 또 떠나야 합니다."

"내가 이 작은 도시를 떠나는 것을 두려워할 것 같은가?"

"물론 대장은 그런 걸 상관하지 않으시겠죠. 하지만……."

유진이 거기까지 말했을 때였다.

지하 주점의 문이 활짝 열린 것은.

비비안이 왜 이러는 걸까, 라고 루는 생각했다.

'왜 갑자기 남의 얼굴을 보고 싶다는 거지? 내게 모멸감을 주고 싶은 걸까?'

그럴지도 모르겠다. 루의 얼굴을 구경거리로 삼았던 사람들이 무수히 많았으니까. 그들은 일부러 루의 두건을 벗기고, 보고, 구역질하고, 조롱했다. 흉한 얼굴을 군이 보려고 하는 사람들의 심리를, 루는 이해할 수가 없었다.

"내 개는 귀족들의 구경거리가 아니다."

문득 들려온 케이의 음성에 가슴이 따뜻해졌다.

귀족들의 구경거리가 되어도 상관없다. 케이와 토스카 사람들만 그러지 않는다면.

그래서 두건을 벗으려고 할 때였다.

쾅—

지하 주점의 문이 거칠게 열리는 소리가 들렸다.

비비안과 루에게 향해 있던 시선들이 문 쪽으로 향했다. 잠깐 조용해졌고, 곧바로 술렁임이 일어났다.

루는 문을 등지고 있었기에 방문객이 누구인지 알 수 없었다. 흘끗 고개를 드니, 비비안도 놀란 표정으로 루의 뒤쪽을 보고 있었다.

"여기가 어디라고!"

어느 귀족의 경호기사 중 한 명이 버럭 외치는 소리가 들렸다. 불청객이 온 모양이다. 누군지 궁금해서, 루도 뒤를 돌아봤다.

'쥬엔?'

쥬엔이었다.

쥬엔의 드레스는 등이 한껏 파인 연보라색으로, 그녀의 풍만한 가슴과 잘록한 허리를 돋보이게 해 주었다. 드러난 팔에는 진주 팔찌가, 귀에는 사파이어 여러 개를 이어 만든 긴 귀걸이가 걸려 있었다. 어깨에 걸친 모피는 부드러운 흰 여우 털. 그 모든 액세서리와 옷이 이 자리에 모인 귀족과 귀족의 자제들이 선물해 준 것이었다.

그걸 알아본 남자들의 얼굴이 하얗게 질렸다.

"어머나. 저는 들어와선 안 되는 자리였나요?"

쥬엔이 환하게 웃으며 주점 안을 쭉 둘러봤다.

"아니, 상관없소. 괜찮겠지요, 비비안 양?"

그렇게 말한 사람은 이 파티의 참가자 중 가장 지위가 높은 남자였다. 놀란 눈으로 쥬엔을 보던 비비안이 간신히 미소를 되찾았다.

"네, 그럼요. 괜찮습니다. 혹시 파필리아의 여주인 쥬엔인가요?"

"맞아요, 비비안 님. 제가 파필리아의 여주인이에요."

백작의 딸인 비비안을 앞에 두고도 쥬엔은 당당했다.

쥬엔은 비비안과 다른 매력이 있었다. 그녀의 전신에서 흘러나오는 농밀한 색기가 주점 안을 가득 채웠다.

"안 그래도 한번 만나 보고 싶었는데, 이렇게 방문해 줘서 고마워요."

비비안이 순수한 미소를 지으며 말했다.

"저를요? 호기심이 왕성한 분이시라는 소문은 들었지만 저처럼 미천한 것을 궁금해하실 줄은 몰랐네요. 영광이라고 말씀드려야 할까요?"

지금 상황은 누가 봐도 쥬엔이 귀족인 것 같았다. 하지만 누구도 쥬엔을 꾸짖지 못했다. 작위가 있는 남자들이 침묵을 지키고 있었기 때문이다.

쥬엔의 가시 돋은 말투에도 비비안의 얼굴에선 우아한 미소가 떠나지 않았다.

유진이 텐치에게 눈치를 줬다. 텐치는 얼른 쥬엔에게 다가가 정중하게 자리를 안내했다.

쥬엔이 들어섰을 때부터 불쾌한 표정을 짓고 있던 여자들이 흘끔흘끔 눈짓을 주고받더니, 먼저 돌아가겠다고 말하고는 주점을 나갔다. 남자들 역시 쥬엔의 눈치를 보다가 하나둘 일어섰다.

쥬엔은 저 때문에 파티가 망쳐졌는데도 신경 쓰는 기색이 아니었다. 오히려 사람들의 반응을 즐기는 듯 입가에 미소를 짓고 있었다.

비비안도 녹록치 않기는 마찬가지였다. 파티가 완전히 엉망이 되었는데도 여유를 잃지 않았다. 오히려 일이 이렇게 돌아가는 것이 자신의 의도였다는 듯이 느긋하게 쥬엔 쪽을 바라봤다.

루는 어수선한 틈을 타서 주방으로 돌아가려 했다. 하지만 한 걸음 채 옮기기도 전에, 비비안이 눈치를 챘다.

"루, 파필리아에서 일하지 않았던가요?"

"네, 맞습니다."

"그렇다면 쥬엔과도 아는 사이겠네요."

루는 대답을 망설였다. 쥬엔과 아는 척을 하면 그녀에게 누가 되지 않을지 걱정이 되었기 때문이다.

"함께해요. 일하느라 저녁도 못 먹었을 텐데."

루의 대답을 기다리지 않고 비비안이 말했다.

"당신에게 듣고 싶은 이야기도 있고요."

쥬엔의 존재감 때문에 눈치채지 못했지만, 그녀의 뒤로 쿠반도 함께 들어왔다. 쿠반은 조용히 케이의 옆에 가서 서 있었는데, 유진이 쿠반의 옆구리를 쿡 찔렀다.

"저 여자는 왜 데리고 온 거야?"

"내가 데리고 온 게 아냐. 저 계집이 멋대로 쳐들어온 거라고."

"말렸어야지."

"뭐, 오고 싶다는데 굳이 말릴 거 있나? 게다가 귀족 놈들 표정 봤지? 바짝 긴장해서는…… 오줌이라도 지리는 줄 알았다."

"마누라라고 편드는 거야?"

"마누라는 무슨!"

언성을 높이려던 쿠반이 케이의 눈치를 보며 입을 다물었다. 유진은 쿠반을 한 번 노려보고는 케이에게 말했다.

"대장은 올라가시는 게 좋겠습니다. 괜한 불똥 튀기 전에."

사실 유진은 괜한 불똥이 이쪽으로 튀기보단, 이쪽에서 저쪽으로 튈까 걱정이었다. 케이는 이상할 정도로 루를 아꼈다. 비비안이 왜 저렇게 루에게 관심을 보이는 건지 모르겠지만, 루에게 실례되는 행동을 했다가는 목이 무사하지 않을 것이다.

어지간하면 부하들의 뜻을 따라 주는 케이이지만, 루와 관계된 문제에 있어서는 그러지 않으리라는 것을, 유진은 어느 정도 느끼고 있었다. 유진이 말리는 걸 한 번은 들어줬으니, 두 번째는 가차 없을 것이다.

'가터 백작은 머리가 좋은 자야. 본인의 힘은 그리 강하지 않지만 각계각층의 사람들과 돈독한 관계를 맺고 있어. 그 남자의 딸을 건드려서 좋을 게 없지.'

유진의 걱정을 아는지 모르는지 케이는 꿈쩍도 하지 않았다.

"저, 대장?"

"그래."

"안 들어가세요?"

"내가 저 계집의 목을 벨까 걱정되나?"

저 계집이라 하기에 쥬엔을 말하는 줄 알았다. 하지만 케이의 시선은 정확하게 비비안을 향하고 있었다. 유진은 등골이 서늘해졌다. 이거 정말 위험하다.

유진은 더 이상 케이를 닦달하지 않았다. 여기서 더 건드리면 비비안보다 제 목이 먼저 떨어질 테니까.

루는 긴장했다.

아무리 봐도 쥬엔과 비비안은 기 싸움을 하고 있었다. 파필리아에서도 여자들끼리 기 싸움을 하는 일은 종종 있었다. 하지만 그때와는 상황이 달랐다. 한쪽은 귀족이고, 한쪽은 평민, 그것도 유곽의 주인이었다. 공평한 상황은 아니다.

'도망치고 싶어. 누가 좀 안 불러 주려나?'

홀에 남아 있는 사람은 많지 않았다.

토스카와 고용인을 제외하고는, 비비안과 쥬엔, 비비안의 경호기사 3명이 전부였다. 경호기사 3명이 문제였다. 그들은 비비안의 뒤에 딱 붙어서 위협적으로 쥬엔을 쏘아보고 있었다. 비비안에게 조금이라도 실례되는 행동을 하면, 쥬엔의 목을 베겠다는 듯이.

'쥬엔은 분명 실례되는 행동을 할 거야.'

루는 쥬엔의 성격을 잘 알았다.

'어떡하지? 질 것 같진 않지만 상대해도 괜찮을까? 토스카에 피해가 가면 안 되는데.'

고민을 하며 두리번거리다가, 구석에 서 있는 케이와 눈이 딱 마주쳤다. 케이는 팔짱을 끼고 벽에 등을 기댄 자세로 서 있었다.

케이의 붉은 입술이 천천히 벌어지며 소리 없이 무언가를 말했다. 입술 모양으로, 루는 그가 하는 말을 읽을 수 있었다.

'하고 싶은 대로 해.'

안심이다.

루는 가볍게 고개를 끄덕이고는 다시 여성들에게로 시선을 돌렸다.

"잘 지냈니, 루?"

쥬엔이 물었다.

"네, 쥬엔 님. 쥬엔 님도 잘 지내셨습니까?"

"그래. 네가 잘 지냈다니 다행이다. 표정이 많이 좋아졌네."

"그렇습니까?"

"응. 전보다 조금 밝아진 것 같아. 안심이야."

쥬엔은 비비안이 이 자리에 없다는 듯 행동했다. 가만히 두 사람의 대화를 듣던 비비안이 입을 열었다.

"친한 사이셨나 봐요. 쥬엔과 루는."

"그래요. 친했죠. 이 아이가 제 목숨을 구해 줬거든요."

"그런가요? 그런데 어째서 이분이 파필리아의 괴물이라고 조롱을 당해도 모르는 척하신 건가요?"

"부끄럽게도 저는 힘없는 유곽 주인이라서요. 이 아이의 평생을 책임져 줄 수가 없었답니다. 섣부른 동정이나 보호는, 더 큰 괴롭힘을 부를 뿐이지요."

"그렇군요. 내가 생각이 짧았네요. 미안해요, 당신도 보호해 줄 수 없어서 마음이 무거웠을 텐데. 당신을 불쾌하게 하려는 건 아니었어요."

비비안이 순순히 사과했다. 그 사과에 거짓은 없었다. 쥬엔도 그걸 느꼈는지 표정이 조금 풀어졌다.

"왜 그렇게 루에게 관심을 보이는 거죠?"

쥬엔의 질문에 비비안이 옅은 미소를 지으며 루를 응시했다. 그때 마침 루는 고개를 들고 있었다. 그래서 비비안과 정면으로 눈이 마주쳤다.

루의 흉측한 얼굴을 보고도 비비안은 표정을 찌푸리지 않았다. 하지만 루는 가슴이 답답했다. 그녀의 눈빛이 무언가……

"불쌍해서요."

쿵—

"이 도시 사람들에게 괴물이라고 불리는 이 사람이 불쌍해서, 꼭 한번 만나 보고 싶었어요."

답답함의 이유를, 루는 알 수 있었다.

조롱을 받는 건 괜찮았다. 맞는 것도, 욕설도 다 견딜 수 있었다.

하지만 동정은 싫었다. 케이에게 뜨거운 시선을 보내는 여자의 동정이라면 더욱더.

그녀의 연갈색 눈동자에 담긴 안쓰러움, 그리고 그 안에 겹쳐진 우월감. 그것이 루를 비참하게 만들었다. 루는 그것을 더 이상 보고 싶지 않았지만 시선을 피하기도 싫었다.

"불쌍하게도."

루의 흉터를 보며 그녀가 중얼거렸다.

"얼마나 마음고생이 심했나요? 난 당신이 나쁜 사람이 아니라는 걸 알아요."

'당신이 어떻게 알아?'라는 말은, 물론 할 수 없었다.

"아니, 오히려 좋은 사람이라고 생각해요. 힘이 세다고 들었어요. 그런데도 다른 사람들을 공격하지 않고, 조롱하는 걸 다 견뎠잖아요. 그건 당신이 정말 고운 심성을 지니고 있다는 것 아닐까요? 사실 내가 의술과 약초에 대해 조금 알고 있어요. 고칠 수 있다면 고쳐 주고 싶었는데, 이렇게 심해서야……."

루는 묻고 싶었다.

당신은 지금 당신이 그 말을 하면서 느끼는 우월감을 알고 있습니까? 그 눈빛이 날 얼마나 비참하게 만드는지, 알면서 하는 말입니까? 아니면 정말로 몰라서, 그저 내가 안쓰러워서 하는 말입니까?

"아마 이곳에서도 그리 좋은 대우를 받지는 못하겠지요. 하지만 걱정하지 마세요. 우리 저택에……."

"거기까지."

낮고 굵은 음성이 비비안의 말을 막았다.

그 목소리의 주인이 누군지 깨달은 비비안이 얼굴을 붉혔다. 그녀는 감히 그쪽을 보지도 못했다. 하지만 루는 고개를 들어, 자신의 옆에 서 있는 그를 올려다봤다.

"비비안 양은 지금 나를 우습게 보는 건가?"

그의 말투는 더 이상 정중하지 않았다. 그의 음성에 푹 빠진 비비안은 깨닫지 못했지만, 비비안의 경호기사들은 분개하며 검을 빼 들었다.

스릉―

스르릉―

여기저기서 검을 빼내는 소리가 들렸다.

경호기사들이 움직임과 동시에 텐치도 검을 든 것이다. 유진과 쿠반은 여전히 벽에 기댄 자세로 이쪽을 보고 있었다. 텐치가 안절부절못하며 유진과 쿠반을 돌아봤다.

"형님, 죽여도 돼요? 죽여도 되는 거예요?"

                    *   *   *

"죽기 전까지만."

"안 돼요. 전 아직 적당히 하고 멈출 실력이 안 돼요."

"그래? 그럼 죽이고 나서 대장한테 혼나면 되지."

"으아, 형님. 역시 대장이 화낼까요?"

"응. 죽일지도."

"도, 도와주세요."

"혼자서 셋을 못 이겨?"

"이길 수는 있죠. 하지만 죽이면 안 된다면서요."

텐치가 발을 동동 구르고 있을 때, 비비안이 차분하게 말했다.

"검을 넣으세요."

"하지만 비비안 님, 이놈이 비비안 님께 무례하게……!"

"괜찮아요. 검을 넣으세요."

비비안의 음성이 단호해졌다.

비비안의 바로 옆을 지키고 있는 사람은 가터 백작가를 지키
는 경호기사단의 단장인 헤다인이었다. 헤다인은 케이를 한 번
노려본 후 검을 집어넣었다. 단장인 헤다인이 비비안의 명령을
따랐으니, 다른 기사들도 그렇게 할 수밖에 없었다.

"죄송해요. 다들 저를 아껴서."

비비안이 미안하다는 표정으로 말했다. 하지만 케이는 굳은 표정을 풀지 않았다. 그의 손이 루의 머리 위에 살포시 얹어졌다.

"이건 내 거다."

짧지만 애정이 담긴 음성이었다.

비비안의 눈동자가 흔들렸다.

"내 것을 탐하지 마. 아무리 백작의 딸이라 해도 그 목이 무사하지 않을 테니."

비비안이 아랫입술을 잘근 깨물었다.

"루, 오늘 할 일은 끝났나?"

"아직 안 끝났습니다. 설거지가 남았을 겁니다."

"그렇다면 텐치가 하면 되겠군. 돌아가자."

"네, 대장."

다른 때라면 설거지를 하고 가겠다고 고집을 부렸을 것이다. 하지만 루는 이 자리가 불편해서 얼른 떠나고 싶었다.

루가 일어나자마자 케이가 몸을 휙 돌렸다. 경호기사들과 눈이 마주친 케이의 한쪽 입꼬리가 슥 올라갔다.

"목숨 하나 벌었군. 아, 그리고 비비안 양."

"네?"

"루를 불쌍히 여기지 마. 루는 당신이 상상도 못 할 것을 가지고 있으니까."

"아, 저는 그저……."

비비안의 변명을 듣고 싶지 않다는 듯 케이가 걸음을 옮겼다. 루는 비비안과 쥬엔에게 꾸벅 인사를 하고는 그의 뒤를 따랐다.

검을 들고 어정쩡하게 서 있던 텐치가 루를 향해 엄지를 척 들어 보였다. 그 장난스러운 행동에 루는 괜히 웃음이 나왔다.

"감사합니다, 대장. 저 자리가 불편했습니다."

그와 함께 계단을 올라가며 말했다.

"불편하면 일어날 것이지."

"상대는 백작의 딸이니까요. 적당히 상대하긴 힘들었습니다."

"적당히 상대해도 돼. 문제가 된다면 죽이고 떠나면 그만이니."

방 앞에 도착했다. 루는 문을 열기 전 케이를 마주 보고 섰다.

"대장."

그의 눈동자가 루에게로 향했다. 붉은 눈동자에 루의 얼굴이 비쳤다.

그의 눈동자는 맑지만 붉어서, 루의 울긋불긋한 흉터가 잘 드러나지 않았다.

"대장 곁에 있을 수 있어서 기쁩니다."

"……."

"감사합니다."

케이는 아무 말도 하지 않았다. 그의 대답을 바라고 한 말은 아니었다. 루는 살짝 고개를 숙이고는 방문을 열었다. 들어가려는 루의 어깨에 그의 손이 살짝 닿았다. 루가 돌아보자 그가 미간을 좁혔다.

"아니."

그가 어깨에 닿아 있던 손을 거둬 갔다.

"쉬어라, 루."

"네, 대장."

탁—

문이 닫혔다.

케이는 닫힌 방문을 응시하다가 천천히 자신의 손을 내려다봤다.

뭘 하려고 한 걸까. 루를 붙잡아 세워 무엇을 하고 싶었던 걸까.

루의 입가에 퍼지는 미소와 가늘어지는 눈매를 보는 순간, 심장이 쿵 내려앉는 기분을 느꼈다. 갸름한 눈매 안에 갇힌 새파란 눈동자가 어찌나 달콤한지, 영원히 그것을 보고 싶다는 생각을 하고 말았다.

'제길.'

아무래도 머리가 어떻게 된 것 같다.

사내놈의 웃는 얼굴에 심장이 반응하다니.

유진은 허구한 날 웃고, 와칸도 싱글싱글 잘 웃는데, 녀석들을 보면서는 이런 기분을 느낀 적이 한 번도 없다. 왜 유독 루에게만 이러는 걸까. 그 보석 같은 눈동자 때문일까.

케이는 고개를 절레절레 저으며 자신의 방으로 향했다.

모멸감, 혹은 수치심. 그러한 감정을 느끼는 건 처음이었다.

화가 나진 않았다.

그저 창피하고 부끄러웠다.

저택으로 돌아가는 마차 안에서, 비비안은 치맛자락을 두 손으로 꽉 쥐고 앉아 있었다. 눈가에 맺힌 눈물을 떨어뜨리지 않기 위해 노력하면서.

'내가 잘못한 거야?'

루가 불쌍했다. 괴물이라는 소리를 듣는 그가 안쓰러워서 도와주고 싶었을 뿐이다. 저택에 데리고 들어오면, 누구도 루를 놀리지 못하도록 보호해 줄 자신이 있었다. 그에게 좋은 옷을 입히고, 좋은 것을 먹이면서 보살펴 주고 싶었다.

'그게 왜 잘못된 건데?'

케이가 화내는 이유를 알 수 없었다. 그에게 미움을 받고 싶지 않았다.

'내가 뭘 어떻게 했어야 했던 거지?'

그런 고민을 하고 있을 때, 밖에서 경호기사들이 대화하는 소리가 들려왔다.

"헤다인 님. 어째서 검을 넣으신 겁니까? 아무리 비비안 님의 명령이 있었어도 그렇지. 그놈이 비비안 님을 그런 식으로 대한 건, 가터 백작님을 모욕하는 것과 마찬가지였습니다."

"그자가 그랬지. 목숨 하나 벌었다고."

"그거야 당연히 허세지요. 일개 폭력 조직의 두목 따위가 뭘 할 수 있겠습니까? 어중이떠중이……."

"어중이떠중이가 아니야. 거기서 검을 빼 든 긴 한 명이었지. 검은 두건을 쓴 녀석. 그 녀석 혼자서 우릴 이겼을 거다."

기사들이 헤다인의 말에 반박하고 투덜거렸다. 그럴 리 없다고, 거기에 있는 놈들이 다 덤볐어도 이길 수 있다고.

하지만 비비안은 헤다인의 안목을 믿었다. 헤다인은 아버지가 가장 믿는 자였다.

'강하구나, 정말로.'

헤다인은 가터 백작에게 이 일에 대해 보고할 것이다. 비비안에게 무례하게 대한 점, 그리고 놀랍도록 강하다는 점.

'아버지는 어떤 식으로 나오실까?'

오래 생각할 것도 없었다.

가터 백작은 강한 자들과 친분 맺는 것을 좋아했다. 굳이 토스카를 건드려 구온 시에 피바람을 불러오느니, 그들과 친목을 다지려고 할 것이다.

'그렇다면 만회할 수 있어.'

20년을 살며 처음으로 느껴 보는 감정이었다. 그의 붉은 눈동자를 보는 순간 느낀 그 희열과 환희. 무감정한 그 눈동자를 보고도 이렇게나 가슴이 설레었는데, 거기에 애정이 더해지면 어떨까.

상상을 하는 것만으로도 행복했다.

'그의 여자가 될 거야.'

지금껏 원하는 것을 손에 넣지 못한 적이 없었다. 구온 시의 시장인 아버지와 아름다운 얼굴을. 한 남자를 손에 넣기 위한 모든 것을, 비비안은 가지고 있었다.

지금까지는 얼굴이 예뻐 봐야 무용지물이라고 생각했는데 이젠 아니다.

토스카의 대장 케이.

늑대의 우두머리.

그의 곁에 서기에 알맞은 여자는 자신뿐이다. 조금씩 그의 성격을 알아 가면서, 그가 화낼 만한 행동을 하지 않으면 된다. 그러면 언젠가 그도 비비안의 머리를 쓰다듬어 줄 것이다. 루에게 그랬던 것처럼.

'아니, 루와는 다르지. 루는 남자니까. 그 남자를 대할 때보다 훨씬 더 달콤하게 나를 봐 줄 거야.'

비비안의 입가에 옅은 미소가 떠올랐다.

*   *   *

쿠빌레 지하 주점의 종업원들은 귀족 파티 때문에 일부러 준비했던 것들을 치우느라 정신이 없었다. 쥬엔은 그들을 지켜보며 느긋하게 술을 마셨다.

유진의 닦달에 청소를 하던 쿠반이, 유진이 사라지자마자 쥬엔의 앞에 와서 앉았다. 쿠반은 말없이 술병을 집어 올리더니 병째로 술을 마셨다.

꿀꺽꿀꺽.

술을 넘길 때마다 움직이는 그의 목울대를, 쥬엔은 지그시 응시했다.

탁—

술 한 병을 해치운 쿠반이 빈 병을 거칠게 테이블에 내려놨다.

"계집, 그만 가라."

"데려다줘요."

"미쳤냐? 내가 널 왜 데려다줘?"

"그럼 그냥 여기에 있을게요. 생각할 것도 있고."

"생각을 왜 여기서 하는데? 다들 바쁘게 일하는 거 안 보여?"

"오늘은 나도 손님으로 왔어요, 쿠반."

"불청객이었지. 네 덕에 파티가 아주 엉망이 됐어."

"후후후. 걱정 마세요. 그걸 지적하는 사람은 없을 테니까. 뭐, 가터 백작가의 따님은 조금 곤란해질지 몰라도."

"아무튼 일어나기나 해. 너 때문에 이쪽 테이블을 못 치우잖아."

"데려다줄 거죠?"

"미친 소리 작작하고."

"그럼 당신의 대장에게 인사라도 드려야겠네요. 조만간 당신의 부인이 될 사람이라고."

"데려다줄게."

쿠반이 꼬리를 내렸다. 쥬엔은 속으로 웃으며 천천히 자리에서 일어났다.

토스카의 대장은 생각보다 훨씬 강한 눈빛을 지닌 자였다. 게다가……

"궁금한 게 있어요, 쿠반."

쿠반과 나란히 걷다가 입을 열었다. 춥지도 않은지 외투도 입지 않고 걷던 쿠반이 건성으로 고개를 끄덕였다.

"혹시 당신의 대장, 남색 취미가 있나요?"

쿠반이 오만상을 찌푸렸다.

"너 진짜로 머리가 어떻게 된 거 아니냐? 우리 대장이 남색 취미가 있을 리가 없지! 만약 그런 게 있으면 가장 위험한 게 나라고! 나!"

"……아아, 그래요."

"나 같은 남자가 옆에 있는데도 대장은 멀쩡해. 남색 취향 아냐."

"흐응."

"우리 대장은 취향이 확실해. 청초한 미녀."

"비비안 같은?"

"그래, 그 백작가의 계집이 외모로는 딱 대장 취향이지."

"성격은?"

"외모만 적당하면 성격은 아무래도 좋잖아."

"그런 것치고는 비비안에게 모질게 대하던데요?"

"그거야 루한테 그따위로 굴었으니까."

바로 그 점이 의아했다.

루의 머리에 손을 얹던 케이의 표정을, 쥬엔은 똑똑히 목격했다. 단순히 아끼는 부하이기에 짓는 표정이 아니었다. 그것보다는 좀 더 짙고 따뜻한 무언가가 있었다.

"대장이 루를 아끼거든."

"그래요? 왜요? 그럴 만한 이유라도 있나요?"

루는 만나고 싶은 사람이 있다고 했고, 그것이 케이인 게 확실했다. 하지만 토스카의 단원들도 그 사실을 아는지 확실치 않아서, 쥬엔은 모르는 척 물었다.

"글쎄. 나도 확실히는 모르겠는데…… 눈동자 때문인가?"

"눈동자?"

"엄청 예쁘잖아. 파란 눈동자."

"아아, 그렇죠. 예쁘죠."

쥬엔은 루의 눈동자를 떠올렸다.

선명하고 맑은 눈동자. 거짓과 기만이 없는, 예쁜 눈동자.

쿠빌레의 루는 파필리아에 있을 때보다 훨씬 즐거워 보였다. 토스카 일원 중 누구도 루를 괴롭히지 않는 것 같았다. 쿠반만 해도 루의 흉터 많은 얼굴에 대해 이야기한 적이 없다. 좋은 사람들이다.

"그 애가 행복해 보여서 다행이에요."

쿠반이 갑자기 걸음을 멈췄다. 쥬엔도 멈춰 서 쿠반을 돌아봤다.

"왜 그래요?"

"하고 싶어졌다."

"네?"

"계집, 너랑 하고 싶어졌다고."

"그게 무슨…… 읍!"

쿠반이 쥬엔의 어깨를 잡고 벽으로 밀치더니 거칠게 키스를 해 왔다. 그의 뜨거운 입술이 쥬엔의 입술을 집어삼킬 듯 벌어졌다. 그의 혀가 입 안 깊이 들어와 여린 살을 자극했다. 포도향이 섞인 타액이 쥬엔의 입 안으로 넘어왔다.

입술을 뗀 쿠반이 쥬엔을 내려다봤다. 그의 잿빛 눈동자가 전에 없이 뜨겁게 빛나고 있었다.

"기뻐해라, 계집. 먼저 하고 싶어진 건 아주 오랜만이거든."

"여기 바깥…… 홋!"

쿠반은 쥬엔이 반항할 틈을 주지 않았다.

쥬엔의 긴장을 느낀 듯 그가 낮게 웃었다. 그의 짓궂은 웃음소리가 듣기 좋았다. 심장이 철렁 내려앉을 정도로.

위험한 남자에게 마음을 주고 말았다.

그는 거친 숨을 몰아쉬며 쥬엔의 몸을 탐했다. 숨 돌릴 틈도 주지 않고 몰아붙이는 쿠반 때문에, 행위가 끝날 무렵에는 기절 직전이 되었다.

완전히 힘이 풀려 스륵 넘어지려는 쥬엔의 허리를, 쿠반이 가볍게 감아 끌어당겼다.

흐트러진 쥬엔의 얼굴을 내려다보며 그가 만족스럽게 웃었다.

아아, 이 남자는 어쩌면 이토록 청량한 미소를 지을까?

"꽤 괜찮았다, 계집. 그리고……."

그가 쥬엔의 입술에 가볍게 입을 맞춘 후 덧붙였다.

"네가 썩 마음에 든다."

*   *   *

가터 백작에게 시청에 한번 들르라는 전언이 온 것은, 비비안의 파티로부터 일주일이 지난 후였다.

전달을 받은 사람은 쿠빌레의 카운터를 지키는 유진이었는데, 심부름꾼은 케이에게 직접 전해야 한다고 고집을 부렸다. 하지만 케이의 성격을 아는 유진은,

"우리 대장은 너무나 바쁘신 분이라 아무 때나 찾아와서 만나자 한다고 만날 수는 없다. 백작님이 직접 와도 만나기 어려운 판인데 당신이라고 별수 있겠느냐."

따위의 말로 심부름꾼의 속을 뒤집어 놨고, 결국 심부름꾼은

케이를 만나지 못하고 잔뜩 기분이 상한 채로 돌아갔다.

심부름꾼이 돌아가자마자 유진은 침대에 누워서 호흡하느라 바쁜 케이를 찾아가 가터 백작의 전언을 전달했다. 그리고 케이는 단호하게 대답했다.

"싫어."

사실 유진은 조금 짜증이 나 있는 상태였다.

토스카의 대장이 어마어마하게 잘생겼다는 소문이 도는 바람에, 귀족의 딸이나 상점가의 여자들이 쿠빌레를 기웃거리기 시작했기 때문이다. 특히 제멋대로인 귀족을 상대하는 건 달갑지 않은 일이라서, 유진은 케이를 꽁꽁 묶어 저잣거리에 구경거리로 진열해 두고 싶다는 충동마저 느끼고 있었다.

저 잘난 얼굴을 여기저기 드러내 봐야 주변 사람들만 귀찮아질 뿐이라는 걸 실감한 유진은, 굳이 가터 백작과의 만남을 주선하고 싶지 않았다.

'저렇게 침대에 누워서 숨만 쉬다가 콱 돌이나 되어 버리라지!'

라고 생각한 이튿날, 또 가터 백작의 심부름꾼이 찾아왔다. 전날과 같은 실랑이를 하고, 케이에게 전달하고, "귀찮아."라는 대답을 듣고…… 돌이나 되어 버리라는 은근한 저주가 '숨만 쉬다가 콱 죽어 버리라지!'라는, 강한 염원이 되어 갈 때쯤. 가터 백작이 몸소 쿠빌레를 찾았다.

* * *

이러니저러니 해도 상대는 백작이었다. 직접 찾아온 이상 더는 모르는 척할 수가 없었다.

"만나셔야 합니다, 대장."

가터 백작을 지하 주점의 가장 좋은 방에 앉혀 두고, 케이의 방을 찾은 유진이 간절한 목소리로 말했다.

"어둠을 지배하는 자로서, 시청에 오라는 말은 거절할 수 있지만 직접 찾아왔으니 만나는 게 맞습니다."

"도시에 정착하는 것도 쉬운 일이 아니군."

"지금까지 침대에 누워서 참 쉽게도 지내셨잖아요."

케이는 어쩔 수 없이 침대에서 내려와 옷을 갈아입었다.

"와칸은 아직 안 돌아왔나?"

"네, 뭐…… 정글이 가까운 건 아니니까요."

"그 녀석은 대체 왜 정글에 간 거지?"

"그러게요. 미쳤나 봅니다."

저가 시킨 일을 하러 갔는데도 유진은 와칸을 보호해 주지 않았다. 정글에서 한창 모기에 뜯겨 가며, 산 채로 모기를 잡으려 노력하는 와칸이 들으면 기함할 노릇이었다.

"루는?"

"요새 휴이가 요리 가르친다고 딱 붙들어 두고 있습니다. 칼질을 기가 막히게 한다고, 휴이가 흡족해하더라고요."

"괴롭히는 사람은 없나?"

"있으면 쿠반이 죽일걸요."

"쿠반이 루에게 잘해 주나?"

"상당히 마음에 든 모양이에요. 텐치도 루를 좋아하는 것 같고."

"넌?"

"저도 뭐."

유진이 어깨를 으쓱했다.

루라는 남자는 참 이상했다. 딱히 성격이 좋은 것도, 붙임성이 있는 것도 아닌데 정이 간다. 뭐든 해 주고 싶다는 생각이 들게 만드는 건, 아마도 그 눈동자 때문일 것이다. 놀랍도록 예쁜, 새 파란 눈동자.

와칸이 빨리 돌아왔으면 좋겠다. 모기 눈알만 빼고는 모든 재료가 준비됐다.

'아, 처녀의 머리카락.'

유진은 아차 싶었다.

비비안이 파티를 연 날, 갑작스러운 쥬엔의 방문과 기 싸움 때문에 새까맣게 잊고 있었다. 가게 안에 있을 때 돌발 상황을 만들어 머리카락을 한 움큼 베어 낼 생각이었는데. 망했다.

'어쩌지? 이 도시에 처녀라고는 비비안밖에 없는 것 같은데.'

백작가에 숨어들어 가서 잠든 비비안의 머리카락을 잘라 오는 방법도 있지만 쉽지 않을 것이다. 백작가는 황실에서 보내 준 기사뿐 아니라 개인적으로 고용한 기사들의 보호를 받고 있으니까.

유진은 거울 앞에서 머리를 정리하는 케이를 지켜보다가, 그를 바라보던 비비안의 눈빛을 떠올렸다. 20살인데도 경험 한 번 없는 순진한 아가씨는 티가 날 정도로 케이에 대한 감정을 드러냈다.

"대장."

"왜?"

"비비안의 머리카락이 필요합니다."

"……뭐?"

느닷없는 요청에 케이가 미간을 좁혔다.

"그러니까…… 비비안의 머리카락이 이 정도……."

유진이 한 줌 쥐는 것 같은 손 모양을 해 보였다.

"필요해요."

"미친 건 와칸이 아니라 네 쪽인 것 같군. 아니면 둘 다 미친 건가?"

"나중에 설명 드릴게요, 대장. 제가 허튼소리를 하진 않잖아요."

유진이 순진한 척 눈을 동그랗게 뜨고 말했다. 케이의 표정이 더 굳어졌다.

"징그럽다, 유진. 굉장히 불쾌해. 두 번 다시 그런 표정 짓지 마라."

"제가 이런 표정 짓는 게 싫으시다면, 비비안의 머리카락 좀 얻어다 주세요."

"요새 아주 내가 우습나 보군."

"그럴 리가요. 제가 대장을 얼마나 경외하는지 아시잖습니까."

"경외라는 단어의 의미를 잘못 알고 있나?"

"에이. 아시면서."

"모르겠다. 애초에 여자의 머리카락이 필요한 이유가……."

옷매무새를 가다듬고 문을 향해 걸어가던 케이가 우뚝 멈췄다. 그는 경악한 표정으로 유진을 돌아봤다.

"여장을 할 셈이냐, 유진?"

"……"

"관둬라. 이유 불문하고 목을 벨 테니까."

"여장, 안 해요. 전에도, 지금도, 앞으로도 할 생각 없고요. 절좀 믿어 봐요, 대장. 비비안의 머리카락이 진짜로 필요하다니까요."

"비비안의 머리카락이어야만 하나?"

"네. 이 도시에선 비비안밖에는…… 뭐, 다른 데 가서 찾으면 있긴 하겠지만, 아무래도 요새 같은 세상에 찾기도 힘들 거고……."

유진이 중얼거렸다.

케이는 그의 얼굴을 빤히 응시했다. 장난을 치는 것처럼 보이지는 않았다. 비비안의 머리카락을 원하는 데에 분명 중요한 이유가 있을 것이다.

그렇다면 얻어다 주는 수밖에.

"알겠다. 언제까지 필요하지?"

케이의 질문에 유진의 표정이 환해졌다.

"와칸이 돌아오기 전까지만 가져다주시면 되니까…… 아마
도…… 음…… 15일 내외?"

"그래."

방문 손잡이를 잡으며 케이는 가볍게 대답했다.

비비안의 머리카락을 한 뭉텅이 얻는 것은 어렵지 않을 것이
다. 비비안은 케이의 한 마디면 옷이라도 벗을 수 있을 만큼 그
에게 푹 빠져 있었다. 잠이라도 자 주겠다고 하면 머리카락이든,
보석이든 원하는 만큼 내주겠지.

케이는 피식 웃으며 가터 백작을 만나기 위해 지하 주점으로
향했다.

*   *   *

휴이는 좋은 선생이었다.

느닷없이 소리를 버럭버럭 지를 때가 있지만 보통은 애정이
담겨 있는 고함이었고, 수시로 먹을 것을 챙겨 주었다. 이러다가
살이 붙어 움직이기도 힘들어질 것 같다.

"봤냐, 니들? 루가 썬 이 무를 봐라! 아주 정확해! 한 치도 어긋

남이 없는 네모 반듯이야!"

그저 무를 썰었을 뿐인데, 휴이는 귀한 진주라도 된다는 듯 하나를 조심스레 집어 들고 다른 요리사들에게 자랑했다. 그리고 요리사들은,

"호오. 과연."

"루의 깍둑썰기는 정말 제국 최고, 아니, 대륙 최고라고 해도 과언이 아니겠네요."

"이렇게나 반듯하고 균일하다니."

"이런 걸 내 눈으로 본다는 게 믿기지가 않아요."

진심으로 감탄했다.

말할 때마다 진주를 내뱉어도, 이렇게까지 칭찬을 듣지는 못할 것이다.

루는 쑥스러우면서도 당황스러웠다. 주방의 세계는 평범한 세계와 다르다.

"그렇다면 루에게 스프 끓이기를 맡겨도 되겠지?"

"이 정도 실력이면 곧 디저트까지 맡겨도 되겠는데요."

루는 주방에 있는 것이 좋았다.

이들은 선입견을 가지고 루를 대하지 않았다. 루의 외모나 흉터 따위는 아무래도 좋다는 듯, 그저 루의 깍둑썰기에 홀려 있을 뿐이었다.

'대장은 요새 뭘 하시지?'

비비안의 파티 이후, 케이를 보지 못했다. 유진의 말로는 침대

에 누워 천장을 응시하느라 바쁘단다. 그 말을 하는 유진의 표정이 곱지 않아서, 루는 유진이 금방이라도 누군가를 죽일 것 같아 걱정스러웠다.

은은한 아카시아 향기가 코끝을 자극한 것은, 두 번째 무를 썰기 위해 부엌칼을 들었을 때였다. 휙 돌아서자마자, 주방 입구에 기대어 서 있는 그가 보였다. 그는 조금 수척해졌고(유진의 말로는 끼니도 거르고 천장을 노려본다고 했다.), 그래서인지 더 날카로워 보였다.

"대장."

"기세가 대단하군."

그의 말에 자신이 부엌칼을 내리칠 것 같은 자세로 들고 있다는 걸 깨달았다. 황급히 칼을 내려 두고 그에게 다가갔다. 그가 잠시 머뭇거리다가 루의 머리에 가볍게 손을 얹었다.

"오랜만에 주인을 만난 강아지 같은데. 외로웠나?"

"아닙니다. 휴이 형님이 잘 챙겨 주셔서 즐거웠습니다."

"그래?"

"네. 대장은 요새 천장을 응시하신다고 들었습니다."

"그래. 바빴지."

"네, 바쁘셨군요."

"가터 백작이 와 있는데 알고 있나?"

"네. 아까 위에서 얘기하는 소리를 들었습니다."

"위에서 얘기하는 소리를 들었다고? 언제?"

휴이가 대화에 끼어들었다.

"아까…… 가터 백작님이 방문했을 때요."

"그걸 들었다고?"

"네."

"저 위에서 나는 소리를 들었단 말이냐?"

"네, 무슨 문제라도……?"

"너…… 귀가 어떻게 된 거냐?"

휴이가 루의 귀를 자세히 살펴보기 위해 얼굴을 들이밀었다. 하지만 가까이 오기 전, 케이에게 막혔다. 케이는 품에 갖고 다니던 단검의 검 자루로 휴이의 얼굴을 밀어내고 있었다.

"아니, 대장. 얘를 잡아먹으려는 게 아닙니다."

"누가 봐도 잡아먹으려고 하는 것처럼 보여."

"에잇! 내 얼굴이 이렇다고! 사람을 잡아먹지는 않는다고요!"

"흐음. 그거 놀라운 사실이군."

"놀라운 사실은 루가 저 위에서 나는 소리를 여기서 들었다는 겁니다. 여기 시끄러워서 홀에서 나는 소리도 안 들리는데."

케이가 루를 응시했다.

루는 그에게 자신의 재능에 대해 이야기하지 않았다는 걸 깨달았다. 묻지도 않는데 굳이 얘기할 필요가 없다고 생각했던 것이다.

추궁을 해 올 거라고 생각했는데, 그는 말없이 몸을 돌렸다.

그가 나가자마자 휴이가 루의 손목을 잡았다.

"나가서 얘기 좀 하자."

그는 주방 구석에 있는, 종업원 휴게실로 루를 이끌었다. 안으로 들어가자마자 문을 잠근 휴이가 팔짱을 끼고 루를 내려다봤다. 한참 그렇게 서서 루를 응시하던 휴이가 말했다.

"정말로 저 위에서 나는 소리가 들렸냐?"

"네."

굳이 숨길 일은 아니었다.

"원래 그런 거냐, 아니면 훈련한 거냐?"

"원래 그랬습니다."

"듣는 것만?"

"보는 것도, 냄새를 맡는 것도…… 전부 다요."

"흐음, 그래? 오감이 발달했단 말이지? 어디까지 보이는데?"

"서쪽 관문에서 동쪽 관문에 서 있는 사람이 입은 옷의 단추 개수를 셀 수 있습니다."

"그게 가능하다고?"

"네."

"허어."

휴이가 손가락으로 턱을 문질렀다. 그는 난처한 듯한 표정이었는데, 루는 그 이유를 알 수가 없었다.

"그저 남들보다 조금 오감이 발달한 것뿐입니다."

루의 말에 휴이가 고개를 저었다.

"아니, 루. 조금이 아냐, 이 녀석아. 네가 가진 그 능력은 조금 대단한 게 아니라…… 하여간 너, 그런 능력을 가졌다는 거 이제부터는 비밀로 해라. 티도 내지 말고."

"이게 위험한 능력입니까?"

"잘 보고 잘 듣는 게 위험한 건 아니겠지만 말이다…… 아무튼 그건 아무에게도 말하지 않는 게 좋겠다. 대장에게도."

휴이의 표정이 전에 없이 심각해서, 보통 일이 아니구나 싶었다. 지금껏 자신의 능력에 대해 크게 생각해 본 적이 없었다. 남들보다 좀 더 나은 오감을 가지고 있을 뿐이라고 생각했는데.

"대장한테도 감춰야 하는 일입니까? 아까 함께 있었는데……."

"그런 사소한 대화는 금방 잊을 테니, 앞으로만 조심하면 될 거다. 앞으로는 잘 들린다거나 잘 보인다, 이런 거 너무 드러내지 마. 애초에 자기 능력은 감추면 감출수록 안전한 법이거든."

*   *   *

가터 백작은 40대 중반이지만 상당히 관리를 잘해서 30대 중반 정도로만 보였다. 훤칠한 키에 뒤로 넘긴 헤어스타일, 짙은 눈썹과 굴곡이 강한 얼굴을 보면, 그의 딸인 비비안의 아름다움을 누구에게 물려받은 건지 알 수 있었다.

케이가 들어오자 가터 백작이 잔을 들었다.

"드디어 토스카의 대장을 보게 됐군."

유쾌한 목소리였다.

케이는 그가 싫지 않았다. 물론 좋지도 않았지만.

말없이 그의 맞은편에 앉아 그를 가만히 응시했다. 가터 백작은 케이의 오만한 태도에도 인상을 찌푸리지 않았다. 표정을 잘 관리하는 남자다.

가터 백작가의 명성은 높지 않지만, 시민들은 그를 좋아했다. 그 이유를 알 것도 같다. 가터 백작은 아마도 시민들 앞에서 유쾌한 호남 이미지를 연기했을 것이다. 지금 케이의 앞에서 그런 것처럼.

"딸아이가 자네에 대해 좋은 평가를 하더군. 토스카의 젊은 대장은 정중하고 강하다고. 게다가 구온 시의 여성들 사이에서 토스카의 대장은 거의 환상적인 존재가 되었어. 그네들이 자네에 대해 어떤 식으로 이야기하고 있는지 아는가?"

"그런 소문을 알려 주려고 찾아왔나?"

케이의 하대를 예상하지는 못한 모양이다. 가터 백작의 눈이 커졌다. 하지만 그것은 잠시. 가터 백작은 곧 호쾌한 웃음을 터뜨렸다.

"1년이 넘도록 골칫거리였던 포르쿠스를 단번에 제압한 사내답군. 아니면 물불을 못 가릴 만큼 머리가 나쁜 건가?"

"내가 당신에게 굽실대기를 바랐나?"

"귀족의 힘이 약해졌다고는 해도, 일개 불량배와 귀족의 지위 차이는 어마어마하지. 시청으로 오라는 내 청을 거절한 시점에서, 기사들이 자네를 죽였어도 자네는 할 말이 없어."

"글쎄. 당신이 기사들을 보냈을 때, 죽는 게 과연 이쪽이었을까?"

"……."

"귀족들의 앞에서 당신의 딸에게 예우를 차린 것으로, 당신에 대한 배려는 끝났다. 애초에 빛과 어둠은 공존할 수 없지. 당신은 빛을 지배하고 나는 어둠을 지배하는 입장이다. 내가 무얼 더해 주길 바라는 거지?"

케이의 말대로였다.

폭력 조직 중 대부분은 시청과 귀족의 관리에서 벗어나 있었다. 폭력 조직이 특별한 문제를 일으키지 않는 이상, 귀족들은 폭력 조직을 건드리지 않았다.

폭력 조직은 제국법을 두려워하지 않았다. 어느 귀족인가는, 인사를 하지 않았다는 이유로 폭력 조직원에게 손을 댔다가 일가족이 몰살당하기도 했다.

"난 자네와 싸우러 온 게 아니네, 케이. 구온 시의 어둠을 지배한 사람을 만나 보고 싶었을 뿐이야."

"그래? 그렇다면 볼일은 끝났을 테니 그만 돌아가지."

"자네가 마음에 드네."

"미안하지만 남자는 좋아하지 않는다."

"내 딸이 자네를 마음에 두고 있는 것 같더군."

케이가 미간을 좁혔다.

―비비안의 머리카락이 필요합니다.

유진의 간절한 목소리가 떠올랐다.

"자네를 보는 순간 알았네. 자네가 큰일을 할 수 있는 사람이
라는 걸. 난 내 딸을 가장 강한 자에게 주고 싶었고, 자네가 바로
그런 사람이라는 걸 알겠어. 허나 귀족과 평민 사이의 혼인은 허
락받지 못하지."

제국법에 의하면 귀족은 귀족끼리, 평민은 평민끼리만 맺어져
야 했다.

"그래서?"

"귀족이 되지 않겠나, 케이?"

"……."

"자네도 알 거야. 국가에 큰 공을 세우면 작위를 받을 수 있다
는 걸. 기사 작위만 있어도 내 딸과의 혼인이 가능하네. 내 딸과
결혼을 하면 자네는 가터 백작가의 힘을 등에 업게 되는 거야."

＊　　＊　　＊

케이의 입꼬리가 올라갔다.

백작 나부랭이에게 이런 제안을 받다니.

'내 꼴이 참 우스운 모양이군.'

티그리스일 때는, 감히 누구도 이러한 제안을 해 오지 못했다.

티그리스의 제복인 검은 망토만 입고 있어도 시선을 내리깔곤 했다.

토스카라는, 웃기지도 않은 이름이 붙었을 때부터 이러한 일이 있을 거라고는 예상했다. 하지만 이건 너무 빠르다. 이쪽의 사정도 살피지 않고 다짜고짜 제안을 해 오다니. 토스카의 대장이 우스워 죽겠나 보다.

케이는 말하고 싶었다.

목이 붙어 있을 때 나가라고.

하지만 말할 수 없었다.

—비비안의 머리카락이 필요합니다.

유진의 간청 때문이었다.

하여간 유진이란 놈은 항상 사람을 귀찮게 만든다.

"생각해 보지."

케이의 대답에 가터 백작의 표정이 밝아졌다.

"그래, 잘 생각했네. 자네와 자네의 부하들 정도라면 공을 세우는 건 어렵지 않을 거야."

"그건 내가 알아서 할 일이고. 빠른 시일 내에 당신의 딸을 만나고 싶은데, 자리를 마련해 줄 수 있나?"

*　　*　　*

저택으로 돌아가는 마차 안에서, 가터 백작은 눈을 감았다. 케이의 모습이 아른거렸다.

케이가 들어오는 순간, 놀람을 감추느라 힘들었다.

토스카의 젊은 대장. 붉은 눈동자를 가진 잘생긴 남자.

하녀들과 시청을 드나드는 여자들에게서 주워들은 이야기가 많았다. 평생 남자에게 관심이 없을 줄 알았던 비비안도 케이를 만나고 오더니 그를 칭찬하느라 정신이 없었다.

고작해야 잘난 얼굴로 여자들을 후리는 놈팡이일 거라고 생각했다.

'선대 검은 호랑이의 아들일 줄이야……'

가터 백작은 세상사에 관심이 많았다. 티그리스의 선대가 죽었다는 것도, 그의 아들이 도망쳤다는 것도 알고 있었다. 일부는 그의 아들이 죽었다고들 했지만, 가터 백작은 믿지 않았다. 다른 사람도 아니고 가장 강하다고 소문난 선대 검은 호랑이의 아들이다. 쉽게 죽을 리 없다.

어딘가에서 발톱을 감추고 반격할 기회를 노리고 있을 거라 생각했는데, 이렇게 가까운 곳에서 웅크리고 있을 줄이야.

'포르쿠스 잔당을 단숨에 쓸어 낸 건 우연이 아니었어.'

케이는 강한 눈빛을 지니고 있었다.

'그자는 분명 티그리스를 되찾을 거야. 내 딸과 그자가 결혼을 하면, 나는 오르딘 공작보다 더한 힘을 손에 넣게 되겠지.'

다행히 비비안은 어느 남자라도 손에 넣고 싶어 할 만큼 아름다웠다. 남자들이란 예쁘고 현명한 여자의 손에 들어가면 기를 못 펴는 법이다. 비비안은 예쁨과 현명함, 두 가지를 모두 가지고 있었다. 케이가 비비안에게 함락되는 날도 머지않으리라.

실제로 그쪽에서 먼저 만남을 요청해 오지 않았던가.

'비비안에게 말해 둬야겠군. 어떻게든 그의 아이를 임신하라고.'

*   *   *

루는 쿠빌레의 지붕에 앉아 하늘을 올려다봤다. 차가운 바람이 불어왔지만 아무래도 좋았다.

―*빠른 시일 내에 당신의 딸을 만나고 싶은데, 자리를 마련해 줄 수 있나?*

들으려고 한 것은 아니었다. 엿듣지 않기 위해 긴장하고 있었다. 그러나 휴이가 안주를 들여보내라고 해서 문 앞까지 갔을 때 들려오는 대화까지 막을 수는 없었다.

하마터면 쟁반을 떨어뜨릴 뻔했지만 간신히 정신을 차렸다. 일그러진 표정을 서둘러 갈무리했을 때, 백작은 당장 이튿날 자리를 마련하겠다며 대답했다.

'우울할 이유 없어. 애초에 속인 쪽은 나야. 설령 속이지 않았다고 하더라도, 이런 몰골로 어떻게 대장의 사랑을 받을 수 있겠어? 바보처럼 굴지 마.'

비비안은 아름답다. 게다가 백작의 딸이기까지 하다. 케이에게 그녀보다 더 어울리는 여자는 없을 것이다.

루는 눈을 감고 어수선한 생각을 정리하기 위해 애썼다.

그와 비비안의 관계가 긴밀해지는 것은, 장기적으로 봤을 때 좋은 일이었다. 케이에게 가터 백작가의 힘이 더해지면 토스카가 활동하기에도 편해질 것이다.

질투를 해서는 안 되고, 그러한 기미를 내비쳐서도 안 된다. 앞으로는 비비안이 무슨 짓을 하든, 그녀의 앞에서 미소를 지을 수 있어야만 한다. 며칠 전 파티에서처럼, 불쾌감을 고스란히 드러내서는 안 된다.

'괜찮아. 할 수 있어. 지금까지 잘해 왔잖아. 문제없어.'

루는 주먹을 꽉 쥐었다.

'비비안은 좋은 여자일 거야. 그날 내게 그런 식으로 대한 것도 좋은 뜻에서 한 거겠지. 일부러 내가 모멸감을 느끼라고 한 말은 아닐 거야. 그러니까…… 괜찮아. 받아들여야 돼.'

머리 위에 따스한 손길이 느껴졌다. 굳이 고개를 돌려 확인하지 않고도 그 손의 주인이 케이라는 것을 알 수 있었다. 조금 전부터 은은하게 아카시아 향기가 나고 있었기 때문이다.

루는 아랫입술을 잘근 깨물었다.

케이의 이러한 다정함은 '개'이기 때문에 받을 수 있는 것이다. 이 손길이 애정이라고 착각해서는 안 된다. 만약 루가 여자라는 것을 알면, 케이는 이런 작은 손길조차 허락하지 않을지도 몰랐다.

화상 흉터가 뒤덮인 여자 따위, 누구라도 사양하고 싶을 테니까.

"일은 끝났나?"

"네, 대장."

"추운데, 이런 데서 뭘 하고 있는 거지?"

"하늘을 보고 있었습니다."

"하늘이라."

"먹구름이 끼었습니다. 오늘 밤, 눈이 올지도 모르겠습니다."

"눈을 좋아하나?"

"네. 좋아합니다."

"왜?"

"차갑고 깨끗해서요."

"차가운 걸 좋아하나?"

"네, 차가운 걸 좋아합니다. 하지만……."

루는 고개를 뒤로 젖혔다. 하늘을 보고 있을 줄 알았는데, 그는 루를 내려다보고 있었다. 그와 눈이 마주치는 순간, 철렁, 심장이 내려앉았다. 그의 붉은 눈동자는 볼 때마다 새롭다.

저 눈동자를, 정말이지 가지고 싶다고 생각하며, 루는 말했다.

"하지만 대장의 손은 따뜻해서 좋습니다."

철렁.
심장이 내려앉는 줄 알았다.

―네. 좋아합니다.

그것은 눈을 좋아하냐는 질문에 대한 답이었다. 그러나 케이
의 귀에는 그 말이 마치 '당신을 좋아합니다.'처럼 들려왔다. 남
자치고는 한 톤 높지만 허스키한, 미묘한 음성이 만들어 낸 문장
이라 그럴지도 모르겠다.
'미치겠군.'
케이는 머리를 쓸어 넘겼다.
'사내놈이 눈을 좋아한다고 하는 말에 심장이 반응하다니. 내
일 당장 백작가의 계집을 침대에 눕혀야겠어.'
오랫동안 여자를 안지 못해서 '좋아한다.'라는 말만 들어도 심
장이 뛰는 지경에 이르렀다고, 케이는 생각했다.
그런 케이의 마음을 조금도 모르는 루는 가만히 케이를 올려
다보고 있었다. 손이 따뜻해서 좋다는 말은 하지 말았어야 했던
걸까? 케이의 대답이 들려오지 않아 불안해졌다.
문득 그가 루의 눈가로 커다란 손을 가지고 왔다. 그의 손바
닥이 루의 시야를 가렸다.

"네 눈동자는 정말 파랗군."

"그렇습니까."

"누굴 닮은 거지?"

"어머니를 닮았습니다."

"그런가."

그가 금방 손을 치울 거라고 생각했다. 하지만 그는 한동안 그 자세로 가만히 있었다.

눈가에 느껴지는 그의 체온에 심장이 점점 빠르게 뛰기 시작했다. 루는 그가 모르게 주먹을 꽉 쥐었다.

제발 손을 치워 주세요, 대장. 심장 뛰는 소리가 당신의 귀에까지 들리기 전에.

다행히 케이는 손을 거두고 루의 옆에 앉았다. 차가운 바람만 불어오던 공간이, 그의 존재로 인해 따뜻해졌다.

"루, 너는 내게 바라는 것이 없나?"

"네, 저는 대장 곁에 있을 수 있으면 그것으로 좋습니다."

"어째서? 복수를 하고 싶었던 것 아닌가?"

"하고 싶습니다."

하고 싶다.

오르딘 공작.

이름만으로도 소름이 돋는 그 남자를, 세상에서 가장 끔찍한 방법으로 죽이고 싶었다.

"하지만⋯⋯ 대장 곁에 있겠습니다."

"개죽음을 당하기는 싫은 모양이군."

"……."

케이는 루의 마음을 정확하게 읽어 냈다.

지금의 루는 오르딘 공작의 얼굴도 볼 수 없는 위치였다. 오
르딘 공작은 대륙 최고의 기사들과 마법사들에게 보호를 받고
있었다. 그의 앞에 서게 된다고 해도, 그를 죽이려 들다가는 개
죽음을 당할 터였다.

그렇게 죽으려고 살아온 것이 아니었다. 루는 자신을 살리려
던 아버지의 간절한 표정을 기억하고 있었다.

"네, 대장. 저는 대장의 힘을 빌려 오르딘 공작을 죽이고 싶었
습니다. 대장이 제 유일한 빛입니다. 하지만 대장이 싫으시다고
하니 억지를 부리지 않기로 했습니다."

루는 솔직하게 말했다.

"그래서 그저 대장 곁에 있는 것으로 만족합니다."

"움직이려고 하지 않는 내가 원망스럽지는 않나?"

"제가 어떻게 대장을 원망하겠습니까. 저에게 이런 좋은……."

거기까지 말하고 루는 말을 멈췄다.

그동안 지내 왔던 나날이 떠올랐기 때문이다. 춥고 더운 거리
에서의 생활. 굶기를 밥 먹듯이 했고, 맞기를 숨 쉬듯이 했다.

"휴이 형님은 음식을 만들 때마다 1인분을 더 만들어서 제게
주십니다. 하루에 5끼는 먹는 것 같습니다. 이러다가 살이 찔 것
같아서 고민인데…… 이런 고민을 할 날이 오게 될 줄은 상상도

못 했습니다."

"……."

"유진 형님은 아침에 로비에서 마주치면 잘 잤느냐고 꼭 물어보십니다. 필요한 것은 없느냐, 따뜻한 물은 나오느냐. 저녁에 일을 끝내고 들어갈 때도 한 번 더 물어보십니다. 쿠반 형님은 자주 마주치진 못하지만, 만날 때마다 물어보십니다. 여자 필요하지 않냐고."

"그래, 여자에 환장한 녀석이지."

"네. 그리고 텐치는 틈만 나면 옆에 와서 수다를 떱니다. 요리를 배우고 텐치의 수다를 듣느라, 하루에 심심할 틈이 없습니다. 대장, 제가 대장을 만나기 전에 하던 말이 뭔지 아십니까?"

"뭐지?"

"하지 마. 때리지 마. 그만둬."

"……."

"매일 아침 인사를 하고 수다를 떨고 배불리 먹는 이 생활. 대장이 주신 삶입니다. 대장이 이 자리에서 제 목을 벤다 해도, 저는 대장을 원망하지 않습니다."

케이는 시선을 루에게로 향하게 하지 않기 위해 온 힘을 다해야만 했다. 루가 어떤 표정으로 이런 이야기들을 하는지 보고 싶었다. 하지만 봐서는 안 될 것 같았다. 보는 순간 자신이 상상도 해 보지 못한 일이 벌어질 것만 같았기 때문이다.

그래서 케이는, 지금까지 중에 가장 큰 인내심을 발휘하며 정면의 어둠을 노려봤다.

'보면 안 돼. 보면 뭔가 변할 거야. 그런데 뭐가 변할지는 나도 모르겠군.'

정체를 알 수 없는 두려움이, 혹은 긴장이 케이를 당혹스럽게 만들었다. 케이는 그 기분에서 벗어나기 위해 무슨 말이든 해야만 했다.

"나는 내일……."

목소리가 잔뜩 쉬어 있었다.

"가터 백작가의 계집을 만나러 간다."

"그러십니까."

"동행해라."

"네. 가장 좋은 옷을 입어야 합니까?"

"아니. 옷차림은 아무래도 좋다. 내가 그 계집을 데리고 침실에 들어갈 때까지, 내 곁에 붙어 있어라."

"……네."

"그리고 그들 중 누군가 불온한 움직임을 보이면 주저하지 말고 베어라. 그 계집의 머리카락만 얻는다면, 이 도시를 떠나도 상관없으니까."

*　　*　　*

한숨도 못 잤다.

케이가 동행을 명령할 줄은 몰랐다. 비비안을 질투하지 않기로 결심했지만, 케이가 그녀와 함께 침실에 들어가는 것을 지켜보고 싶지는 않았다.

하지만 별수 없었다. 대장이 '적진'과 다름없는 곳에 간다는데 혼자 보낼 수는 없었다. 경호가 따르는 것이 당연하고, 유일한 경호로 선택됐다는 것은 기뻐할 일이었다.

"루, 들어간다?"

뻑뻑한 눈을 깜빡이며 옷을 갈아입고 있는데 유진의 목소리가 들려왔다. 루는 서둘러 옷을 마저 입고 대답했다.

"네, 형님."

"잘 잤어?"

유진이 활짝 웃으며 물었다.

"네, 형님은 일찍 일어나시네요."

"응. 대장이 게으른 만큼 부하들은 부지런해질 수밖에 없거든."

"쿠반 형님은 실컷 게으름을 부리시던데."

"걘 내놓은 자식이고. 오늘 대장 경호한다며?"

"네. 아, 대장이 어제 이상한 말씀을 하시더라고요."

"이상한 말?"

"비비안 양의 머리카락만 얻으면 이 도시를 떠나도 상관없다고."

"……하…… 하하하…… 그래?"

유진이 어색하게 웃었다.

"뭐, 대장도 가끔 머리가 이럴 때가 있거든. 알 수 없는 사람이지."

유진이 검지로 관자놀이 근처에서 뱅글뱅글 원을 그리며 말했다.

"그렇군요. 그런데 어쩐 일로……?"

"아, 눈 왔더라고. 너 눈 좋아한다며."

"네, 그걸 어떻게 아셨습니까?"

"대장이 말해 줬어."

"대장이요?"

"응. 아까 눈 온 걸 보시더니 그러던데. 루가 좋아하겠군."

유진이 가슴 앞에서 팔짱을 끼고 케이 흉내를 냈다. 꽤 비슷해서 루는 조금 웃었다.

"휴이가 천천히 내려와도 된다고 했으니까 눈 구경 좀 해. 같이 갈까?"

"네."

유진과 함께 쿠빌레 밖으로 나왔다. 밤새 내린 눈이 발목까지 쌓여 있었다. 아직 통행인이 많지 않은 시간이라 눈은 희고 깨끗했다.

두 사람이 걸을 때마다 뽀드득뽀드득 소리가 났다.

"이 소리가 좋단 말이야. 특히 아무도 안 밟은 눈을 더럽힐 때의 기분이 최고야."

씨익 웃으며 말하는 유진을 보니, 이 형님의 성격이 생각보다 나쁠지도 모르겠다는 생각이 들었다.

"형님, 궁금한 게 있는데…… 다들 검술 훈련을 어디서 합니까?"

"와칸이랑은 호텔 뒤쪽 공터에서 했던가?"

"네. 와칸 형님 말씀으론 적당히 자리를 잡으면 훈련 장소를 따로 마련할 거라고 했는데, 이제 마련되지 않았을까 해서요."

"물색해 보긴 했는데 충분히 넓은 장소가 없어서 숲 쪽에 만드는 중이야."

"얼마나 넓은 장소가 필요한데요?"

"내 총의 총알이 닿지 않을 정도의 거리."

"상당히 넓어야겠네요."

"응. 텐치랑 휴이가 시간이 날 때마다 나가서 나무를 베고 있는데, 그 숲은 대체 어떻게 돼먹은 건지 너무 울창해. 베는 족족 다시 자라는 것 같은 기분이 들 정도야. 하여간 나무 좀 정리되고 나면 거기에 건물을 세우려고. 1층에서는 훈련, 지하에서는 연구를 할 수 있도록."

"거점을 만드는 거군요."

"그렇지."

"나무, 제가 정리할까요?"

*　　*　　*

"아, 파필리아에 있을 때 장작을 해 오곤 했다고 했지? 그럼, 음…… 아니다. 넌 당분간은 좀 쉴 필요가 있어. 살이랑 근육이 좀 붙을 때까지는 잡일도 안 돼."

유진이 루의 가느다란 팔뚝을 주물럭거리며 말했다.

"형님, 저 나무 잘 벱니다."

"그래, 그래."

아직 루의 검술을 보지 못한 유진이 건성으로 고개를 끄덕였다.

"정말이에요. 지금 당장이라도 필요한 면적의 반은 정리할 수 있습니다."

"넌 오늘 대장을 호위해야지."

"저녁 전에 마칠 수 있습니다."

"루. 내가 널 예뻐하는 건 네가 강해서가 아냐."

"저를…… 예뻐하십니까?"

루가 눈을 동그랗게 뜨고 묻자, 유진이 킬킬 웃으며 루의 볼을 꼬집었다.

"보면 모르겠냐, 이 녀석아. 이 형님이 애정을 아주 그냥 담뿍 퍼 주고 있는데, 이제 와서 그런 질문을 하다니. 엉덩이 맞을래?"

"……엉덩이는 사양하겠습니다."

"하여간 아직은 널 부려먹을 생각 없으니까 실컷 쉬어 둬. 근육 좀 생기고 나면 죽을 만큼 부려먹을 거거든."

"그렇다면······."

루는 고민했다.

훈련장이 빨리 생기면 좋겠다. 더 강해지고 싶었다. 등에 메고 다니는 클레이모어 두 자루의 무게가 느껴지지 않을 만큼. 그것들을 양손에 쥐고도, 아무것도 없는 듯 움직일 수 있을 만큼.

"오늘 나무를 정리하고 대장을 호위하고 돌아오겠습니다. 그러면 내일 하루는 방에 틀어박혀 있게 해 주세요."

비비안을 안은 케이를 보고 나면 표정을 유지할 수 없을 테니까, 찢어진 심장의 고통을 숨길 수 없을 테니까.

*　　*　　*

"그래서 말이야."

유진은 멍한 표정으로 주방 구석에 앉아 있었다. 휴이와 텐치는 흥미진진하다는 표정으로 유진을 바라보고 있었다.

"나는 루, 그 녀석이 그냥······ 음······ 그냥 호기로운 척, 강한 척하는 거라고 생각했거든. 자기가 쓸모 있는 존재라는 걸 증명하고 싶어 하는 것 같아서 좀 안쓰럽기도 했고. 그렇잖아. 그동안 고생을 했으니 여기 생활이 얼마나 편하고 좋겠어. 잃고 싶지 않은 만큼, 우리한테 도움이 되고 싶어서 기를 쓰는 거라고 생각했어."

"그래서요?"

"루가 고집을 부리는 일이 없잖아. 그런 애가 됐다는데도 계속 하겠다고 하니까, 그래, 데려가 주자. 몇 그루만 베어도 실컷 칭찬해 주고, 어마어마하게 쓸모 있다는 듯이 말해 주자. 그렇게 생각했지."

"근데?"

"와칸이 그 녀석 엄청 강하다고 한 얘기는 들었는데…… 그게 아냐."

"그럼요? 약해빠졌어요?"

"아니, 아니. 강하다, 약하다…… 그런 문제가 아니라……."

유진은 귀신이라도 보고 온 것 같은 표정으로 고개를 절레절레 저었다. 숲에서의 영상을 떠올리며 침을 꿀꺽 삼킨 유진이 휴이와 텐치를 한 번씩 돌아보고는 말했다.

"루는 약속한 것 이상으로 나무를 싹 다 베어 냈고, 숨도 헐떡이지 않았어. 클레이모어 두 자루를 들고 움직였는데 말이야. 게다가…… 나무를 베는 그 모습이……."

유진의 머릿속에서 선명하게 그려지는 영상.

나무 사이에서 흩날리듯 움직이는 두 자루의 클레이모어. 그리고 그 사이에서 나비처럼 나부끼는 루. 찰랑이는 검은색 머리카락과 물이 흐르듯, 구름이 흘러가듯 움직이는 가느다란 몸.

등줄기가 서늘해질 정도로 예리하면서도 눈물이 날 만큼……

"아름답더라."

　　　　　*　　　*　　　*

　유진이 준비해 준 마차를 타고 백작가로 향했다. 케이와 같은
마차에 타게 될 줄은 몰랐다. 말을 타고 가야 하는 줄 알고 걱정
했는데 다행이다. 루는 아직 말을 잘 타지 못했다. 검술 훈련을
하기 전에, 말 타는 법부터 배워야겠다.

　'그나저나 유진 형님, 표정이 안 좋던데. 괜찮은 걸까?'

　나무를 정리하고 숲에서 돌아올 때, 유진은 말이 없었다. 몇
번인가 말을 걸었는데도 대답하지 않았다. 다행인 점은 그가 본
분을 잊지 않고 마차를 준비한 후 케이를 배웅했다는 것이었다.

　쿠빌레 앞에서 손을 흔드는 유진은, 유령을 본 것 같은 표정을
짓고 있었다.

　"무슨 생각을 하지?"

　케이가 물었다.

　"유진 형님을 생각하고 있었습니다."

　"유진을?"

　케이의 미간에 깊은 주름이 생긴 것을, 루는 보지 못했다.

　"네. 숲의 나무를 정리하는 중이라고 해서 아까 같이 숲에 가
서 나무를 베었는데, 그 후로 표정이 안 좋았습니다. 괜찮은 건
지 걱정입니다."

　이유를 들은 케이의 표정이 풀어졌다.

　"흐음. 네가 나무를 베는 모습을 봤다면 그럴 수도 있겠지."

"그렇게 끔찍합니까?"

케이가 다시 미간을 좁혔다. 그는 진심이냐는 듯 루를 응시했다.

"왜 그렇게 보십니까?"

"아니, 뭐…… 됐다."

"제가 검을 쓰는 모습을 본 적이 없어서 어떤 모습일지 생각하질 못했습니다. 그렇게 끔찍하다면 앞으로 남들 앞에서 검을 쓰는 건 자제해야겠습니다."

"그래. 내 앞에서만 쓰는 것도 나쁘지 않겠군."

"대장 앞에서도 안 쓰는 게 좋을 것 같습니다. 대장께 끔찍한 몰골을 보이고 싶지 않습니다."

루는 진지했고, 케이는 할 말을 잃었다.

끔찍하다니.

끔찍한 게 아니다. 경이롭다. 아름답다. 아니, 그 어떤 미사여구로도 표현할 수 없는, 그러한 광경이다. 유진 역시 그렇게 느꼈을 것이고, 그래서 당황한 것이리라.

'나만 그런 게 아니었군.'

케이는 조금 안심했다.

루를 보고 심장이 뛰는 것이 자신만은 아닐 것이다. 루는 심장을 뛰게 할 만한 것들을 가지고 있다. 새파란 눈동자도 그렇고, 경이로운 검술도 그렇고. 그러니까 루 때문에 심장이 반응한다고 해서 정신이 이상해진 것은 아니다.

"대장."

루의 목소리에 정신을 차렸다.

"백작가에 들어간 후, 제가 주의해야 할 것이 있습니까?"

"내가 말했을 텐데. 네 마음대로 하라고."

"그래도 됩니까?"

"그래. 너는 내 개다. 네 마음대로 해라, 루. 네가 벌인 난장판은 주인인 내가 책임질 테니까."

*　　　*　　　*

가터 백작가의 식당은 넓고 화려했다. 직사각형으로 긴 원목 테이블 위에서는 샹들리에가 빛나고 있었다. 의자는 솜씨 좋은 장인이 하나하나 직접 조각한 그림이 새겨져 있었고, 테이블 위에는 비싼 꽃병이 놓여 있었다.

케이와 비비안은 각자 테이블의 긴 면의 중앙에 앉아 서로를 마주 보고 있었고, 케이의 뒤에는 루가, 비비안의 뒤에는 헤다인이 서 있었다.

가터 백작은 급한 일이 생겨 만찬에 참석하지 못할 것 같다고 했는데, 아마 급한 일 따위는 없을 것이다. 비비안과의 사이를 빠르게 진전시키기 위한 그의 계략이라는 것을, 케이도 루도 비비안도 알았다.

"이렇게 와 주셔서 감사해요."

비비안이 말했다.

"그래, 감사하겠지."

케이가 쌀쌀맞게 대답했다.

헤다인의 표정이 굳어졌지만 그뿐이었다. 그는 케이의 심기를 건드리지 말라고 언질을 받았는지, 주먹을 꽉 쥐고 분을 가라앉혔다.

"루에게도 사과를 하고 싶었어요. 그날은 내가 생각이 짧았어요. 기분을 상하게 할 의도는 아니었어요. 내 사과, 받아 주겠지요?"

"네, 받아드리겠습니다."

루의 대답에 헤다인이 결국 검에 손을 댔다. 그러나 검을 꺼내기 전, 비비안이 먼저 눈치를 채고 오른손을 들었다.

"비비안 님. 케이, 저자는 참아 줄 수 있지만 그의 시종까지 참으라는 명령은 없었습니다."

"그래도 참으세요. 루에게는 내가 잘못한 거니까요."

헤다인은 검에서 손을 뗐지만 루를 노려보는 시선을 거두진 않았다. 그는 눈빛으로 루의 목을 베려고 노력하는 것 같았다. 하지만 루는 그를 무시했다.

비비안에게는 정중하기로 결심했다. 하지만 비비안의 기사에게까지 잘할 필요는 없었다. 쿠반이었다면 헤다인이 검에 손을 대는 순간 검을 뽑았을 것이다. 그 정도는 호기롭고 당당해야 케이의 부하라고 할 수 있다.

요리가 나오기 시작했다. 두 사람이 먹기에는 많은 분량이었다. 아니, 열 명이 먹어도 남을 정도로 많았다.

"루, 배고프지 않나?"

케이가 물었다.

"괜찮습니다. 오기 전에 휴이 형님이 구워 주신 오리고기를 먹고 왔습니다."

"그래."

케이는 두 번 권하지 않았다. 하지만 비비안은 달랐다.

"루, 배고프다면 사양하지 않아도 돼요."

"아뇨, 배고프지 않습니다."

정말로 배가 불렀다. 설령 배고프다 해도 비비안의 앞에 앉아 무언가를 먹을 기분이 아니었다.

루의 머릿속은 앞으로 진행될 일에 대한 생각으로 가득 차 있었다.

곧 케이가 비비안을 은밀한 곳으로 데리고 갈 것이다. 방으로 가게 될지, 다른 어느 곳으로 가게 될지는 모르겠다. 다만 적당할 때에 눈치를 봐서 빠져야 하는데, 적당할 때가 언제인지 모르겠다.

헤다인도 걱정이 됐다. 저 남자가 비비안과 케이를 둘만 남겨 두려고 할까. 만약 저 남자가 그 둘을 따라간다면 난 어떻게 해야 하나.

사랑하는 남자가 다른 여자를 안으려고 하는데, 그것을 위한 최고의 조건을 만들어야만 하는 상황이 비참함을 떠나 우습기까지 했다.

식사가 어느 정도 마무리되었을 때, 케이가 입을 열었다.

"비비안 양. 좀 걷지."

"좋아요."

비비안이 밝은 표정으로 대답했다.

비비안은 감정이 얼굴에 다 드러났다. 감정을 감출 줄 모르는 사람은 나쁘지 않다. 그만큼 순수하다는 뜻이니까.

'연적이라고 생각하니까 밉게만 보이는 거야. 그렇게 생각하지 않으면, 비비안 양은 좋은 여자야. 평민 따위의 안위를 걱정할 정도니까.'

루는 그렇게 생각하며 집요하게 아픈 심장을 달래려고 노력했다.

"둘만 걸었으면 좋겠군."

헤다인이 뒤따르려 하자 케이가 분명하게 말했다. 루에게 더는 따라오지 말라는 신호였고, 루는 총을 맞은 것 같은 고통을 느꼈다. 하마터면 신음을 흘릴 뻔했지만, 간신히 표정을 갈무리하고 걸음을 멈췄다. 하지만 헤다인은 달랐다.

"그건 안 되겠군. 비비안 님을 보호하라는 명령이 있어서."

"케이 님은 중한 손님이에요, 헤다인. 실례되는 행동은 하지 마세요."

"비비안 님……."

"아버님께선 케이 님이 원하는 대로 해드리라고 했어요. 아버님의 명령을 듣지 않을 생각인가요?"

끄응.

헤다인이 신음을 흘렸다.

그는 일생일대의 고민에 빠져 있었다.

가터 백작은 아름답고 사랑스러운 딸을 뒷골목 건달에게 주려고 하고 있었다. 그 이유를 도무지 알 수가 없었다.

케이와 그의 부하들이 강한 것은 사실이지만, 딸을 줘야 할 만큼 대단치는 않았다. 백작가 안에 있는 기사들이 제대로 채비를 갖추고 공격하면, 토스카 따위는 일시에 쓸어버릴 수 있을 것이다.

그런데 어째서 가터 백작은 이렇게까지 저자세로 나오는 걸까. 비비안을 원하는, 좋은 가문도 많은데.

"알겠습니다, 비비안 님. 케이, 비비안 님께 누를 끼친다면 네 목숨도 없다."

케이는 그 말에 대꾸도 하지 않았다.

케이와 비비안이 나란히 식당을 빠져나갔다.

탁—

문이 닫히는 소리가 사형선고를 받는 것 같다고, 루는 생각했다. 하지만 지금은 가슴 아파하는 것보다 더 중요한 일이 있다.

헤다인의 공격 대상이 바뀌었다.

그는 검에 손을 얹은 자세로, 루를 노려보고 있었다.

*　　*　　*

쿠반은 케이의 방 침대에 누워 천장을 올려다보고 있었다.

최근에는 정말이지 너무나 평화롭다. 건드리는 놈들도 없고, 건드릴 놈들도 없다. 자리를 잡기 전에는 항상 싸우고 도망치고, 건드리고 죽이며 살았다.

'차라리 그때가 즐거웠어.'

이런 고요함은 익숙지 않다.

'대장은 백작 딸년이나 만나러 다니고…… 정말 재미없군. 대장도, 토스카도.'

케이에게 무언가 생각이 있는 거라고 믿고 싶다.

티그리스 따위 아무래도 좋다고는 말하지만, 사실은 누구보다도 티그리스를 되찾고 싶어 한다고 여기고 싶었다. 티그리스는 케이의 것이다. 검은 호랑이의 자리에는 케이가 앉아야만 한다.

'대장은 무슨 생각이지? 가터 백작부터 손에 넣어서 그 힘으로 일어서려는 건가? 와칸은 대체 왜 정글에 간 거야?'

심심해 죽겠는데 얘기를 할 사람도 없다. 유진은 일 좀 하라고 잔소리나 할 것이고, 휴이는 주방에 들여보내 주지도 않는다. 텐치는 거미를 잡아야 한다는, 이상한 소리를 하며 돌아다니고 있고.

'게다가 대장. 아까 그 말은 뭐였지?'

심심해서 케이의 방을 찾아왔을 때, 케이는 나갈 준비를 하고 있었다. 비비안을 만나러 간다던 케이는 방을 나서기 전에 작게 중얼거렸다.

"머리카락……."

뭘까.

무슨 의미가 있는 말일까?

혹시 암호는 아니겠지?

"아악! 드럽게 심심하네!"

결국 쿠반은 참지 못하고 벌떡 일어났다.

더는 안 되겠다.

"백작가나 훔쳐보러 가 볼까? 아니, 거긴 지키는 놈들이 많을 거야. 그냥 시카족 계집이나 만나러 가야겠군."

*　　*　　*

"내가 제일 역겨워하는 게 뭔지 아나?"

혜다인이 입을 열었다.

루는 말없이 그를 응시했다.

"제대로 된 검술도 펼치지 못하는 놈들이 겉멋으로 검을 들고 다니는 거야. 클레이모어 두 자루? 제 몸뚱이보다 큰 것을 메고 다니면 강해 보일 것 같았나?"

루는 대답하지 않았다.

"넌 정말 역겨운 놈이다, 파필리아의 괴물. 그 흉측한 얼굴이 역겨운 게 아냐. 토스카 대장의 밑에 들어가게 됐다고 기세등등한 꼴이 역겨운 거지."

"……."

"토스카의 대장이 비비안 님께 함부로 하니, 너 따위도 그럴 수 있다고 생각한 건가? 비비안 님의 너그러움이 아니었다면 네 놈의 목은 날아갔을 거다."

"……."

"네놈은 이 저택을 바라보는 것조차 허락받지 못할 놈이야. 그런 놈이 토스카에 들어갔다고 신나서 건방을 떠는 꼴이라니. 정말 역겨워서 못 봐 주겠군."

"헤다인, 당신이 왜 그렇게 화를 내는지 모르겠습니다."

"헤다인? 당신?"

루의 말투에 헤다인의 표정이 구겨졌다.

*　　*　　*

루는 가만히 그를 응시하며 말을 이었다.

"비비안 님이 내게 사과를 했고, 난 그것을 받아 줬을 뿐입니다. 내가 비비안 님의 사과를 강요하진 않았습니다."

"이놈이 겁을 상실했군. 너 따위가 감히!"

스릉—

헤다인의 검이 모습을 드러냈다. 잘 벼린 롱소드였다.

그것은 거침없이 루를 향해 날아들었다. 헤다인은 정확히 루의 목을 노렸고, 루는 그의 살기를 읽었다. 그는 진심으로 루를 죽이려 하고 있었다.

그럴 만도 했다.

파필리아의 괴물로 불리며, 노예보다 못한 취급을 받던 루가 자신과 동급이라는 듯 행동했다. 그로서는 이 상황을 받아들이기 힘든 게 당연했다.

하지만 루는 그에게 굽힐 수 없었다.

가터 백작이 구온 시 빛의 우두머리면, 케이는 어둠의 우두머리였다. 각 우두머리를 지키는 입장이니 당연히 동등하게 행동해야 한다. 케이가 가터 백작에게 굽히지 않는데, 그의 경호인 루가 헤다인에게 굽힐 이유가 없었다. 아니, 굽혀서는 안 됐다.

루는 가볍게 헤다인의 검을 피했다. 클레이모어 두 자루를 멘 것 같지 않은 빠른 몸놀림에, 헤다인은 놀란 듯했다. 하지만 곧 검을 추스르고 다시 루를 공격해 왔다.

헤다인이 괜히 기사단의 단장 대우를 받는 게 아니었다. 그의 검술은 강하고 단호하며 정확했다. 군더더기가 없는 깨끗한 움직임이, 그가 얼마나 양질의 검술 훈련을 받았는지 알려 주었다.

하지만 루는, 그의 공격이 느리게만 느껴졌다.

그의 검을 피하며, 루는 고민했다.

검을 뽑아야 하는 걸까.

케이는 마음대로 하라고 했지만, 그렇다고 제멋대로 사람을 죽일 수는 없다. 이왕이면 조용히 상황을 마무리 짓고 돌아가고 싶었다.

'기절시킬까?'

하지만 그것은 기사의 명예를 더럽히는 일이었다. 그는 그런 식으로 목숨을 구하기보다는, 죽는 게 낫다고 생각할 것이다.

'아니, 이 남자의 명예까지 내가 걱정할 필요는 없지. 훗날 다시 찾아온다면 그때 제대로 상대해 주면 될 일. 일단 기절시키자.'

라고 결심했을 때였다.

챙―

날카로운 소리가 들렸다.

검과 검이 부딪치는 소리였다.

루는 자신의 앞을 막아선 넓은 등을 보았다. 그 위에서 흔들리는 새빨간 머리카락도.

"이야, 식당에서 결투라니. 가터 백작가 호위기사의 결투는 드럽게 우아하기도 하구만!"

"네놈은……?"

"내 이름은 쿠반. 덤벼라, 기사 놈아."

"형님. 그렇게 대놓고 덤비라고 하시는 건 좀…….."

"넌 빠져, 루. 이건 내 싸움이다."

"아뇨, 형님. 제 싸움이었는데요."

"말대꾸하지 말라고, 인마!"

쿠반와 루의 말다툼에 헤다인의 표정이 점점 굳어졌다. 쿠반은 헤다인의 검을 가볍게 막은 데다, 그 상태로 루와 말장난까지 치고 있었다.

화가 난 상태이긴 하지만 실력 차이를 명확히 판단할 수 있었다.

헤다인은 고민했다.

이 상태라면 헤다인이 질 것이 자명했다. 죽음이 두렵진 않았다. 죽음보다 더 두려운 것은 명예를 잃는 것이었다. 싸우다가 죽으면 그것으로 족하다.

다만 가터 백작가의 이름이 더럽혀질 것이 걱정됐다. 토스카 일당 중 한 명이 가터 백작의 호위기사 단장을 죽였다는 소문이 퍼지면, 가터 백작은 비웃음거리가 될 것이 분명했다.

오랜 시간 가터 백작가를 지켜 온 헤다인은, 가터 백작은 물론 그의 자식들인 비비안과 아리크도 아꼈다. 그들이 웃음거리가 되는 것이, 명예를 잃는 것보다 두려웠다.

헤다인은 으드득 이를 갈며 검을 거뒀다. 쿠반이 씩 웃었다.

"잘했어, 기사. 계속 덤볐으면 네놈을 죽인 후, 가터 백작가를 싹쓸이할 생각이었거든."

쿠반의 잿빛 눈동자는 광기에 물들어 있었다. 헤다인은 쿠반이 진심으로 하는 소리라는 것을 깨달았다. 가터 백작가가 웃음거리가 되는 것이 문제가 아니었다. 하마터면 백작가 전체가 몰살당할 뻔했다. 자신의 판단이 옳았는데도 팔뚝에 소름이 돋았다.

역시 토스카는 위험한 놈들이다.

'정말 모르겠군. 백작님은 대체 왜 이런 놈들과 연을 맺으시려는 거지?'

*　　*　　*

'비비안의 머리카락'이라는 말이 이렇게나 신경에 거슬릴 줄은 몰랐다.

취향에 맞는 여자와 잠자리를 갖는 건 즐거운 일이다. 다른 때라면 비비안의 드레스를 벗기고 알몸을 감상할 생각을 하고 있었을 것이다.

하지만 지금 케이의 머릿속을 가득 채운 것은 하나였다.

비비안의 머리카락.

비비안은 길고 풍성한 머리를 묶지 않고 늘어뜨리고 있었다. 연갈색 곱슬곱슬한 머리카락은 윤기가 흘렀다. 탐스러운 머리카락이다.

비비안의 머리카락에 대해서만 생각을 하다가 저도 모르게 손을 뻗어 그녀의 머리카락 끝을 붙잡았다. 케이의 옆에서 말없이 걷던 비비안이 홍조 띤 얼굴로 케이를 올려다봤다.

자그마한 얼굴에 오밀조밀 자리 잡은 이목구비가 조화로웠다. 제국 최고의 미녀라는 칭송을 받을 만한 얼굴이었다.

"케이……."

비비안이 촉촉한 입술을 벌려 떨리는 목소리로 그의 이름을 불렀다.

저택 뒤의 조용한 정원. 명령을 받았는지 나와 있는 사람은 아무도 없었다.

"저는……."

비비안의 머리카락.

"저는 당신을 처음 본 순간……."

"쉿."

케이는 나직하게 말하며 천천히 허리를 굽혔다. 케이의 입술이 비비안의 입술 위에 포개어졌다. 따뜻하고 부드러운 입술을 살짝 핥은 케이는, 그녀의 잘록한 허리를 끌어안고 몸을 바짝 붙였다.

풍만한 가슴이 눌리는 느낌에 아랫도리에 힘이 들었다. 그것이 단단해지는 걸 느꼈는지 비비안의 몸이 가늘게 떨렸다.

'순진한 아가씨군.'

요새 같은 때에 경험 한 번 없는 여자는 찾기 힘들다. 품위 있고 독서를 좋아한다고 들었는데, 말뿐만은 아니었던 모양이다.

케이는 키스를 하며 그녀의 엉덩이를 움켜쥐었다.

"핫……!"

비비안이 창피함에 몸을 바르르 떨며 신음을 내뱉었다. 케이는 그녀에게서 입술을 떼어 냈다.

"비비안 양."

"네, 케이."

"당신의 머리카락을 갖고 싶군."

"머리……카락이요?"

열에 들뜬 눈으로 케이를 응시하던 비비안이 멍하니 물었다.

"그래. 그 머리카락을 잘라 줬으면 좋겠어. 지금 당장."

"하, 하지만……."

"싫은가?"

"아뇨, 싫은 게 아니라……."

"그럼 자르지? 그 머리카락을 내게 넘기면."

케이는 다시 허리를 굽혀 비비안의 귓불을 살짝 핥았다. 그리고 긴장한 그녀의 귀에 낮은 음성으로 속삭였다.

"안아 주지. 침대 위에서."

*   *   *

비비안의 방은 좋은 향기로 가득 차 있었다. 꽃병에 꽃이 꽂혀 있긴 하지만 꽃향기는 아니었다. 아마 향수 냄새이리라.

케이는 푹신한 침대 끝에 앉아 비비안을 응시했다. 비비안은 가위를 들고 화장대 앞에 서 있었다. 머리카락을 붙잡은 그녀의 손이 바들바들 떨리고 있었다.

그녀의 얼굴은 하얗게 질려 있었다. 케이를 갖고 싶으면서도 긴 머리카락을 포기하기 힘들었다. 이 머리카락은 비비안의 자랑 중 하나였다.

'하지만……'

비비안은 거울에 비치는 케이를 흘끗 살펴봤다. 다리를 꼬고 앉아 있는 그는 입 안이 바싹 마를 정도로 섹시했다. 게다가 아까의 키스. 그 뜨겁고 열렬한 키스가 머릿속에서 떠나질 않았다.

그의 입술이 포개지는 순간 비비안은 아찔한 쾌감을 느꼈다. 입술에서 시작한 따스함이 전신으로 퍼져 나가는 묘한 감각. 무서운 것도, 추운 것도 아닌데 몸이 바들바들 떨리는 그 기분을 다시 느끼고 싶었다.

머리카락을 달라고 말할 때 그의 냉랭한 눈을 보며, 비비안은 깨달았다. 머리카락을 주지 않으면, 두 번 다시 그를 못 보게 되리라는 것을.

'갖고 싶어. 저 눈동자.'

어젯밤 가터 백작이 했던 말도 떠올랐다.

케이는 어지간한 귀족들과는 상대도 안 될 만큼 대단한 남자이고, 앞으로 더욱 빛날 것이라고. 그 어떤 방법을 써서라도 그의 마음을 손에 넣으라고.

'그래, 머리카락은 다시 길 테니까.'

각오를 굳힌 비비안은 가위를 잡은 손에 힘을 줬다.

썩뚝―

머리카락 한 뭉텅이가 잘려 나가는 소리가 생각보다 크게 울렸다. 비비안은 자기 몸의 일부가 떨어져 나가는 듯한 기분을 느꼈다.

잘린 머리카락을 쥐고 그의 앞으로 다가갔다. 그는 비비안이 머리카락을 잘랐는데도 낯빛 하나 바꾸지 않았다. 그의 오만함에 화가 나기보다는 심장이 뛰었다.

그래, 그는 이렇게 오만한 모습이 어울린다.

"여기…… 있어요."

"그래."

그는 고맙다는 말도 없이 머리카락을 받아 들었다.

대체 저 머리카락을 어디에 쓰려는 걸까? 혹시 기사들이 전쟁에 나갈 때 연인에게 머리카락을 부적으로 받는, 그런 걸 원하는 것이었을까? 그렇다면 이렇게 망설이지 않고 잘랐을 텐데.

그런 생각을 하는 동안, 케이는 비비안의 머리카락을 주머니에 잘 챙겨 넣었다. 거슬리던 목적을 하나 달성했으니, 이제 비비안과의 행위에 집중할 수 있겠다.

케이는 턱으로 침대를 가리켰다. 어리둥절한 표정을 짓고 있던 비비안의 얼굴이 붉어졌다. 누우라는 명령이라는 걸 깨달은 것이다.

그녀는 반항하지 않고 침대 위로 올라가 천장을 보고 누웠다. 배 위에서 포갠 두 손에 힘이 들어가 있었다.

케이는 피식 웃으며 그녀의 위로 올라갔다.

꿀꺽—

마른침을 삼키는 비비안의 볼을, 케이는 천천히 쓰다듬었다. 다정한 섹스는 케이의 취향이 아니었지만, 백작 따님의 첫 경험이라고 하니 어느 정도 배려는 해 줘야겠다. 그녀의 볼은 부드럽고 말랑말랑했다. 감촉이 나쁘지 않다.

간만에 안는 여자가 상당히 상급이라 기분이 괜찮았다. 케이는 짧아진 그녀의 머리카락을 움켜쥐고 그녀에게 입을 맞추기 위해 허리를 굽혔다.

—좋아합니다.

그때였다.

생각지도 못한 목소리가 귓가에 울린 것은.

—대장의 손은 따뜻해서 좋습니다.

그리고 시야를 가리는 새파란 눈동자.

—대장.

심장이 철렁했다.

루가 눈앞에 있는 것도 아닌데 당황하고 말았다.

'제길.'

케이는 속으로 욕설을 내뱉으며 무시하려 했다. 계집을 안으려는데 루가 떠오르다니. 이건 말도 안 된다.

―대장.

그런데 어째서일까.

무시하려고 하면 할수록 루의 얼굴이 선명해졌다. 그리고 어느 순간, 침대에 누워 있는 비비안이 루처럼 보이기 시작했다. 흐트러진 검은 머리카락, 촉촉하게 젖은 커다란 눈, 그리고 빨간 입술.

―대장.

옷의 앞섶이 풀어져 길고 가느다란 목을 드러낸 루가 촉촉한 눈으로 케이를 올려다보며 그를 불렀다.

―대장.

사내놈이 깔려 있는 환각이 보이면 수그러들어야 하는데, 페니스가 점점 단단해지기 시작했다. 아니, 단단해졌을 뿐만 아니라 거의 폭발 직전이었다.

그걸 깨닫는 순간, 케이는 총에 맞은 사람처럼 소스라치게 놀라 비비안의 머리카락을 놔주고 침대에서 내려왔다.

"케, 케이……?"

비비안이 조심스레 그를 불렀다. 하지만 케이는 그녀를 돌아볼 수가 없었다. 심장이 벌컥벌컥 뛰고 있었다.

'제길…… 이게 대체…….'

여자 경험이 없는 것도 아니고, 주위에 여자가 없는 것도 아니었다. 원하면 누구라도 안을 수 있고, 실제로 제국 최고의 미녀라는 비비안도 제 발로 케이에게 걸어왔다.

그런데 대체 왜 사내놈 따위를 떠올리며 욕정을 느낀단 말인가.

이건 정말 말도 안 된다.

케이는 혼란스러우면서도 이런 자신에게 화가 났다. 이 몸에 무언가 벌어지고 있다.

'루에게 선대의 냄새가 났지. 날 동요시키는 마법이라도 걸어둔 건가? 그런 마법이 있던가?'

사람을 홀리는 마법.

아마도 있었던 것 같지만 금지된 마법이라고 들었다. 아니, 오래전에 사라진 마법이다. 선대가 그 마법을 사용할 줄 알았더라면 루에게 걸 것이 아니라, 본인에게 걸어 오르던 공작을 홀렸을 것이다.

'마법은 아냐. 그렇다면 뭐지? 대체 왜……?'

케이는 이곳이 비비안의 방이라는 것도 잊고 생각에 잠겼다. 기다리다 못한 비비안이 침대에서 내려와 그의 어깨에 손을 얹을 때까지, 케이는 답 없는 고민을 하고 있었다.

"케이."

"비비안 양."

케이는 휙 돌아서서 그녀를 내려다봤다.

"미안하군. 오늘은 마음이 동하질 않아."

비비안의 눈이 커졌다.

"다음에 기회가 오면 하지."

"아…….."

케이는 가겠다는 말도 없이 비비안의 방을 빠져나갔다.

비비안은 그를 붙잡을 수가 없었다. 그를 위해 머리카락을 자르고 스스로 침대 위에 눕기까지 했는데, 마음이 동하지 않는다는 이유로 거절당하고 말았다. 수치스러움에 눈물이 흘러나왔다.

비비안은 아랫입술을 잘근 깨물고, 닫힌 문을 노려봤다.

두고 봐. 반드시 당신이 내게 푹 빠지게 만들 거야. 오늘의 일을 후회할 만큼, 당신이 날 사랑하게 만들 거야.

*　　　*　　　*

"형님……."

루가 참담한 목소리로 불렀지만 쿠반은 무시했다. 그는 만찬 후 남은 음식을 먹느라 여념이 없었다. 부글부글 끓는 표정으로 쿠반을 노려보던 헤다인은, 더는 봐 줄 수 없다는 듯 식당을 나간 후였다.

"이제 그만 드시죠."

"루, 그런 한심한 소리하지 마. 우리가 언제 귀족들이 먹는 음식을 먹어 보겠냐? 기회가 있을 때 먹어 둬야지. 이야, 이 빵은 진짜 맛있네."

"한심한 건 형님입니다."

"어쭈? 많이 컸다, 루? 아주 기어오르지?"

"이러고 있는 걸 대장이 보시면 뭐라고 하시겠습니까?"

"보긴 뭘 봐. 백작 딸년이랑 뜨거운 시간을 보내고 계시느라……."

쾅—!

그때 식당 문이 거칠게 열렸다. 루는 헤다인이 저택의 기사들을 이끌고 공격하러 온 것이라고만 생각했다. 그래서 싸울 준비를 하며 돌아봤는데, 식당 문 앞에 서 있는 사람은 케이였다.

"대장?"

"오오, 대장. 벌써 끝났수? 너무 빠른 거 아니우? 대장도 한물 가셨구만."

쿠반이 싱글거리며 하는 말에, 케이는 대답하지 않았다. 그는 그저, "돌아가자."라는 말만 하고 휙 돌아섰을 뿐이었다.

루는 그의 표정이 마음에 걸렸다. 제국 최고의 미녀를 안고 온 사람답지 않은 표정이었다. 잔뜩 굳어 있고, 조금 화가 난 것처럼 보이기도 했다.

"대장, 무슨 일 있으십니까?"

루가 황급히 그의 뒤를 따라가며 물었다. 쿠반도 남은 음식을 주머니에 쑤셔 넣고 그들의 뒤를 따랐다.

"대장, 설마 백작 딸년을 죽였수?"

쿠반이 무서운 질문을 던졌다. 루는 그럴지도 모르겠다고 생각했다. 그만큼 케이의 표정이 무시무시했던 것이다.

그의 뒤를 따라가며 루도, 쿠반도 여러 번 질문을 던졌지만, 그의 대답을 들을 수는 없었다. 그는 무언가로부터 도망치는 듯 걸음을 서두르고 있었다.

"어, 대장? 되게 빨리 오셨네요? 벌써 끝난 거예요? 대장도 한물갔네."

쿠빌레에 들어서는 케이를 보며, 유진이 쿠반과 똑같은 소리를 했다. 루는 부하들에게 존경을 받지 못하는 케이가 조금 안쓰럽다는 생각마저 들었다.

케이는 카운터로 저벅저벅 걸어가더니 주머니에서 뭔가를 꺼냈다. 탐스럽고 찰랑거리는 연갈색 머리카락. 루는 그 머리카락의 주인을 알고 있었다.

'정말로 비비안을 죽인 건가?'

루는 심장이 철렁 내려앉았다.

케이가 비비안을 죽인 거라면 지금 이러고 있을 때가 아니다. 도시를 떠날 준비를 해야 한다.

유진도 케이의 표정이 심상찮음을 깨달았는지, 머리카락을 받아 들며 걱정스레 물었다.

"대장, 혹시 비비안 양 죽었어요?"

"안 죽었다."

"정말이죠?"

"그래."

"그런데 표정이 왜 그래요? 화난 것 같은데…… 쿠반, 너 또 뭔 짓 했냐?"

"야, 대장이 허구한 날 나 때문에 화내는 줄 알아?"

"열에 아홉은 너 때문이잖아."

"닥쳐! 내가 한 짓이라고는, 그 기사 놈이 루를 죽이려고 하기에 도운 것뿐이라고!"

그 말에 케이가 물었다.

"다쳤나?"

그는 이쪽을 향해 있지만 루를 보고 있진 않았다.

"아니요, 괜찮습니다."

"그래."

"대장, 괜찮으신 겁니까?"

"유진, 당분간 누구도 들이지 마라. 제국 황제라도 거절해."

그는 루의 말에는 대답하지 않고 유진에게 명령했다. 유진이 어리둥절한 표정으로 무어라 말하려 했지만, 그는 대답을 듣지 않고 그대로 계단을 올라갔다. 그리고 그의 뒤를 따라가려는 루에게 단호하게 말했다.

　　"따라오지 마라."

＊　　　＊　　　＊

　　지하 주점은 다른 때보다 손님이 많았다. 비비안 양이 이곳에서 파티를 열었다는 소문이 퍼져, 어떤 곳인지 궁금해 찾아오는 손님들이 많아진 것이다.

　　덕분에 휴이는 쉴 새 없이 일을 해야 했고, 요리사들은 숨 돌릴 틈 없이 음식을 만들고 있었다.

　　그리고 바삐 돌아가는 주방 한쪽 구석에, 유진과 쿠반, 루가 앉아 있었다.

　　"괜찮아, 루. 대장은 너한테 화가 난 게 아닐 거야."

　　유진이 풀 죽은 루의 어깨를 토닥거리며 말했다.

　　"하지만 아까부터 계속 제 얼굴도 안 보려고 하시고…… 역시 끔찍한 걸까요? 이 얼굴."

　　"에이, 그럴 리가. 그런 건 절대 아닐 거야. 너한테만이 아니라 우리한테도 쌀쌀맞았는걸."

　　"하나 짐작 가는 게 있긴 해."

휴이가 루 먹으라고 만들어 준 고기 파이를 입 안에 밀어 넣던 쿠반이 끼어들었다. 유진과 루가 돌아보자, 쿠반이 씩 웃으며 말했다.

"안 선 거지."

"……뭐?"

"제국 최고의 미녀랑 하려고 했는데, 그게 서질 않은 거야. 성질이 날 만하잖아? 남자로서 아주 수치스러운 일이니까 우리한테 이유를 설명하지도 못하는 거고, 창피하니까 은둔을 하려는 거야. 방에 콕 틀어박혀서, 서지 않는 물건에 대한 진지한 고찰에 들어가는 거지."

"너란 놈은 생각을 해도 꼭……."

"그게 아니면 대장이 갑자기 기분이 더러워질 일이 뭐가 있냐? 유진, 괜히 대장의 아랫도리를 믿는 척하지 마라. 너도 그렇게 생각하면서."

"……그거야, 뭐…… 확실히 그럴 수도 있지만……."

유진 역시 쿠반 이상으로 '대장의 아랫도리'를 신뢰하지 못하는 것 같았다.

루는 작게 한숨을 내쉬었다. 이 형님들에게 상담한 것이 잘못이다. 이 사람들은 케이를 놀려 주기 위해 살아가는 것 같다.

루가 뭐라 생각하든, 유진과 쿠반은 케이의 남성적 기능의 상실에 대해 진지하게 대화를 나눴다. 잠시 후에는 휴이가 끼어들었고, 텐치까지 가세하는 사태가 벌어졌다. 그들은 심각하게 '남성의 상실은 곧 영혼을 잃은 것과 마찬가지다.'라는 주제로 토론을 했고, 그걸 듣던 루는 '대장은 남성 구실을 못 하게 됐어.'라고 세뇌를 당할 지경에 이르렀다.

졸지에 '남성 기능을 상실한 불쌍한 대장'이 되어 버린 케이는, 창가에 서서 어두운 거리를 내려다보고 있었다.

비비안을 안으려고 할 때 떠오른 루의 영상이 지워지질 않는다.

흐트러진 머리카락, 촉촉하게 젖은 푸른 눈동자.

"제길……."

케이는 욕설을 내뱉으며 고개를 저었다. 그런다고 그 영상이 사라지는 건 아니지만.

아무래도 안 되겠다. 내일은 간만에 마법서를 읽어 봐야겠다. 선대 검은 호랑이가 루에게 마법을 걸어 둔 게 확실하다. 어떤 마법인지 찾아봐야겠다.

*　　　*　　　*

'케이의 남성 기능 불구 사건'으로부터 일주일이 지났다. 가터 백작가는 조용했고, 케이는 정말로 사람들 앞에 모습을 드러내지 않았다. 유진은 남성 기능을 상실한 케이가 수치심에 스스로 목숨을 끊으려고 할지도 모른다며 걱정스러운 기색이었다.

다행히 케이는 유진이나 쿠반에게는 가끔 얼굴을 보여 줬는데, 루만큼은 자신의 방으로 들이지 않았다. 그래서 루는 케이가 '남성 기능 상실' 때문이 아니라, 진짜로 자신에게 화가 난 게 있는 거라고 확신했다.

'미움 받기 싫은데. 역시 이 얼굴 때문인가?'

좀처럼 거울을 보지 않는 루이지만, 이쯤 되니 얼마나 형편없는 얼굴인지 재확인해야 할 필요가 생겼다. 거울에 비친 얼굴은 자신의 것인데도 시선을 돌리고 싶을 만큼 끔찍했다. 일그러졌을 뿐 아니라 여기저기 울긋불긋해서 역겨웠다. 여태껏 루를 괴롭혀 온 사람들의 마음이 이해가 될 정도였다.

그들을 이해하고 나니, 토스카 사람들에게 다시 한 번 고마움을 느꼈다. 그들은 루를 평범하게 대해 주었다. 어쩌면 역겨운데도 케이의 명령 때문에 참고 있는 건지도 모르겠다.

그렇다면 더 큰일이다.

케이가 루를 버리면 그들 역시 루에게 잘해 줄 이유가 사라지는 거니까.

'간신히 잡은 빛인데…… 잃고 싶지 않다고 생각하면 이기적인 걸까?'

케이가 좋고 토스카가 좋았다. 그들을 떠나고 싶지 않았다.

어느새 그들의 의미가 무척이나 커졌다는 것을 깨달았다. 불과 얼마 전까지만 해도 잃을 게 없어서 두려운 것조차 없는 삶을 살았는데, 지금은 그들을 잃을까 봐 두렵다.

'그러고 보니…… 처음이구나. 부모님이 돌아가신 후로 이런 생활을 하는 거.'

밥 먹었니, 잘 잤니. 그런 당연한 인사조차 할 일 없는 생활이었다. 거리의 떠돌이 개에게 마음을 줄 만큼 외로운 삶을 살아왔다. 그러다가 만난 사람들. 토스카는 루에게 있어서 가족이었다.

복수 따위를 떠나서 잃고 싶지 않은 사람들. 끝까지 함께하고 싶은 사람들.

"루. 일어났냐?"

쿠반의 목소리에 상념에서 벗어났다.

"네, 형님."

대답을 하며 서둘러 문을 열었다. 쿠반은 이제 막 일어났는지 머리가 부스스했다.

"루, 너 아침에 할 일 없지?"

"네, 딱히 없습니다."

"그럼 우리 놀러 나갈까?"

*   *   *

루는 한숨을 내쉬었다.

쿠반에게 큰 기대를 한 건 아니었다. 하지만 놀러 가자고 해놓고 사형장에 데리고 올 줄은 몰랐다. 하여간 이 사람은 어디로 튈지 알 수가 없다.

"아는 사람이라도 죽습니까?"

루의 차가운 질문에 쿠반이 껄껄 웃으며 루의 머리를 꾹 눌렀다.

"콱 씹어 먹어 줄까? 엉?"

"전 사형 구경 안 좋아합니다."

공개 처형은 상당히 인기 있는 이벤트 중 하나였다. 공개 처형이 열리는 날에는 시 전체에 작은 축제가 벌어졌다. 하지만 루는 남이 죽는 걸 보면서 박수를 치고 환호할 기분이 들지 않았다.

사형장은 북적거리고 있었다. 아이들 손을 잡고 온 부모도 있고, 친구와 함께 온 사람도, 혼자 온 사람도 있었다.

"오늘은 목을 벤다지?"

"오랜만이네, 목 베는 건. 최근엔 계속 목매는 거였잖아."

"피 좀 튀겠는데?"

"한 번에 잘릴까?"

"예전에는 몇 번이나 시도했는데도 잘 안 잘려서 한참 살아 있었다며?"

"으아, 그땐 정말 끔찍했지. 그 범죄자 놈이 불쌍할 지경이더라니까."

기대에 찬 목소리들이 들려왔다.

루는 사람 죽는 꼴을 볼 생각에 신이 난 사람들을 이해할 수가 없었다. 그중에서도 유독 신난 건 쿠반이었는데, 그가 즐거워

하는 게 고스란히 전해질 정도였다.

"정보를 입수했는데, 사형집행인이 초짜래. 몇 번 실패할 거다. 으ㅎㅎㅎ."

쿠반이 그 여느 때보다도 환한 미소를 지으며 말했다.

"남 죽는 걸 보는 게 그렇게 좋습니까?"

"어차피 쓰레기 같은 놈이 죽는 거잖아. 어린애를 잡아 죽였다던데? 그것도 열 명이나. 그런 놈은 얼른 죽이는 게 상책이지. 나라면 목을 베는 것처럼 편한 방법으로 죽이진 않을 텐데 말이야."

"어떤 놈이든, 죽는 모습을 보는 건 유쾌하지 않습니다."

"너, 사람 죽여 본 적 없냐?"

"없습니다."

"흐응, 그래? 의외네. 거리에서 굴러먹다 보면 시비를 걸어오는 놈들이 많았을 텐데."

"제가 참으면 그만입니다."

"뭐, 그럴 수도 있겠지만 말이야. 앞으로는 익숙해지는 게 좋아. 구온 시에 제대로 거점을 만들고 나면 전쟁이 시작될 거니까."

"전쟁……이요?"

"그래. 티그리스를 되찾아야지."

"하지만 대장은……."

"우리가 발판을 마련해 둘 거야. 그때가 되면 대장도 움직일 수밖에 없겠지."

루는 처음으로 케이를 향한 쿠반의 절대적인 믿음을 목격한 기분이 들었다. 쿠반이 씩 웃으며 루의 볼을 꼬집었다.

"그런 눈으로 보지 마, 인마. 이 형님도 생각이라는 걸 하고 살거든."

"전혀 몰랐습니다."

"요새 아주 기어오르지?"

"그럼 형님은 피에 익숙해지려고 사형장에 온 겁니까?"

"그럴 리가…… 요새 아무것도 안 하고 틀어박혀 있었더니 심심하더라고. 피 튀기는 걸 좀 봐 줘야 힘이 날 것 같아서 나왔다."

"쥬엔이 왜 형님 같은 사람을 좋아하는지 모르겠습니다."

"너도 여자였으면 나한테 푹 빠졌을걸."

자신만만하게 말하는 쿠반에게 말해 주고 싶었다. 난 이미 여자이지만, 역시 당신 같은 사람은 별로라고.

사람들이 웅성거리는가 싶더니 사형집행인이 죄수를 끌고 나왔다. 죄수는 체구가 작은 30대 남자였다. 개미 한 마리 못 죽일 것 같은 선량한 외모의 남자가, 어린애를 열 명이나 죽였다는 게 믿어지지 않았다. 사람은 외모만 봐서는 정말 모르겠다.

사형집행인은 정말로 초짜였다. 실패에 실패를 거듭한 끝에 죄수를 죽였는데, 사형이 끝날 무렵엔 사형장이 피투성이가 되어 있었다. 비릿한 냄새와 형체를 알아볼 수 없는 죄수의 시체.

사람들은 열광했고, 루는 메스꺼움을 느꼈다.

아이 10명을 죽인 사람이나, 잔인하게 죽은 죄수를 보며 열광하는 사람들이나 다를 게 없는 것 같았다.

"이제 슬슬 축제가 시작되겠군. 통돼지를 구울 거라고 들었는데."

쿠반이 기대에 찬 목소리로 중얼거렸다. 이런 상황에서 먹을 생각을 하는 쿠반이 기이하다 못해 존경스러울 지경이었다.

"형님, 전 아무래도 안되겠습니다."

"왜? 영 못 버티겠냐?"

"네. 토할 것 같아요."

"약한 녀석 같으니. 사내놈이 내장 좀 본 걸 가지고 그렇게 하얗게 질려서야 어디에 써먹겠냐? 엉?"

"그거 참 죄송하게 됐습니다."

"비아냥거리지 마. 유진 녀석 생각나니까."

간신히 돌아가도 좋다는 허락을 받았다. 사람들은 아직 사형장에 남아서 시체와 피를 뒷수습하는 모습을 구경하고 있었다. 루는 입을 가리고 서둘러 걸음을 옮겼다.

정말 속이 메스껍다.

과거의 일이 떠올랐다. 스스로 목숨을 끊은 어머니. 이유 없이 죽임을 당한 아버지. 죽는 모습을 직접 목격한 것은 아니지만, 아름다운 광경은 아니었을 것이다. 특히 아버지는……

―으으으윽.

신음 소리를 기억했다.

통로를 기어 나오는 동안 들려오던 아버지의 신음 소리. 아버
지는 귀가 밝은 루에게 들려주지 않기 위해 비명을 참고 있었다.
그러나 입술로 새어 나오는 신음 소리는, 그가 얼마나 고통스럽
게 죽었는지 알려 주었다.

필요하다면 죽일 수 있다. 검을 사용할 때만큼은 무아지경에
빠지니까.

하지만 이런 식으로 끔찍하게 죽임을 당하는 사람을 보는 건,
정말이지 역겹다.

그런 생각을 하며 걷다가 아는 얼굴을 발견했다. 지트였다.

*　　　*　　　*

지트도 사형을 구경하러 온 모양이다. 별생각 없이 지나가려
는데, 루를 발견한 지트가 눈을 크게 떴다. 루는 예전처럼 쏟아
져 나올 지트의 욕설을 기다렸다.

하지만 지트는 욕을 하지도, 때리지도 않았다. 그는 만면에 비
굴한 미소를 지으며 루에게 다가왔다.

"루, 오랜만이다. 자, 잘 지냈지?"

"……응."

애가 왜 이러나 싶어 그를 빤히 응시했다. 예전이었다면, 어디서 눈을 똑바로 뜨고 보느냐, 그 역겨운 얼굴 감추지 못하겠냐, 따위의 말을 지껄였을 것이다. 하지만 지트는 이번에도 예상치 못한 행동을 했다.

"잘 지낸다니 다행이네. 좋아 보인다, 너."

"……."

"그…… 쿠빌레는 어때? 거기서 일한다고 들었거든. 토스카…… 거기 분들은 잘해 주고? 내가 들어갈 만한 자리는 없나? 하하하하."

지트는 무척이나 어색하게 웃었다.

그제야 루는 케이와 토스카를 두려워하는 지트가 루 역시 무서워하게 되었다는 걸 깨달았다. 끊임없이 발길질을 해 대던 놈이 고작 이 정도의 사람이었다는 걸 알게 되니 쓴웃음이 나왔다.

루가 대답하지 않자 슬금슬금 눈치를 보던 지트가 말했다.

"돌아가는 길이야? 표정이 많이 안 좋아 보이는데 데려다줄까?"

"아니, 됐어."

"어? 어…… 그래? 그, 그럼 조심해서 가. 다음에 보자."

루는 그 말에 대답하지 않고 걸음을 옮겼다. 얼마나 걸어갔을까. 평범한 사람이라면 들리지 않을 만큼 거리가 벌어졌을 때, 지트가 함께 온 사람에게 속삭이는 소리가 들려왔다.

"내가 왜 저딴 새끼한테 잘해 줘야 하는 거야? 쒸펄. 왜 저런 게 토스카 대장의 눈에 띄어서는. 불쌍해서 잘해 주는 게 분명한데, 저 새끼는 왜 저렇게 당당하게 얼굴을 드러내고 다녀? 불쌍한 새끼. 토스카 단원이 되고 나니까 눈에 뵈는 게 없나 보지?"

굳이 돌아가서 화를 낼 것도 없었다. 지트는 저런 마음을 품고 있으면서도 루의 앞에선 비굴하게 굴어야 한다는 것 자체가 형벌이리라.

루는 피식 웃으며 쿠빌레를 향해 걸음을 서둘렀다.

4장

일주일간 끊임없이 고민을 했지만 답을 찾지 못했다. 오히려 더 혼란스러워졌다. 루를 향한 마음은, 그 누구를 향한 마음과도 달랐다. 한 번도 가져 본 적이 없는 종류였다.

'왜 이러는지 모르겠군.'

루를 안고 싶다거나, 옷을 벗기고 싶다거나 하는 문제가 아니었다. 루를 위해서라면 뭐든 할 수 있다는 생각까지 드는 게 문제였다.

루는 부모의 복수를 하고 싶어 했다. 루는 그 외모 때문에 사람들에게 경멸을 받았다. 루는 평민이기에 귀족의 앞에서 굽실댈 수밖에 없었다.

'만약 내가 작위를 손에 넣으면, 루가 누구에게도 굽실거릴 필

요가 없겠지. 그리고 티그리스를 손에 넣으면 복수를 할 수 있을 거고.'

귀찮은 일은 질색이다. 작위든, 권력이든 간에, 뭐든 손에 넣으면 지키기 위해 노력해야 하는 법이다. 손에 넣는다고 끝이 아닌 것이다.

아무것도 갖지 않고 조용한 생활을 영위하는 것이야말로 케이가 원하는 바였다. 그러나 지금 같은 생활로는, 루가 원하는 그 무엇도 만족시켜 줄 수가 없었다. 루는 앞으로도 경멸받을 것이고, 굽실거릴 것이고, 복수를 못 해 답답한 마음을 품고 살아갈 것이다.

'내가 상관할 일이 아냐. 그 녀석의 문제니까.'라고 생각은 하지만, 자꾸 상관하고 싶어지는 게 문제였다.

'미치겠군.'

작위를 받는 건 어렵지 않다. 유진에게 괜찮은 작위를 받을 만한 정보를 알아 오게 해서, 그걸 해내기만 하면 된다.

하지만 티그리스를 손에 넣는 것은 달랐다.

티그리스는 오르딘 공작의 소유였고, 오르딘 공작은 황제보다 강한 권력을 가졌다. 게다가 티그리스의 마법사들이 형편없는 실력을 가지고 있다고는 해도, 마법을 사용할 줄 아는 이들을 상대하는 건 쉽지 않다.

자칫 잘못하면 복수는커녕 토스카가 몰살을 당할지도 몰랐다. 하지만⋯⋯

'웃으려나?'

복수를 끝내고 나면 루는 웃을까?

답이 나오질 않고 점점 더 혼란스러워지지만, 단 하나만은 확실했다.

케이는 루의 미소를 보는 것이 좋았다.

*　　*　　*

유진은 열심히 마법서를 보고 있었다.

처녀의 머리카락, 오케이.

거미 눈알 100개, 오케이.

뱀꼬리, 오케이.

개구리 알 한 컵, 오케이.

20년 된 포도주, 오케이.

'이제 모기 다리만 있으면 돼. 20년 된 포도주에 준비한 재료를 넣고 48시간 끓이면 완성. 문제는 루에게 이걸 어떻게 마시게 하느냐인데.'

그때였다.

웨애애앵—

웨앵웨앵—

시끄러운 모기 소리가 들려온 것은.

고개를 든 유진은 새까맣게 탄 와칸을 발견했다. 와칸은 몸

여기저기가 울긋불긋했는데, 아마도 모기에 물린 자국이리라.

"이걸로 루를 고치지 못하면, 널 죽일 거다."

와칸이 낮은 목소리로 진지하게 말했다. 유진은 씩 웃으며 와칸이 건넨 자루를 받아 들었다.

"얼마든지."

"젠장."

유진의 여유로운 모습에 와칸은 투덜거리며 방으로 올라갔다. 어지간해서는 주어진 일에 대해 불만을 품지 않는 와칸이지만, 저가 꾸민 일이면서도 남만 고생하게 하는 유진이 얄미워 견딜 수가 없었다.

만약 저렇게 만든 약이 소용없으면, 죽기 직전까지 패 줘야지.

와칸이 각오를 굳히고 있을 때, 유진은 텐치를 불러 모기 다리를 떼어 내라고 명령하고 있었다.

"한 마리, 한 마리, 상하는 곳 없이 떼어 내야 돼. 내가 일일이 검사할 거야."

*　　　*　　　*

쥬엔은 경비원들의 시선을 받으며 천천히 걸어갔다. 몇 걸음 떨어지지 않은 곳에 지저분한 거적때기로 덮어 둔 시체가 있었다. 거적때기 밖으로 보이는 발목은 희고 가늘었다. 처참한 기분을 드러내지 않으려고 노력하며 그 옆에서 걸음을 멈췄다.

쥬엔에게 잘 보이고 싶은 한 경비병이 거적때기를 대신 들추려 했다.

"괜찮아요, 내가 할게요."

쥬엔은 그를 말리고 몸소 그 옆에 쭈그리고 앉았다. 거적때기를 전부 들추지 않은 이유는, 경비병들에게 시체의 전신을 보여 주고 싶지 않았기 때문이다. 영혼이 떠난 육체라고는 해도, 아무에게나 보여 줄 수 있는 게 아니다.

처참한 고문을 받아 엉망이 된 얼굴이 드러났다. 반쯤 썩어서 피부가 허물어지고 있지만, 쥬엔은 그녀를 알아보았다. 파필리아에서 3년 넘게 일해 온 아이였다.

"이 아이는 마지막으로 메르트 백작님을 만났어요."

다시 거적을 덮어 준 후, 지켜보고 있던 경비대장에게 말했다. 쥬엔의 말을 들은 경비대장이 조소를 띠었다.

"그래서?"

"메르트 백작님이 이 아이를 이렇게 만든 게 틀림없어요."

"별소리를 다 하네. 밤에 남자를 구하러 다니다가 불량배에게라도 걸린 거겠지."

"우리 파필리아의 아이가 일부러 남자를 구하러 다닐 이유가 있나요?"

"뭐, 잔뜩 달아오른 년이니 못 할 게 뭐가 있겠어? 네 눈을 속이고 여기저기 몸 팔러 다녔을 수도 있지. 가게를 통해서 손님을 받으면 가게가 얼마쯤 떼어먹잖아."

"이 아이는 그런 아이가 아니에요."

"아니긴. 하여간 범인을 찾고 싶은 거라면 정식으로 시청에 신청서를 내. 난 해 줄 수 있는 게 없으니까."

쥬엔은 아랫입술을 잘근 깨물었다. 항상 이런 식이다. 귀족이 개입되어 있다는 것을 알면 수사 자체를 하지 않는다. 시청에 정식 요청을 넣어도 마찬가지이리라.

'미안하구나. 여기선 내가 해 줄 수 있는 게 없어. 차라리 전쟁통이라면 그걸 빌미로 싹 다 죽일 수 있을 텐데.'

쥬엔은 죽은 여자의 손을 살짝 잡아 주었다. 그저께까지만 해도 따뜻했던 손에는 온기가 남아 있지 않았다.

'아니면 몰래 죽이는 것도 괜찮겠지. 다시 무기를 손에 들어야 하나?'

시카족은 암살자로만 이루어진 집단이었고, 각 나라나 귀족의 의뢰를 받곤 했다. 철들 무렵부터 사람을 죽이기 시작한 쥬엔은, 그 생활에 염증을 느꼈다. 정말로 죽을 만한 녀석들도 있지만, 그렇지 않은 사람들이 더 많았기 때문이었다.

쥬엔은 더 이상 돈 때문에 살인을 하고 싶지 않아 부족을 떠났다. 그 후로 단 한 번도 검을 손에 쥐지 않았다. 그걸 쥐는 순간, 간신히 손에 넣은 평화가 산산조각 날 것 같았기 때문이다.

'하지만 이런 짓을 하는 놈들은 죽어 마땅해. 이 아이는 정말 착한 아이였는데.'

어머니가 아프다고 했다. 아버지는 병으로 죽었고, 동생이 둘이나 있는데 너무 어려서 뒷바라지를 해 줘야 한다고 들었다. 어머니의 약값을 벌기 위해, 누구보다도 열심히 일하던 아이였다.

쥬엔이 '안 되겠어, 이젠. 더 이상은 못 참겠어.'라고 생각했을 때였다.

"여어. 집에도, 가게에도 없어서 여기까지 납셨다."

뒤에서 쿠반의 목소리가 들려왔다.

그에게 지금 짓고 있는 눈빛을 보이고 싶지 않았다. 살기 띤 눈동자는, 사랑하는 이에게 보일 만한 것이 아니다.

"그래요. 멀리도 오셨네요."

"가게의 누군가가 죽었다며?"

"이 아이를 가지고 농담을 할 생각은 없어요. 아무리 당신이라도 화가 날 거예요."

"아니, 내가 왜 죽은 애를 두고 농담을 하겠냐?"

"당신은 사형장을 찾아갈 정도로 죽음을 즐기는 사람이니까요."

"뭐야, 너. 내 뒷조사하냐?"

"안 되나요?"

"뭐, 안 될 건 없지만…… 어디 보자."

쿠반이 쥬엔의 옆에 쭈그리고 앉더니 거적을 들어 올렸다.

"흐음. 이거 참 심하게도 당했군. 그리고……."

쿠반이 고개를 들어 쥬엔을 올려다봤다.

"무시무시한 눈빛을 하고 있네. 이 짓을 한 놈을 죽일 생각이냐?"

쥬엔은 시선을 옆으로 피했다.

"당신은 알 거 없어요."

"시카족의 계집이 부족을 떠나 이런 곳에서 가게를 운영하고 있다는 건, 웃챠."

쿠반이 몸을 일으켰다.

"아마도 암살을 하는 생활에 염증을 느껴서겠지. 게다가⋯⋯."

쿠반이 쥬엔의 손목을 잡아 올렸다. 쥬엔은 손을 뿌리치려 했지만 그의 힘을 이길 수가 없었다. 억지로 쥬엔의 손을 펼친 쿠반이 쥬엔의 손바닥을 핥았다.

"이 손은 오랫동안 검을 쥐지 않은 손이야."

"오늘은 당신에게 맞춰 줄 기분이 아니에요. 이 손 놔요."

"내 기분 맞춰 줄 필요도 없고, 검을 다시 쥘 필요도 없어."

쿠반이 쥬엔의 손목을 살짝 깨물었다.

"내가 대신 죽여 주지. 이 손은 그냥 이대로 놔둬."

*   *   *

케이에게서 실로 오랜만에 호출이 왔다. 그와 동시에 텐치가 모기 다리를 가지고 왔다.

"형님, 다 했어요."

"오, 그래? 그럼 대장한테 좀 가 봐라. 호출이 왔어."

"드디어 은둔에서 벗어나시려는 걸까요?"

"모르지. 아직 저녁때가 아닌데 호출이 온 걸 보면 배고파서 호출하신 건 아니고…… 일단 가 봐. 나도 곧 올라갈 테니까."

"네, 근데 형님. 대체 그건 왜 필요한 거예요?"

"넌 몰라도 돼, 인마."

텐치는 입이 가벼워서 섣불리 말해 줄 수 없었다. 어쩌면 이 약이 통하지 않을지도 모르기 때문이다.

'이 약이 듣지 않으면 난 와칸에게 죽겠지.'

유서를 써 놔야 하나 고민을 하며 주방으로 내려갔다. 휴이는 구석에 앉아 감자를 깎고 있었다.

"휴이, 다 준비됐어."

"이틀 동안 팔팔 끓여야 한다고 했던가?"

"응."

"재료가 재료다 보니 냄새가 어마어마할 것 같은데. 여기서 끓이는 건 안 돼."

"그럼 어디서 끓이지?"

"거점은 얼마나 완성됐냐?"

"나무는 다 정리됐고, 기초 공사를 하고 있을 거야."

"거기서 해."

"끓이는 동안 누가 지켜봐야 하잖아. 난 이틀이나 자리를 못 비워."

"와칸한테 시키든가."

"……난 분명 와칸한테 죽을 거야."

"유서는 나한테 맡겨 둬라. 아, 그 총은 나한테 물려줘."

유진은 속 편한 소리를 하는 휴이를 무시하고 모기 다리를 찬장에 집어넣은 후, 케이의 방으로 향했다. 케이의 방엔 텐치가 아닌 와칸이 있었다.

"어? 텐치는?"

"돌려보냈다. 대장이 긴밀히 할 이야기가 있대서."

와칸이 대답했다.

"쿠반과 휴이는 어디에 있지?"

케이가 물었다.

유진은 보통 얘기가 아니리라는 것을 깨달았다. 케이가 쿠반과 유진, 휴이, 와칸을 한자리에 모으는 일은 좀처럼 없었다. 마지막으로 넷을 부른 것이, 슬슬 구온 시로 가서 자리를 잡자는 말을 할 때였다.

"휴이는 주방에 있고, 쿠반은 파필리아의 여주인을 만나러 갔을 거예요."

"쥬엔이란 여자 말인가?"

"네."

"흐음."

"휴이 데려올까요?"

"그래."

유진은 서둘러 주방을 향해 달려갔다. 휴이는 여전히 감자를 깎고 있었다.

"야, 대장이 모이래."

"왜?"

"몰라. 넷 다 불렀어."

"허어. 정말?"

휴이가 앞치마를 벗었다. 휴이도 보통 일이 아니라는 것을 깨달은 것이다.

두 사람이 들어갔을 때, 어떻게 알고 온 건지 쿠반도 안에 있었다. 아직 들은 건 없는지 쿠반은 어리둥절한 표정이었다.

"뭐야? 왜 다들 여기 있어?"

"대장이 모았어."

"엥? 대장, 뭐 중요한 할 말이라도 있수? 나 지금 바쁜데."

"티그리스를 손에 넣을 생각이다. 최대한 빠르게."

"엑?"

케이의 말에 쿠반이 입을 떡 벌렸다. 바보 같은 표정을 짓는 그를, 아무도 비웃지 못했다. 케이를 제외한 모두가 같은 표정을 짓고 있었기 때문이다.

케이는 그런 부하들을 한 명, 한 명 돌아보며 단호하게 말했다.

"검은 호랑이의 이름을 되찾아야겠다."

　　　　*　　　*　　　*

　루는 숲에서 본거지 건축이 어떻게 되어 가는지 확인하고, 검술 연습을 좀 하다가 쿠빌레로 돌아왔다. 방에 들르지 않고 곧바로 주방으로 향했는데, 어쩐 일인지 가게 문을 닫았다. 그리고 보니 늘 로비를 지키는 유진도 보이지 않았다.

　"루, 이제 왔어?"

　뭘 해야 좋을지 몰라 주점 앞을 서성이는데, 텐치가 계단을 내려오고 있었다.

　"응. 주점 문 닫았네?"

　"대장이 소집했어. 형님들 네 명 다. 뭔가 중요한 일이 있나봐."

　텐치는 쿠반, 와칸, 휴이, 유진, 이 넷을 소집할 땐 중요한 결정을 내릴 때뿐이라고 설명했다. 중요한 일이 뭔지 궁금했지만, 루는 엿듣지 않기 위해 노력했다.

　도시의 여러 이야기들을 주워듣고 있지만, 토스카들의 대화는 듣지 않으려고 노력 중이다. 루가 듣고 있었다는 것을 나중에 알게 되면, 다들 기분이 상할 것 같았기 때문이다.

　"그럼 오늘은 주점 문 안 여는 거야?"

　"아마 그럴걸? 아, 오늘 쿠반 형님이랑 외출했었지? 혹시 사형장 다녀왔어?"

　"응. 어떻게 알았어?"

"요새 싸울 일도 없고 심심했잖아. 쿠반 형님은 가끔 한 번씩 피를 보지 않으면 미치거든."

"평소에도 좀 미쳐 있는 것 같던데."

"아하하하하. 맞아, 맞아. 근데 그것보다 더 미쳐. 미친놈이 따로 없다는 소리가 저절로 나온다니까."

텐치와 조금 수다를 떨다가 다녀올 곳이 있다고 말하고는 쿠빌레를 벗어났다. 그들의 대화를 훔쳐 듣고 싶다는 충동을 억제하기 힘들었기 때문이다. 어디를 갈까 고민하다가 사람들이 대화하는 소리를 들었다. 파필리아의 아가씨 하나가 오늘 점심때 시체로 발견되었다는 얘기였다.

'또······?'

이제는 파필리아의 일꾼이 아니지만 신경이 쓰였다. 쥬엔이 일하는 아가씨들을 얼마나 아끼는지 알기 때문이다.

쥬엔은 파필리아의 집무실에 있었다.

"어머나, 루. 어쩐 일이니?"

생각보다 표정이 밝았다.

"쥬엔, 파필리아의 아가씨가 죽었다고 들었습니다."

"응, 맞아. 죽었어. 메르트 백작의 짓이야."

"그자가 또······."

메르트 백작은 요주의 인물이었다.

"쿠빌레에서 한 짓입니까?"

"아니, 쿠빌레는 비비안이 파티를 연 후로 이름값이 올라갔어.

귀족들이 여자와 즐기기에는 너무 유명한 곳이 됐지."

"그렇다면 어디서……?"

"최근에는 르막으로 여자를 보내."

여관 르막.

쿠빌레보다는 낡았지만 넓고 서비스가 좋은 곳이었다. 그리고 토스카가 어둠의 거리를 점령했을 때 손에 넣은 곳 중 하나로, 로비를 지키는 사람을 한 명 보내 두었다.

그 사람이 영 마음에 안 들어서 르막 쪽으로는 발길도 하지 않았는데, 이런 식으로 엮일 줄은 몰랐다.

'히셴……'

유진이 쿠빌레를 지키듯, 히셴이 르막을 지켰다.

케이는 히셴을 토스카의 일원으로 받아들였다. 포르쿠스의 잔당은 모조리 죽였는데 히셴을 받아들인 이유를 알 수 없었지만, 그의 뜻에 따르는 수밖에 없었다. 케이가 부하를 선택하는 것에 대해 이래라저래라 할 권한이 없었기 때문이다.

한 가지 다행인 것은, 히셴도 루의 눈치를 보는지 쿠빌레에 드나들지 않는다는 점이었다.

마음 같아서는 히셴을 손봐 주고 싶지만, 토스카의 일원이 된 그를 건드릴 수는 없었다. 고민하는 루에게, 쥬엔이 말했다.

"괜찮아, 루. 대신 처리해 주겠다는 사람이 있어."

"처리를 해 준다고요? 대체 누가……?"

같은 백작일까 싶었다. 평민 중에는 백작에게 복수를 할 만큼

담이 큰 사람이 없으니까.

"쿠반 님이."

"……."

그래, 쿠반을 잊었다.

쿠반은 백작의 기사인 헤다인을 조롱하고, 백작의 식탁에서 제멋대로 음식을 집어먹는 남자였다.

"내 손을 이렇게 잡고 말하더구나. 이 손은 그냥 이대로 두라고. 자기가 대신 해 주겠다고."

쥬엔이 황홀한 표정으로 손을 들어 올리며 말했다. 쿠반에 대해 말하는 쥬엔은 평소보다 몇 배는 더 아름다웠다.

"쿠반 형님이 그런 말도 할 줄 알던가요? 잘못 들으신 거 아닙니까?"

루의 가차 없는 평가에 쥬엔이 놀란 듯 눈을 크게 떴다가 곧 미소를 지었다.

"토스카 사람들이 정말로 잘해 주나 보구나. 예전의 너였다면 그런 식으로 말하지 않았을 텐데. 아, 사과는 하지 마. 그편이 훨씬 좋아서 하는 말이니까."

"……쥬엔, 당신이 쿠반 형님 같은 사람을 사랑하는 이유를 모르겠습니다."

"그래, 지금은 그럴지도 모르지. 그 사람, 참 거칠고 바보 같고 제멋대로에 괴상한 짓을 하는 사람이니까."

"그걸 알면서도 사랑하시는 겁니까?"

"그러게 말이야."

쥬엔이 쿡쿡 웃는 모습이 소녀처럼 사랑스러웠다.

"그런데 그거 아니? 그렇게 제멋대로인 사람일수록 사랑하게 된 여자에게는 더 확실하게 잘한다는 거. 나는 그게 참 기대가 돼."

달콤한 미소를 짓는 쥬엔을 뒤로하고 파필리아에서 나왔다. 거리를 걸으며 그녀가 한 말에 대해 생각했다.

정말 그럴까? 쿠반이 쥬엔을 사랑하게 되면 더 확실하게 잘하게 될까?

달콤한 말을 속삭이는 쿠반은 상상이 되질 않는다. 아니, 어떻게든 상상은 해 보겠지만 속이 뒤집힐 것 같다.

'대장은 어떨까?'

문득 케이가 떠올랐다. 사랑에 빠진 케이는 쿠반보다 더 상상하기 힘들다.

그의 얼굴을 못 본 지 일주일이 지났다. 그는 예고했던 대로 방에 틀어박혀 누구도 만나지 않았다. 끼니때마다 텐치가 음식을 가지고 가는데, 방문 앞에 두고 내려온다고 들었다.

'보고 싶다.'

고작 일주일 못 봤을 뿐인데도 그가 보고 싶었다. 그의 얼굴이, 그의 목소리가 그리워서 가슴이 저릿저릿했다.

문득 사랑하는 사람을 사랑한다 말할 수 있는 쥬엔이 부러웠다. 온몸으로 관심을 표현할 수 있는 비비안도 부러웠다.

언젠가 말할 수 있을 날이 올까?

사랑한다고, 그 눈동자도 입술도 다 가지고 싶다고, 그런 말을 할 수 있는 날이 올까?

아마도 오지 않을 것이다.

'나는 거짓말쟁이니까.'

여자이면서도 남자라고 속였다. 설령 오르딘 공작의 위협에서 벗어날 수 있는 날이 온다 해도, 그때 가서 속 편하게, '나 사실 여자였어요!'라고 말할 수 있을 리 없다. 말한다 해도 케이는 받아 주지 않으리라. 실망하겠지. 경멸도 할 거고.

케이와 함께 있으려면 평생 남자인 채로 살아가야만 한다. 그러니까 이 마음을 말할 날이 올 거란 희망은 버리는 게 낫다.

'아, 그리고 보니 오늘 중요한 회의를 한다는 게, 메르트 백작에 대한 얘기인가?'

메르트 백작은 꽤 넓은 영지를 가지고 있고, 기사도 다수 보유하고 있었다. 권력으로만 따지자면 구온 시의 시장인 가터 백작과 비등한데, 재산이 두 배는 더 많았다.

섣불리 건드려서는 안 될 인물이었다.

그들의 중요한 회의에 끼어들고 싶진 않지만, 아무래도 가서 말해 줘야 할 것 같다.

*　　　*　　　*

'갑자기 왜 그런 심경의 변화가 있었느냐.'라는 질문이 나올 법도 하지만, 아무도 묻지 않았다. 괜히 질문을 잘못 던졌다가 케이의 마음이 바뀔까 두려웠기 때문이다.

케이의 부하들은 이 날만을 기다리고 있었다.

"계획은 있으십니까?"

침묵을 깨고 와칸이 입을 열었다.

"빠른 시일 내에 기사 작위를 얻을 생각이다. 그리고 곧바로 남부 미개척 지대의 야만족을 토벌하고 거점을 세운다. 야만족 중 쓸 만한 녀석들을 토스카로 끌어들이고, 군대가 완성되면 오르딘 공작을 친다. 오르딘 공작만 제거하면 티그리스는 알아서 굴러들어 오게 되겠지. 현 티그리스의 검은 호랑이는 버러지만도 못한 놈이니까."

간단한 것 같지만 사실 쉬운 일은 아니었다.

기사 작위는 어떻게든 받는다 쳐도, 남부 야만족들을 토벌하는 건 어지간한 군대도 하지 못한 일이었다.

남부 미개척 지대는 산세가 험하고 지형이 거칠어서, 자칫 잘못했다가는 야만족을 만나기도 전에 길을 잃고 굶어 죽기 십상이었다. 게다가 곳곳에 함정이 설치되어 있어서, 야만족이 있는 땅에 당도하지 못하고 죽어 나가는 군대가 대다수였다.

결국 이건 같이 죽자는 소리인데, 부하들의 표정은 밝기만 했다.

"그럼 이제 몸 좀 풀어 둬야 하는 거유?"

"기사 작위는 어떤 걸로 받을 거예요?"

"제가 선두에 서겠습니다."

"요리 도구는 잔뜩 챙겨 갈 거야. 말릴 생각하지 마, 유진."

목숨을 내놓으라는 말에 신난 부하들을 보며, 케이는 조금 죄책감을 느꼈다. 이 모든 결정이 단지 '루의 웃는 얼굴을 보기 위해'라는 것을 알면, 이들은 뭐라 말할까.

'뭐, 상관없겠지.'

케이는 부하들이 서운할 정도로 빠르게 죄책감을 털어 냈다. 어차피 부하들도 티그리스를 되찾길 원했으니 서로에게 나쁠 것 없다.

"저번에 제국 중앙관리실에서 공문이 내려왔는데, 동쪽 스트루티오 섬의 야만족을 토벌하면 기사 작위를 내려 준대요. 뭐, 대륙 내에서 해결하고 싶으시다면 북쪽 토벌도 있긴 한데, 북쪽 땅은 아무래도 춥잖아요. 뱃멀미가 두려운 게 아니시라면 스트루티오 섬으로 하죠?"

유진은 권한다기보다는 제멋대로 결정을 내린 어투로 말했다. 하지만 케이는 불쾌한 기색 없이 고개를 끄덕였다. 그래, 이쪽도 이쪽 나름의 생각 때문에 티그리스를 손에 넣으려고 하는 거니, 부하들의 무례함 정도는 봐주고 넘어가자.

물론 부하들의 무례함은 하루 이틀 일이 아니었지만, 케이는 의외로 마음이 넓은 대장이었다.

"현재 토스카는 히센과 루까지 포함하여 8명입니다. 사방에 퍼져 있는 녀석들까지 불러들이면 간신히 15명을 채웁니다. 이수로 가능하겠습니까?"

와칸의 질문에 쿠반이 중얼거렸다.

"루, 그 녀석이 구실을 제대로 하긴 하겠어? 오늘 보니까 사형장에서 죄수 죽는 꼴도 제대로 못 보던데."

따악—

그 말에 유진이 쿠반의 뒤통수를 세게 때렸다.

"아파!"

"미쳤어? 루의 부모님은 살해당했다고! 그런 식으로 남 죽는꼴 보는 게 즐거울 리 없잖아!"

"아니, 뭐…… 이유 없이 죽인 것도 아니고 사형이잖아, 사형!죽을 놈이라서 죽인 거라고!"

"그게 문제가 아니지. 결박시켜 놓고 반항도 못 하는 상황에서 죽이는 거잖아. 루의 부모님도 귀족한테 그런 식으로 당했을텐데…… 애 상처를 후벼 파서 어쩌자는 거야?"

"루가 무슨 애야? 개도 어엿한 성인 남자거든?"

"그렇다면 함께 싸우는 데 문제없겠군."

와칸의 말에 쿠반이 콧등을 찡그렸다.

"그런 말을 하는 게……."

똑똑—

쿠반의 말을 끊고 노크 소리가 들려왔다.

"저, 루입니다. 잠시 들어가도 되겠습니까?"

"귀신같은 놈. 자기 얘기하는 줄은 어떻게 알고."

쿠반이 투덜거리며 몸소 방문을 열어 주기 위해 걸어갔다. 유진의 말을 듣고 죄책감을 느낀 것이다.

방에 들어온 루는 전에 없이 심각한 표정의 형님들을 쭉 둘러봤다. 케이는 창틀에 기대어 서 있었는데, 루를 보고 있진 않았다. 역시 케이는 루를 피하고 있다.

지끈―

가슴이 아팠지만 그보다 먼저 해결할 문제가 있었다.

"형님, 쥬엔에게 얘기 들었습니다."

"헉!"

쿠반이 숨을 들이켰다.

안 그래도 메르트 백작 일에 대해 케이에게 보고하려다가, 예상치 못한 '티그리스 탈환 계획'을 듣는 바람에 새까맣게 잊고 있던 터였다.

"아니, 아니. 나가서 얘기하자."

아까는 뭐든 할 수 있을 기분이었는데, 지금은 아니다. 케이가 검은 호랑이의 이름을 되찾을 각오를 한 지금, 다른 일로 그의 마음을 뒤숭숭하게 할 수는 없다고 판단한 쿠반은, 케이에게 알리지 않고 몰래 처리할 요량으로 루의 팔을 잡아끌었다.

"여기서 얘기해라."

하지만 뭔가 숨기는 듯한 쿠반의 행동이 마음에 안 든 케이가 명령하는 바람에, 꼼짝없이 털어놓는 수밖에 없었다.

쿠반은 쥬엔에게 들었던 귀족들의 만행과 오늘 본 파필리아 아가씨의 끔찍한 사체에 대해 얘기했고, 메르트 백작이라는 놈을 손봐 줘야겠다고 말했다.

"루, 넌 그 부분에 대해 무슨 얘기를 하고 싶은 거지?"

케이가 물었다.

이번에도 그는 루에게 시선을 주지 않았다.

그가 이쪽을 봐 주지 않음이 너무나 마음에 걸려 견딜 수가 없었다. 하지만 루는 참담한 기분을 드러내지 않으려고 애쓰며 입을 열었다.

"메르트 백작은 꽤나 이름이 있는 자입니다. 게다가 쥬엔은 아마도 경비대장에게 그의 이름을 언급했을 겁니다. 이런 상황에서 그자가 죽으면, 쥬엔에게 화살이 향할 겁니다. 쥬엔을 다치게 할 수는 없습니다."

"그럼 어째? 다른 놈들도 같이 죽여서 위장할까? 떼죽음으로?"

쿠반다운 대책이었기에, 루는 황당함조차 느끼지 않고 고개를 저었다.

"아니요. 이틀 후, 메르트 백작이 바투안 시로 여흥을 즐기러 떠납니다. 바투안 시로 향하는 길목에는 므게히 산이 있고, 그 산엔 상당히 잔인한 산적들이 주둔하고 있습니다. 그놈들에게 당한 걸로 위장하면 될 것 같습니다."

술술 나오는 그럴듯한 대책에 유진이 눈을 동그랗게 떴다.

"루, 너 그런 건 어떻게 안 거야?"

"……여기저기서 주워들었습니다."

"확실한 거야? 이틀 후에 바투안으로 떠난다는 거?"

"네. 확실합니다. 그리고 므게히 산에는 총 5개의 산적 집단이 있는데, 그중 한 집단의 거점 중 하나를 알고 있습니다. 그 거점에 사는 놈들을 죽여서 백작의 시체 주위에 던져 놓으면, 산적과의 싸움 끝에 죽었다고 판단할 겁니다."

"……너, 사형당하는 죄수를 보고 구역질할 뻔한 놈 맞냐?"

잔인하다면 잔인한 계획에 쿠반이 기가 막히는 듯 물었다.

*　　*　　*

"반항할 수 없는 자를 죽이는 건 역겹습니다. 하지만 반항이 가능한 놈은 죽일 수 있습니다. 반항이 거세면 거셀수록 저도 마음이 편합니다."

"유진, 와칸, 휴이, 대장. 이놈이 나보다 더 미친놈 같아."

"에이, 너보단 아니지."

"그러게. 아직 너만큼은 아니다."

"루한테 실례되는 소리하지 마."

쿠반은 본전도 못 찾았다.

루는 케이의 눈치를 봤다. 케이는 팔짱을 낀 채 아무 말도 하지 않고 있었다. 잔인한 계획을 세워서 실망한 걸까? 아니면 그저 이 형편없는 얼굴을 보기 싫은 것뿐일까?

대체 왜 피하는 거냐고 묻고 싶지만, 루는 주먹을 꽉 쥐고 목구멍까지 튀어나온 질문을 삼켰다.

"대장, 루가 말한 대로 해도 되겠수?"

쿠반의 질문에 케이가 가볍게 고개를 끄덕였다.

"그래."

"으아, 생각보다 일이 커졌네. 아주 그냥 즐거운 시간이 되겠어."

쿠반은 신나는 표정으로 두 주먹을 들고 외쳤다.

일이 커졌는데 저렇게나 좋아하다니. 역시 쥬엔이 쿠반을 사랑하는 이유를 모르겠다. 정말로 저 사람이 한 여자를 사랑하게 돼서 달콤한 말을 속삭이는 날이 오기는 할까? 만약 그런다면 그날은 해가 세 개는 뜰 것이다.

"할 이야기는 그게 다인가?"

케이가 물었다. 기분 탓인지 그의 음성이 유독 차갑게 느껴졌다.

'아니, 기분 탓이 아닐 거야.'라고 생각하며 루는 답했다.

"네, 끝났습니다."

"그럼 나가 봐라."

역시 기분 탓이 아니었다.

어깨를 축 늘어뜨리고 나가는 루의 뒷모습을, 그제야 케이는 지켜보았다.

루는 남자치고 체구가 작았다. 170cm가 간신히 될까 말까 한 키, 아무리 좋게 봐 줘도 넓지 않은 어깨, 잘록한 허리와 쭉 뻗은 긴 다리. 모르는 사람이 뒤에서 보면 여자라고 착각할 만한 몸매였다.

그래서이리라. 루를 끌어안고 싶어지는 것은. 마치 계집에게 그러듯 그의 허리를 끌어안고, 목덜미에 입을 맞추고 싶어지는 것은.

'미치겠군.'

케이는 간신히 루에게서 시선을 떼었다. 하마터면 부하들과 함께라는 것도 잊고 충동적으로 행동할 뻔했다. 이런 마음을 들키는 건 절대로 안 된다.

부하들이라면 이걸로 백 년은 놀려 먹을 것이다. 아니, 케이의 무덤에 굳이 묘비를 세우고 [남색을 즐기던 대장, 이곳에 잠들다.] 따위의 문구를 써 넣을 것이 분명하다. 백 년이 아니라 천 년이고, 만 년이고 놀림을 당하리라.

"대장, 루한테 뭐 삐친 거 있어요?"

유진은 눈치가 빨랐다.

"아니. 어느 정도 계획이 자리 잡을 때까지는 너희들만 알고 있었으면 해서 그런다."

바보처럼 변명 같은 말을 하고 말았다. 다행히 유진은 납득하는 듯 고개를 끄덕였다.

"그죠. 아무래도 헛바람 넣긴 그러니까. 게다가 텐치는 입이 싸니, 그 녀석이 알게 되면 저쪽에 훈련장을 만들기도 전에 제국 황제의 귀에까지 들어갈지도 몰라요."

"대장, 다시 아까의 이야기로 돌아가서 15명으로 출정하실 겁니까?"

와칸이 물었다. 케이는 잠시 눈을 감고 생각에 잠겼다.

기사 작위를 받는 일 따위에 마법을 사용할 수는 없다. 마법을 쓰면 티그리스가 알게 될 것이고 그들이 추적을 해 오리라. 거점도 만들어지지 않은 상황에서 티그리스까지 상대하는 것은 무리였다.

'마법 사용을 들키지 않을 방법이 있을 텐데.'

아버지가 살아 계실 적 마법 공부를 제대로 해 놓지 않은 게 한이 되었다. 이제 와서 하나하나 되짚어 공부하기에는 시간이 부족하다.

"나즐과 알리는 어디에 있지?"

"멀지 않은 곳에 있습니다. 불러들이면 일주일 안에 들어올 수 있을 겁니다."

"유진, 나즐을 불러서 구온 시 거점에 대한 교육을 해 둬라. 구온 시는 나즐과 알리에게 맡겨 두고 나머지는 전부 출정을 나간다."

"나즐을 놔둬도 괜찮을까요? 그놈, 영 미친놈이라······."

유진이 탐탁찮은 표정으로 중얼거렸다.

"그 부분을 알리가 채워 주겠지."

그들은 그 외에도 원정에 필요한 비용이라든가, 훈련, 진행 방식에 대해 한참 대화를 나눴다. 이야기가 다 끝났을 때는 하루가 꼬박 지나 있었다.

*   *   *

회의가 많이 길어지는 모양이다.

아침이 밝고 오후가 되었는데도 다들 나올 생각을 하지 않았다. 심심해하는 텐치와 시장 구경을 나갔다가 돌아왔을 때에야, 회의가 끝났는지 와칸이 쿠빌레 앞에서 담배를 피우고 있었다.

"형님!"

텐치가 두 팔을 벌리고 와칸에게 달려갔지만 와칸이 슬쩍 옆으로 피하는 바람에 헛손질을 했다. 루는 작게 웃으며 와칸에게 다가갔다.

"형님, 오랜만입니다."

"그래."

"많이 타셨습니다. 멀리 다녀오셨습니까?"

"응. 정글엘 좀……."

"정글이요?"

생각지 못한 대답에 루의 눈이 커졌다. 와칸은 묘한 표정으로 루를 내려다보고 있었다.

"그래, 일이 좀 있어서. 식사는 했나?"

"네, 텐치랑 시장에서 꼬치구이를 사 먹었습니다. 급료를 받았거든요."

"오오, 그래? 모자라진 않고?"

"네. 이렇게 많은 돈을 벌어 본 건 처음입니다. 휴이 형님이 만들어 주시는 요리만 먹었을 뿐인데……."

"다들 그렇게 적당히 일하고 급료를 받지. 과하게 열심히 할 필요 없어."

"형님, 저한테도 좀 신경 써 줘요."

와칸에게 거절당했던 텐치가 불퉁거렸다. 와칸은 피식 웃으며 텐치의 머리를 쓰다듬었다.

"검술 훈련은 잘하고 있었겠지?"

"열심히 하긴 했는데, 쿠반 형님은 좀…… 욕을 많이 해요. 와칸 형님한테 배우는 게 더 좋아요."

"오늘부터는 다시 내가 가르쳐 주마."

와칸은 잠을 좀 자야겠다고 방으로 들어갔고, 텐치는 휴이에게 파이를 구워 달라고 하자고 했다. 루는 배가 몹시 불렀기 때문에 텐치의 제안을 거절하고는 방으로 향했다. 회의를 엿듣지 않기 위해 긴장하느라 제대로 못 잤던 것이다.

루가 침대에 누워 눈을 감았을 때, 주방에 들어간 텐치는 기이한 장면을 목격했다. 어두운 주방에 마주 보고 서 있는 두 개의 그림자. 작게 속닥거리며 무언가를 모의하는 듯한 휴이와 유진.

유진은 무엇이 담겼는지 알 수 없는 커다란 자루를 들고 있었고, 휴이는 큰 냄비와 화로를 한 손에 들고, 포도주 통 하나를 어깨에 짊어지고 있었다.

"저…… 형님?"

조심스레 부르자 두 사람이 동시에 텐치를 돌아봤다. 텐치는 움찔하며 저도 모르게 뒷걸음질을 치고 말았다. 둘의 눈빛이 범상치 않았기 때문이다.

"와칸보다 텐치가 낫지 않겠어?"

"흐음. 확실히…… 와칸은 이기기 힘드니까."

텐치는 순간, '두 형님이 날 잡아먹으려는 거야!'라는 생각을 하고 말았다.

"마침 잘 왔다, 텐치."

유진이 무언가를 꾸미는 듯한 표정으로 씩 웃으며 다가왔다. 텐치는 슬금슬금 뒷걸음질을 쳤다. 설마 잡아먹진 않겠지만 좋은 일 때문에 '마침 잘 왔다.'고 말하는 건 아닐 것 같았기 때문이다.

텐치가 휙 돌아서서 도망치기 전, 유진이 텐치의 손목을 꽉 붙잡았다. 유진은 호리호리한 체구에 비해 힘이 세서, 텐치는 그를 뿌리칠 수가 없었다.

"우리랑 숲에 좀 가자."

텐치는 질린 눈으로 형님들이 하는 짓을 지켜봤다.

거점 공사를 하는 장소에서 멀리 떨어지지 않은 곳에 호수가 있었다. 호수 가장자리에서, 그들은 화로를 설치하고 커다란 냄비를 올렸다. 거기에 포도주를 가득 붓는 것까지는 괜찮았다. 그 이후에 들어가는 것들이 문제였다.

왜 모으라고 하는지 알 수 없었던 것들이 그 안에 들어가기 시작했다. 거미 눈알, 모기 다리, 뱀 꼬리…… 그러더니 마지막에는 누구의 것인지 알 수 없는 머리카락 한 뭉텅이를 집어넣는 것이 아닌가!

"이틀간 끓일 거야."라고, 유진이 말했다.

"그, 그래서요?"

"네가 지켜라. 불 꺼지면 안 돼. 넘쳐도 안 되고, 너무 졸아도 안 돼. 포도주가 적당한 양을 유지해야 하니까, 너무 졸았다 싶으면 포도주를 더 부어. 그러다가 마지막엔 딱 한 컵 정도의 분량이 남아야 돼. 큰 컵으로 한 컵. 할 수 있겠지, 텐치?"

"하, 하기야 하겠는데…… 그걸 한 컵 만들어서 뭘 하시려고요?"

휴이와 유진이 서로 눈을 맞추더니 씩 웃었다.

"루 먹이게."

"대체 왜요?"

"그것까지는 알 거 없고…….''

"그럼 안 돼요! 안 할래요!"

"엥?"

"아니, 이런 걸 왜 루에게 먹이려고 해요? 형님들 그렇게 안 봤는데, 루를 괴롭히려는 거예요? 이렇게 고생스러운 짓까지 해 가면서? 미쳤어요? 걔가 무슨 죄가 있다고…… 얼굴에 화상 흉터 좀 있는 게 이런 걸 마셔야 할 만큼 잘못된 일은 아니잖아요. 안 그래도 힘들게 살아온 애한테, 형님들까지 왜 그래요? 대장이 알면 엄청 화낼걸요!"

텐치가 버럭버럭 외치는 걸, 유진과 휴이는 가만히 듣고 있었다. 텐치가 말을 멈추고 씩씩거리자 휴이가 어깨를 으쓱했다.

"확실히 괴롭히는 걸로 보일 만도 해."

"역시 그런가?"

"텐치, 이건 말이지, 괴롭히려는 게 아냐. 나중에 두고 보면 알게 될 거다."

"거짓말 마요! 이런 걸 먹이는 게 어떻게 괴롭히는 게 아니에요? 뱀 꼬리에 거미 눈알이라니. 게다가 저 머리카락은 어디서 난 거예요, 대체?"

이유를 설명해 주지 않으면 텐치는 순순히 따르지 않을 것 같았다. 유진은 잠시 망설이다가 텐치에게 사정을 설명했다. 묵묵히 그 이야기를 듣던 텐치가 고개를 저었다.

"설마. 거짓말이죠?"

"정말이야, 텐치. 우리가 루를 괴롭히려고 이런 걸 모을 이유가 없잖아. 이런 걸 먹이는 것 말고도 괴롭힐 방법은 넘치고 넘쳤는데."

"그야 그렇지만…… 형님들은 가끔 제정신이 아니니까 번거로운 방법으로 남을 괴롭히려고 할지도 모르는 거고……."

"기어오르지 마, 텐치. 후드려 패기 전에."

유진이 환하게 웃으며 말했다.

"형님, 제발 그렇게 웃으면서 협박 좀 하지 마요. 무서우니까. 아무튼 정말로 이걸 루에게 먹이면 루의 화상 흉터가 사라진다는 거죠?"

"그래. 그러니까 와칸이 모기를 잡으러 정글까지 다녀왔지. 걔가 누구 괴롭히겠다고 이런 짓을 할 녀석이냐?"

"하긴. 와칸 형님은 그럴 분이 아니죠."

"야, 그 말은 좀 서운하다? 와칸은 믿고 난 못 믿냐?"

"유진 형님은 아무래도 좀……."

유진이 텐치의 머리를 쿡 쥐어박았다.

"아무튼 대장이랑 루에게 주는 깜짝 선물이니까 잘 지켜. 딱 한 컵 분량이어야 한다. 알겠지?"

"네. 그걸로 루에게 걸린 이상한 마법이 풀린다면야 하긴 하겠는데요. 그런데 대체 이런 걸 어떻게 마시게 할 생각이세요?"

그 말에 유진과 휴이가 깊은 한숨을 내쉬었다. 그들도 그 방법만큼은 못 찾아낸 것이다.

"뭐, 그때 가서 어떻게든 되겠지."

*　　*　　*

정원이 아름다운 이유는 어머니가 있기 때문이었다. 화사하게 핀 꽃 사이에 서서 웃는 어머니는 꽃들보다 아름다워서, 보고 있노라면 가슴이 두근거렸다.

"루엘, 이리 와."

어머니가 두 팔을 벌리며 말했다. 달려가 품에 안기자, 어머니 특유의 좋은 향기가 후각을 자극했다. 그것이 꽃향기보다 훨씬 좋았다.

어머니의 품은 따뜻하고 포근했다. 두근두근, 심장 뛰는 소리를 들으면 아늑함에 잠이 오곤 했다.

"우리 예쁜 루엘. 네 눈동자는 저 하늘보다도 맑구나."

어머니는 노래를 부르듯 말했고, 그 목소리가 좋아서 눈물이 흘렀다.

가슴이 미어지는 이유는, 이 아름답고도 평화로운 광경이 꿈이라는 것을 알고 있기 때문이리라. 두 번 다시 오지 않을 평화로움, 두 번 다시 듣지 못할 애정 가득한 음성. 잠에서 깨는 순간 흩어질 환영.

그것을 알기에 눈물이 흐르는 것이리라.

'깨기 싫어.'

어머니의 가슴에 얼굴을 묻으며 생각했다.

'깨기 싫어, 엄마. 여기에 있고 싶어. 이렇게 영원히 여기에…… 엄마 품에…….'

어머니에게 하고 싶은 말이 아주 많았다.

엄마, 나 있잖아. 검은 호랑이의 아들을 만났어. 성장한 그 사람은 어릴 때보다 훨씬 더 아름다운 사람이 되었어. 달빛보다 시린 은발에, 루비보다 빛나는 붉은 눈동자를 가졌어. 그 눈으로 나를 보면, 내 심장이 무섭도록 두근거려. 가끔은 그 사람의 귀에 들릴까 걱정이 될 정도야.

차가워 보이지만 손은 참 따뜻하고, 무서워 보이지만 의외로 다정한 사람이야. 그래서 엄마, 나는 사랑에 빠졌어. 처음 봤던 그때 그랬던 것보다 훨씬 더 깊게 그를 사랑하게 된 것 같아.

그런데 있지. 말할 수 없어. 사랑한다는 마음을 들켜서는 안 돼. 그 사람에게 하지 말아야 할 거짓말을 했거든. 그 사람이 날 받아 준 건, 내가 남자이기 때문일 거야. 그러니까 나는, 그 사람에게 말할 수 없어. 내가 여자라는 것도, 그 사람을 사랑한다는 것도.

"루."

이것 봐. 꿈에서까지 그 사람 목소리가 들려.

"루."

이만큼이나 그 사람을 사랑해.

"루."

그 사람이 날 루라고 불러도 이토록 가슴이 뛰는데, 내 진짜 이름을 불러 주면 얼마나 기쁠까. 어쩌면 심장이 멎어 버릴지도.

그렇게 생각하며, 루는 눈을 떴다.

눈을 뜨자마자 보이는 붉은 눈동자. 보석보다도 빛나는 눈동자를 보자 저절로 웃음이 나왔다.

아아, 꿈에서도 볼 만큼 사랑하고 있구나. 그래도 다행이야. 꿈에서는 마음껏 볼 수 있으니까.

그렇다면 이름을 불러 봐도 될까? 꿈이니까 괜찮겠지?

그래서 루는 손을 뻗어, 그의 눈가에 손을 대며 말했다.

"케이."

＊　　＊　　＊

심장이 철렁 내려앉았다. 어쩌면 멎었을지도 모른다는 바보 같은 생각을 하며, 케이는 루를 응시했다.

창밖을 내다보고 있는데 흐느끼는 소리가 들려왔다. 엄마, 엄마…… 흐느낌에 섞인 루의 음성에 심장이 꽉 죄여 왔다.

루는 힘든 내색을 한 적이 없었다. 하지만 그리워하고 있던 것이다. 끔찍하게 죽임을 당한 부모를.

무시하려 했다. 사내놈이 울 수도 있는 거니까. 그리고 우는 모습을 남에게 보이고 싶지 않을 테니까.

하지만 계속 들려오는 흐느낌에 더는 견딜 수가 없어져서 루의 방으로 향했다. 똑똑, 문을 두드렸지만 기척이 없었다. 멋대로 문을 열고 들어간 케이는, 침대에 누워 있는 루를 발견했다.

자면서 우는 이를 보는 것이 이토록 안타까운 감정을 불러일으킬 줄은 몰랐다. 볼을 타고 흐르는 눈물, 젖은 베개, 그리고 흐트러진 검은 머리카락.

저도 모르게 손을 뻗어 루의 뺨에 묻는 눈물을 닦았다.

"루."

끔찍한 꿈을 꾸고 있는 것 같으니 벗어나게 해 주고 싶었다.

"루."

몇 번인가 루의 이름을 불렀다.

좀처럼 깨어나지 못하던 루의 눈꺼풀이 천천히 뜨이며, 그 안에 감춰져 있던 푸른 보석이 모습을 드러냈다. 언제 봐도 아름다운 눈동자라고 생각하고 있는데, 루가 케이의 얼굴을 향해 손을 뻗었다.

눈가에 닿은 루의 손가락은 조금 차가웠다. 그리고……

"케이."

심장이 철렁 내려앉았다.

루가 이름을 불러오는 건 처음이었다.

나른하게 잠긴 목소리가 만들어 낸 '케이'라는 이름은 무척이나 유혹적이라서, 케이는 이성을 잃을 뻔했다.

멎은 줄 알았던 심장이 쿵, 쿵, 쿵, 무섭도록 뛰었다. 케이는 저도 모르게 뒷걸음질을 쳤고, 그 순간 루가 벌떡 상체를 일으켰다.

"대장……."

루는 당황한 표정이었다.

"그래."

케이는 휙 돌아서며 대답했다.

"아, 저기…… 꿈을 꿔서……."

"그래?"

"네. 저…… 제가 무슨 실수라도…… 했습니까?"

"아니."

"……그런데 제 방에는 어쩐 일로……?"

기분 탓인지 루의 목소리가 떨리고 있었다. 케이는 잠시 눈을 감고 진정하기 위해 애썼다. 이름 좀 불렀다고 당황하다니. 어린 애들도 안 할 짓이다.

루를 만난 후로 부하들에게 숨겨야 할 일이 하나하나 늘어나는 것 같다.

간신히 진정한 케이가 다시 몸을 돌렸다. 루는 어느새 침대에서 내려와 있었다. 운 적 없다는 듯 눈물도 닦아 냈지만, 눈두덩이 살짝 부어 있었다.

"피곤한가?"

케이의 질문에 루는 가볍게 고개를 저었다.

"아니요, 괜찮습니다."

"그럼 산책 좀 할까?"

"네."

케이가 찾아온 이유도, 그가 느낀 감정도 모르는 루는 마냥 걱정되기만 했다. 갑자기 이렇게 찾아온 이유가 뭘까? 중요하게 할 이야기가 있는 걸까? 토스카에 둘 만한 가치가 없으니 떠나라는 말을 하려는 건 아니겠지?

걱정스러운 마음으로 흐트러진 머리를 정리하고 그를 따라 쿠빌레를 나섰다. 해가 뉘엿뉘엿 저물며 오렌지 빛 노을을 드리우고 있었다.

그는 말이 없었고, 그럴수록 루는 불안해졌다. 그가 말할 때까지 기다리려 했지만 결국 견디지 못하고 먼저 입을 열었다.

"대장, 무슨 할 말씀이라도 있으십니까?"

"아니, 없다."

"없다고요?"

"그래. 할 말이 있어야 하나?"

"그런 건 아니지만…… 갑자기 산책을 하자고 하셔서……."

"조금 걷고 싶었을 뿐이다."

그의 담담한 대답에 안심했다.

골목을 벗어나 큰길로 나오자 통행인들이 꽤 많았다. 어제 항구에 큰 배가 들어왔다고 들었는데, 대부분 관광객인 모양이다.

구온 시의 사정을 잘 알지 못하는 관광객들은, 느릿하게 걸어가는 케이를 흘끗흘끗 쳐다봤다. 훤칠한 키에 눈에 띄는 은발, 놀랍도록 잘생긴 얼굴 때문이었다. 루는 두건을 좀 더 깊이 내려 쓰고 케이보다 한 발자국 뒤에서 걸었다.

"왜 그렇게 뒤에서 걷지?"

"아, 그냥…… 그냥요."

"옆으로 와, 루. 그리고 뭔가 이야기를 해 봐."

"이야기요? 무슨 이야기를 말씀하시는지?"

"뭐든."

루는 그의 옆에 가서 무슨 말을 할까 고민했다. 딱히 할 말이 없었기 때문에 급료를 받았다는 사실을 알렸다. 그는 와칸과 똑같은 것을 물었다.

"적진 않나?"

"네, 충분합니다. 텐치랑 같은 돈을 받게 될 줄은 몰랐습니다. 이제 막 시작했으니 적게 받을 줄 알았는데."

"그렇군."

"이 돈을 다 어디에 써야 할지 모르겠습니다."

"그렇게 쓸 곳이 없나?"

"네. 아, 대장 선물을 하나 사드릴까요?"

케이가 피식 웃었다. 바람이 부는 것 같은 그의 미소가 보기 좋았다.

"아니, 됐다. 그렇게 돈 쓸 곳이 없다면 은행에 저축을 하지 그래?"

"으, 은행이요?"

은행이라니.

은행은 돈 많은 사람들이나 이용하는 고급스러운 장소였다. 루 같은 사람은 입구에 들어서지도 못할 것이다. 시청보다 들어가기 까다로운 곳이기 때문이다.

"한 달마다 맡긴 돈의 1프로를 이자로 준다고 하니 돈을 모으기 괜찮지. 말 나온 김에 은행에 가 볼까?"

"괜찮을까요? 못 들어가게 할지도 모르는데."

"누구를? 나를?"

그가 한쪽 입꼬리를 올리며 물었다. 루는 고개를 저었다.

"아니요, 저를요."

"걱정 마라, 루. 이 도시에서 내 개가 못 갈 곳은 없으니까."

그의 말대로 루를 막아서는 사람은 없었다. 루 혼자였다면 막았겠지만, 케이의 존재가 루까지도 무시할 수 없게 만들었다.

포르쿠스를 단숨에 제압한 토스카의 대장에 대한 소문이 여기저기 퍼져 있었던 덕분이다.

게다가 은행은 각 지역의 폭력 조직과 밀접한 관계를 맺고 있었다. 폭력 조직을 자칫 잘못 건드렸다가는 은행이 습격당할 위험이 있었다. 어느 곳은 그 도시의 폭력 조직에게 한 달마다 돈을 지불하며 좋은 관계를 맺고 있다고 하는데, 토스카는 아직 관공서에는 손을 대지 않고 있었다.

케이의 이야기가 귀에 들어갔는지, 은행장이 케이를 맞으러 나왔다. 투실투실 살이 찐 은행장은 만면에 가식적인 미소를 띠고 케이를 안쪽 사무실로 안내했다.

"토스카의 대장께서 어쩐 일로 이렇게 방문을 하셨는지요."

은행장이 비굴한 목소리로 물었다.

"창고를 하나 만들러 왔다."

"토스카의 창고라면 이미 하나 있습니다만, 개인적인 창고를 말씀하시는 건가요?"

창고란 돈이나 귀중품을 은행에 보관하는 것을 말했다.

"그래. 이 녀석이 쓸 창고다."

케이가 소파 뒤에 서 있는 루를 턱으로 가리키며 말했다. 루를 본 은행장의 얼굴이 일그러졌다. 그는 케이를 의식해서 미소를 지으려고 노력은 하고 있었지만, 불쾌함이 고스란히 드러나고 있었다.

"저 청년은 파필리아의 그…… 음…… 그 청년 아닙니까?"

"이제는 토스카의 일원이다. 창고를 여는데 문제가 있나?"

케이의 목소리가 낮아진 걸 느꼈는지, 은행장이 허리를 곧추세웠다.

"그, 그럴 리가요. 토스카의 일원은 언제든 창고를 여실 수 있지요. 암, 그렇고말고요. 하하하하."

은행장으로서는 토스카가 보호비 명목으로 은행에서 돈을 뜯어내지 않는 것만으로도 감사할 일일 것이다. 케이의 심기를 거슬렀다가는 이 평화가 깨질지도 모른다.

루는 창고를 만들고 그 안에 900타리온을 넣었다. 창고를 개설했다는 증표로 메달을 받았다. 하늘색 보석으로 만든 메달인데, 보석 안쪽에 창고 번호가 들어 있었다. 이런 것을 갖게 될 줄은 몰랐다.

즐거운 기분으로 목에 걸자, 케이가 말했다.

"네 눈동자와 잘 어울리는군."

생각지도 못한 칭찬에 루가 눈을 크게 뜨고 그를 올려다봤다. 그런데 왜일까. 그 말을 한 케이 역시 놀란 표정을 짓고 있었다. 제 입이 멋대로 움직여 내뱉은 말이라는 듯이.

"음…… 가지."

그는 서둘러 몸을 돌리고는 걷기 시작했다.

'내가 잘못 들었나?'

루는 고개를 갸우뚱하며, 그의 뒤를 따랐다.

도시를 가로질러 해안 절벽을 올라갔다. 힘든 기색 없이 걷는 그의 뒤를, 루 역시 힘들지 않게 따라갔다. 위로 올라갈수록 바람이 차가워졌지만, 전에 산 외투를 입고 있어서 그리 춥진 않았다.

강한 바람에 흩날리는 그의 은빛 머리카락에 눈이 시렸다.

그는 절벽 끝에서 걸음을 멈췄다. 한 발자국만 잘못 내디디면 떨어질 만큼 위태로운 모습이었다.

"전에 이곳에서 말했지. 티그리스를 버렸다고."

케이가 해안 절벽 아래로 보이는 도시를 내려다보며 말했다. 루는 그의 옆에 서서 대답했다.

"네, 그러셨습니다."

"생각이 바뀌었다."

"네?"

"티그리스를 되찾을 생각이다."

이것이야말로 상상도 못 한 말이었다. 루는 잘못 들었나 싶어 그를 돌아봤다. 그는 여전히 도시를 내려다보고 있었다.

"아마도 오랜 시간이 걸리겠지만 티그리스를 되찾고 검은 호랑이의 이름을 가져올 것이다. 그때가 되면 너도 오르딘 공작에게 네 복수를 할 수 있게 되겠지."

다른 의미로 심장이 뛰기 시작했다.

거짓말. 말도 안 돼. 포기했었는데.

하지만 환청 따위가 아니었다. 분명 그가 입술을 움직여 이야기하고 있었다.

그가 천천히 고개를 돌려 루와 시선을 맞췄다. 새빨간 눈동자로 루를 똑바로 응시하며, 그가 말했다.

"그러니까 루, 울지 마라."

*　　*　　*

쿠반은 쥬엔의 집 창틀에 걸터앉아 있었다. 쥬엔은 그의 뒤로 다가가 그의 등을 살며시 쓰다듬었다.

"잊지 않고 오셨네요."

"하루에 한 번은 오라며? 오늘은 오래 못 있는다."

"바쁜가요?"

"내일, 메르트 백작 놈을 손봐 주러 가거든."

"아…… 당신 혼자서요?"

"아마도?"

쿠반이 어깨를 으쓱하며 계획을 설명했다. 루가 세워 준 계획이라고 했다.

"혼자는 안 돼요, 쿠반."

그가 걱정되는 이유는, 이것이 루가 세운 계획이기 때문이었다. 쿠반이 얼마나 강한지는 모르겠지만, 루만큼은 아닐 것이다. 루에게는 쉽게 느껴지는 계획이, 쿠반에게는 위험한 일이 될지도 몰랐다.

물론 첫 키스의 상대가 죽으면 다른 남자를 만날 수 있다. 그러나 쥬엔은 쿠반이기를 바랐다. 이 옆에 평생 함께할 남자가, 다른 사람이 아닌 쿠반이기를 원했다.

어째서일까.

왜 이런 거친 남자를 이다지도 사랑하게 된 걸까? 언제부터 이렇게 사랑하게 된 걸까?

처음에는 그저 첫 키스 상대고, 강한 남자니까 배우자감으로 딱 좋다고 생각했을 뿐이다. 이 심장이 이토록 절절하게 뛰기 시작한 것은, 아마도 그때부터일 것이다.

─내가 대신 죽여 주지. 이 손은 그냥 이대로 놔둬.

예상치 못한 말이었다. 쥬엔이 시카족이라는 것을 알고 있으니, 어디 한번 잘해 보라고 장난스럽게 말할 줄 알았는데.

"괜찮아. 산적 몇 놈에, 기사 몇 놈만 상대하면 끝이잖아. 메르트 백작이라는 놈을 죽이는 건 벌레를 죽이는 것보다 쉽겠지."

쿠반이 자신만만하게 말했다.

"위험할지도 몰라요. 메르트 백작의 기사들은 강하기로 유명해요. 게다가 그자는 남의 원한을 살 짓을 많이 하고 다녀서, 경호 기사를 열 명씩은 데리고 다녀요. 거기에 산적까지 상대하려면 힘들 거예요. 누군가 당신을 도와줄 사람은 없는 거예요?"

"됐어. 간만에 피 좀 보게 생겼는데 다른 놈들이랑 그걸 나누라고?"

"하지만 쿠반……."

쿠반이 창틀에서 내려오더니 쥬엔의 턱을 잡아 살짝 들어 올리고 키스를 했다. 짧고 가벼운 키스였다.

"시카족 계집. 날 너무 우습게 보지 마. 슬슬 기분 나빠지려고 하니까."

"우습게 보는 게 아니라 걱정하는 거예요."

"그게 우습게 보는 거지!"

"대체 이게 어디가 우습게 본다는 거예요? 사람이 걱정을 해 줘도 꼭!"

"쓸데없는 걱정을 하는 것부터가 우습게 보는 거라고. 내가 계집앤 줄 알아?"

"아니, 내가 언제 계집애라고 했어요? 걱정된다고요, 걱정!"

"그러니까 그런 건 파필리아 계집들한테나 하라고. 난 가서 싸울 거고, 이길 거니까."

"……하여간 당신이란 사람은 정말……."

"제기랄. 갈래."

"기다려요."

돌아서는 쿠반의 손목을 잡았다. 당장이라도 뛰어나갈 기세였던 쿠반은, 쥬엔의 손길에 순순히 걸음을 멈췄다.

쥬엔은 그를 세워 두고 화장대에 가서 가위를 꺼냈다. 그리고 머리카락 일부를 조금 잘라 내 끈으로 묶어, 그에게 건넸다. 그가 어리둥절한 표정을 지었다.

"이게 뭔데?"

"승리를 기원하는 부적이에요. 연인의 머리카락이 때로는 힘을 주기도 한다잖아요."

"그런 게 있어?"

"그런 게 있답니다."

"흐응. 뭐, 이런 건 필요 없지만…… 줬으니 받아 주지."

쿠반이 머리카락을 주머니에 집어넣었다.

"그럼 간다."

"조심해요. 돌아오면 반드시 들러야 돼요. 알겠죠?"

"알았어, 알았어."

쿠반은 건성으로 손을 흔들고는 창문에서 뛰어내렸다.

쥬엔에게는 성질을 냈지만 그녀가 걱정을 해 주는 것이 싫지 않았다. 여자들은 자기 머리카락을 목숨처럼 아낀다는데, 그 머리카락을 망설임 없이 자르던 그녀의 모습도 썩 괜찮았다.

'머리카락에 그런 의미가 있단 말이지? 그럼 그때 대장이 백작 딸년의 머리카락을 받아 온 것도 그런 건가? 그럼 대장은 역시 그 백작 딸년을 마음에 두고 있는 건가? 그런 것치고는 너무 금방 끝났던데…… 설마…….'

경악할 사실을 깨달은 쿠반이 우뚝 멈춰 섰다.

'너무 좋아해서 넣기도 전에 쌌나?'

케이야말로 경악할 생각을 하며, 쿠반은 씩 웃었다.

'대장도 사람은 사람이었구나.'

쿠반은 다시 걸음을 옮겼다.

'하긴. 그리고 보면 이상하긴 했어. 갑자기 티그리스를 탈환하겠다고 마음을 잡수시고…… 확실히 티그리스를 손에 넣고 나면 백작 딸년을 행복하게 해 줄 수 있을 테니까. 우리 대장, 의외로 로맨틱하네.'

이유가 뭐든 케이가 티그리스를 되찾기로 마음먹은 건 잘된 일이었다. 티그리스의 작은 호랑이였던 케이를 똑똑히 기억한다. 그가 펼치던 화려한 마법도, 그 아름다운 광경도.

쿠반은 케이가 다시 그 중심에 우뚝 서기를 바랐다. 누구도 감히 쳐다볼 수 없는 그 자리는, 케이의 것이어야만 했다.

'뭐, 백작 딸년 덕분에 대장이 마음을 먹었으니 그 계집에게도 좀 잘해 줘야겠군.'

*　　*　　*

해도 뜨지 않은 새벽, 쿠빌레를 빠져나가는 그림자가 있었다. 쿠반이었다.

담배를 입에 물고 걸어가던 그는, 소리 없이 그의 앞을 막아선 사람 때문에 사레에 들리고 말았다.

"콜록콜록! 뭐야, 콜록! 루! 이 자식! 콜록! 깜짝 놀랐잖아!"

"형님도 놀랄 때가 다 있습니까?"

"당연하지! 안 자고 왜 나와 있어?"

"형님은요?"

"난 메르트 백작, 그놈 죽이러 가는 길이다."

쿠반은 자칫 잘못하면 잡혀갈 만한 말을 아무렇지도 않게 했다. 루는 그가 메르트 백작에 대해 아무 말도 하지 않아서 혼자 나서지 않을까 싶었는데, 역시 짐작대로였다.

"같이 가요."

"같이 가긴 어딜 가? 넌 잠 좀 자고 주점 일이나 열심히 해."

"같이 가요."

루가 고집스레 말하자 쿠반이 루의 볼을 꼬집었다.

"형님 말씀 안 들을래? 엉?"

"형님 혼자 가면 죽어요."

"너, 인마. 내가 그렇게 약할 것 같냐?"

"약할 것 같진 않습니다. 하지만 혼자서 그들을 상대할 수 있을 것 같지도 않습니다."

"상대할 수 있어, 내가 괜히 대장의 오른팔이 된 게 아니라고."

"대장의 오른팔은 와칸 형님이라던데요."

"누가 그래?"

"유진 형님이."

"그놈은 비열한 거짓말쟁이야. 그놈이 하는 말은 90프로가 거짓말이라고 생각해라."

쿠반은 루를 말릴 수 없다고 생각했는지 다시 걷기 시작했다. 빠른 속도였지만 루는 어렵지 않게 그의 속도를 맞춰 걸었다.

그들은 성문으로 향하지 않고, 인적이 드문 성벽 쪽으로 향했다. 도시를 빠져나갔다는 걸 들키지 않기 위해서였다.

"따라오는 건 상관없는데 방해하지 마."

"네."

"백작 놈 먼저 치고, 그다음에 산적을 치러 갈 거다."

"네."

둘은 말없이 걷고 성벽을 뛰어넘었다. 성벽 밖에는 말 한 필이 준비되어 있었다. 루가 미리 준비해 둔 말이었다.

"오, 이런 것도 준비해 뒀냐?"

"그럼 뛰어가실 생각이었습니까?"

"너 묘하게 건방진 말투다?"

"기분 탓일 겁니다."

"근데 왜 한 마리야?"

"제가 말을 못 탑니다."

"그래?"

쿠반이 보란 듯 말 등에 훌쩍 올라탔다. 그러더니 씩 웃으며 말했다.

"그럼 고삐를 잡고 끌어라, 시종이여."

"……."

"그런 한심하다는 눈으로 보지 마, 농담도 못 하냐?"

쿠반이 툴툴거리며 루를 향해 손을 뻗었다. 그 손을 잡자, 쿠반이 어렵지 않게 루를 끌어올렸다. 뒤에 태울 줄 알았는데, 쿠반의 앞에 앉게 되었다.

"달린다. 떨어지지 않게 조심해."

"네."

쿠반은 루를 감싸듯 팔을 뻗어 고삐를 잡고 말을 몰았다.

다그닥— 다그닥—

어둠 속에 말발굽 소리가 울려 퍼졌다.

"루, 너 마법에 대해 아냐?"

쿠반이 물었다. 루는 쿠반이 '티그리스'에 대한 이야기를 하고 싶어 한다는 걸 깨달았다.

"네, 압니다. 대장이 티그리스 선대 검은 호랑이의 아들이라는 것도."

루는 생각보다 빠른 속도에 정신을 차리려고 노력하며 대답했다.

"어떻게 알아? 대장한테 들었냐?"

"네, 뭐…… 티그리스를 되찾을 거라고 들었습니다."

"헤에, 그럼 얘기가 빠르겠군. 우리 대장이 드디어 검은 호랑이의 자리를 되찾으시겠다고 마음 잡수셨다. 그래서 이 형님은 신이 나 죽겠어!"

"죽진 마세요, 형님."

"말이 그렇다는 거지, 인마."

"그렇게 좋습니까?"

"그래, 좋아."

쿠반이 루의 머리 위에 턱을 얹었다.

"대장이 티그리스의 작은 호랑이였을 때를 기억하거든. 굉장했지, 마법을 쓰는 대장은."

"지금은 안 쓰십니까?"

"어. 쫓기는 몸이라서. 마법을 쓰면 티그리스 쪽에서 위치를 알게 되고, 그럼 또 쫓기게 되거든."

"아아. 형님도 마법을 사용할 줄 아십니까?"

"어? 푸하하하하. 아냐, 아냐. 나나 와칸은 티그리스의 간부가 아니었어."

"간부요?"

"응. 티그리스는 마법을 사용할 줄 아는 간부와 사용하지 못하는 고용인들로 이루어졌거든. 고용인이라고 해도 다들 한 가닥 하는 사람들이지만."

"아아."

"나랑 와칸, 휴이, 유진. 우리 넷의 부모들이 티그리스의 고용인이었지."

"그렇군요."

"선대 검은 호랑이는 정말 좋은 분이었어. 원래 티그리스의 고용인들은 거의 노예 같은 취급을 받았거든. 잡일을 다 하고, 싸움이 나면 앞에서 방패막이를 하고…… 그걸 선대 검은 호랑이가 깨부셨지. 사람답게 살게 해 주신 분이야."

선대 검은 호랑이의 인자한 눈빛이 떠올랐다.

"티그리스는 대장이 가져야 돼. 그러지 않으면 그놈들은 마법의 힘으로 아주 더러운 짓을 할 거야. 뭐, 지금도 그러고 있겠지만."

"더러운 짓이요?"

"마법 중에 인간을 병기로 만드는 위험한 마법이 있어. 워낙 위험한 거라 오래전에 봉인이 되었는데, 그놈들이 그 봉인을 풀려고 하거든. 그런데 문제는 지금 티그리스 놈들이 가진 힘만으로는 봉인을 풀기가 힘들다는 거지. 대장의 힘이 필요한데, 대장은 선대가 죽자마자 도망을 쳐 버렸어. 그래서 놈들이 계속 대장을 찾고 있는 거고."

"아아."

"봉인이 깨지고 그 마법을 사용할 수 있게 되면, 세상은 혼란에 빠질 거야. 그 전에 티그리스를 되찾아야 돼."

그런 뒷이야기가 있는 줄은 몰랐다. 아무래도 공부가 부족하다. 이것저것 주워듣는 것만으로는 충분하지 않았다. 케이에게 도움이 되기 위해서는, 더 많은 것들을 알아 둬야 할 필요가 있다.

쿠반과 이런저런 대화를 하다 보니, 어느새 태양이 머리 위로 떠올랐고, 산등성이에 도착했다. 저 아래로 메르트 백작의 마차가 지나가는 것이 보였다.

*　　*　　*

약이 잘 끓고 있는지 확인을 하고 돌아온 유진은, 쿠빌레 입구를 서성이는 사람을 발견했다. 긴 망토를 걸치고 모자를 푹 눌러써서 얼굴은 볼 수 없지만, 체구가 작은 걸로 봐선 여자인 것 같았다.

"쿠빌레에 찾아오셨나요?"

유진이 상냥하게 질문하며 다가갔다. 망토의 인물이 유진을 향해 돌아섰다. 의외의 인물인지라 유진은 속으로 혀를 내둘렀다.

'이런이런. 가터 백작가의 영애께서 상당히 몸이 달으신 모양이군.'

비비안이었다.

유진은 속마음을 드러내지 않고 물었다.

"어쩐 일이신가요, 비비안 님. 대장을 뵈러 오신 거라면 오늘은 조금 곤란합니다만."

"꼭 그분을 만나러 온 건 아니에요. 물론 만날 수 있다면 좋겠지만……."

비비안이 솔직하게 말하며 얼굴을 붉혔다. 사랑에 빠진 비비안은 꽤나 사랑스러웠다.

"보는 눈이 많으니 안으로 드시지요. 지하 주점의 룸으로 안내해도 괜찮으시겠습니까?"

"네, 좋아요."

지하 주점은 낮엔 식당으로 운영 중이라서 손님이 아주 없진 않았다. 사람들의 눈을 피해 룸으로 비비안을 안내한 후, 종업원을 불러 메뉴판을 가지고 오게 했다. 종업원은 얼굴을 보이려 하지 않는 손님이 궁금한 듯했지만 굳이 누구냐고 묻지 않았다.

종업원이 나가자 비비안이 망토의 모자를 벗었다. 유진은 그녀의 헤어스타일이 단발로 바뀐 이유를 알고 있었기 때문에 조금 죄책감을 느꼈다. 케이가 어떤 방법으로 머리카락을 얻어 냈는지는 모르지만, 다정한 방법은 아닐 거라고 확신했다.

"식사 전이시라면 뭔가 드시겠습니까?"

유진이 정중하게 물었다.

"괜찮아요. 권해 줘서 고마워요."

비비안이 상냥하게 말하며 옆에 내려놨던 꾸러미를 테이블 위로 올렸다.

달그락—

안에 들어 있는 것들이 부딪치며 소리를 냈다.

"케이에 대한 내 마음을 아시지요?"

비비안의 솔직한 말에 유진은 속으로 혀를 내둘렀다.

아무리 자유연애 시대라고는 하지만 여자가 먼저 제 마음을 드러내는 것은 쉽지 않은 일이다. 게다가 비비안은 귀족이고 케이는 평민이다. 제 마음을 드러내는 것이 쉽지 않을 텐데, 비비안은 솔직하게 말하고 있었다.

미련한 건지, 똑똑한 건지 모르겠다.

'아니, 똑똑한 거겠지.'

사랑한다고 해서 굳이 드러낼 필요는 없고, 케이의 부하에게 알릴 필요도 없다. 그런데도 굳이 알리는 이유는 케이의 주변 인물들에게 먼저 인정을 받는 편이, 그의 세계로 들어가는 데 용이하기 때문일 것이다.

'가터 백작의 조언도 있었겠지. 그렇다고는 해도 여성이 실행에 옮기기에는 쉬운 일이 아닐 텐데.'

똑똑한 여자는 싫지 않다.

"네, 알지요."

유진의 대답에 비비안의 얼굴이 붉게 물들었다. 귓불까지 빨개진 모습은 꾸며 낸 것이 아니었다. 똑똑하지만 순진한 면도 있고, 예쁘기까지 하다. 사내들이 좋아할 만한 점을 두루 갖췄다.

"걱정이에요."

잠깐의 침묵이 흐른 후, 비비안이 말했다.

"어둠의 세계에 대해 아는 것이 많지는 않지만, 여러 가지로 위험한 일이 많겠지요. 그래서 다치지는 않으실까, 늦은 시간까지 애쓰시느라 피로가 쌓이지는 않으실까, 걱정이 돼요. 케이도, 당신들도."

유진은 묵묵히 그녀가 계속 얘기하기를 기다렸다. 비비안은 꾸러미를 묶어 놨던 끈을 풀고, 그 안에 들어 있던 것들을 꺼내기 시작했다.

은으로 만든 동그랗고 납작한 케이스 여러 개.

"상처에 바르는 연고예요. 아무리 깊은 상처라도 피를 빨리 멎게 하고 흉터 없이 아물게 하는 효과가 있어요."

"호오. 직접 만드신 건가요?"

유진이 관심을 보이자 비비안이 옅은 미소를 지었다.

"네, 이런 것에 관심이 많아서…… 시중의 약사들이 만든 것보다는 효능이 뛰어날 거라고 자신해요."

"열어 봐도……?"

"네, 확인해 보세요."

유진은 케이스의 뚜껑을 열었다. 가득 담긴 갈색 연고는 미미한 약재 냄새를 풍겼다.

"토스카 여러분처럼 재능이 많은 것은 아니지만, 도울 수 있는 것이 있다면 돕고 싶어요."

"감사합니다, 비비안 님. 대장께서 좋아하실 겁니다."

"그럴까요?"

"그럼요. 안 그래도 아직 구온 시에서 괜찮은 약사를 발견하지 못했거든요. 비비안 님께서 약초와 의술에 뛰어난 실력을 갖추고 있다는 이야기는 이미 들었습니다. 큰 도움이 될 겁니다."

다른 면으로도요, 라는 말은 덧붙이지 않았다.

케이가 티그리스를 탈환하겠다는 이야기를 한 후, 가장 먼저 상의한 것이 토스카의 뒷배가 되어 줄 세력이었다. 싸움만으로 될 세계가 아니기에 정치적 힘이 필요하고, 현재 가장 가능성 있는 사람이 가터 백작이었다.

케이는 적어도 기사 작위를 받은 후 남부 지역 토벌에 나설 준비가 될 때까지는 가터 백작과의 친분을 유지하겠다고 했다. 케이는 항상 게으름을 피우지만 마음먹은 것이 있을 때는 확실하게 움직인다. 필요하다면 비비안과 결혼이라도 할 것이다.

"피로 회복에 좋은 약도 만드는 중이에요. 시간이 좀 걸려서 다음 주 중에야 가져다드릴 수 있을 것 같아요."

"무거울 텐데, 저희 쪽에서 사람을 보낼까요?"

"아니요, 제가 가지고 올게요."

"번거로우실 텐데……."

"이걸 핑계 삼아서 외출할 수 있으니까, 저는 좋아요. 아버님께서 도통 밖에 나갈 기회를 안 주시거든요."

비비안은 이 외출이 가터 백작에게 허락받은 외출이라는 것을, 은근하게 알리고 있었다. 가터 백작도 비비안과 케이의 사이를 지지하고 있다는 것을 말해 주고 있는 것이다.

역시 똑똑한 여자다.

유진은 속으로 웃으며 고개를 끄덕였다.

"네, 그럼 그렇게 대장께 전해 두겠습니다. 다음번에 비비안 님이 방문하실 땐 대장이 함께하실 수 있도록."

"아니요, 그러지 않아도 괜찮아요. 케이가 굳이 저 때문에 해야 할 일을 미루는 건 싫어요. 게다가 전 유진과 이렇게 대화를 하는 것도 즐거운걸요. 여러 사람들을 만나 대화를 나누는 시간을 좋아한답니다."

단지 유진의 마음을 얻기 위해 하는 말은 아닌 것 같았다. 그녀의 진심 어린 말에, 유진은 한동안 그녀와 대화를 나누었다.

비비안은 유진의 생각보다 훨씬 더 현명하고 마음 씀씀이가 깊었다. 루에게 했던 말들도 루를 상처 입히거나 깔보려는 게 아니라, 진심으로 걱정하고 있었기 때문이라는 것을 알 수 있었다.

비비안이 돌아가고 나서, 그녀에게 받은 연고를 챙겨 주방으로 향했다. 휴이가 유진을 기다리고 있었다.

"수상쩍은 사람이 찾아왔다면서?"

휴이가 물었다.

"비비안."

"호오, 그 여자가 왜?"

"이걸 가지고 왔어."

유진은 비비안과의 대화를 말해 주며 케이스 뚜껑을 열었다.

"이게 뭔데?"

"상처에 바르는 연고. 비비안이 직접 만들었대."

"오, 이런 걸?"

"그래. 휴이, 손 좀 내밀어 봐."

"요리사의 손은 보석보다 귀해. 내 손으로 실험할 생각하지 마라."

"내 손을 다치게 할 순 없잖아."

"네 손이 다치면 안 되는 이유가 뭔데? 네놈이 하는 일이라고는 카운터에 앉아서 빈둥거리는 것밖에 없잖아!"

휴이와 유진은 서로의 손에 상처를 내기 위해 덤벼들었다. 그러나 비등한 실력을 가지고 있는 두 사람은, 목적을 달성하지 못한 채 헐떡거리며 떨어졌다.

"쿠반이 오늘 싸우러 나가지 않았냐? 그놈한테 해."

"얼마나 다쳤으려나? 피가 멎지 않을 만큼 깊이 베였으면 좋겠는데."

연고가 잘 듣나 시험해 보자고 동료가 다치길 진심으로 바라는 유진을, 휴이가 끔찍스럽다는 듯 노려봤다. 동료들의 비난 섞인 시선에 익숙한 유진은 여유롭게 연고 뚜껑을 닫았다.

유진이 쿠반의 깊은 상처를 기원하고 있을 때, 쿠반은 눈을 크게 뜬 채 굳어 있었다. 그는 저도 모르게 벌어진 입술을 다물 생각도 하지 못했다. 아니, 애초에 입이 벌어졌다는 것도 의식하지 못하고 있었다.

'내가 지금…… 뭘 본 거지?'

*   *   *

루가 돌아온 것은 깊은 밤이었다.

"왜 이렇게 늦었어? 이제 아주 편한가 보다, 엉? 밥은 먹고 싸 돌아다닌 거냐?"

휴이의 악의 없는 외침에 루가 씩 웃었다.

"배고픕니다, 형님."

"배고파? 소식도 없이 한참 늦은 주제에 배고프다는 소리가 나와, 지금? 뭐 먹고 싶어?"

"샌드위치요."

"이왕 늦은 거 방에 돌아가서 손 바짝 들고 서 있어! 방으로 가 져다줄 테니까!"

"일은……?"

"늦은 놈한테 시킬 일 없어!"

휴이가 등을 떠미는 바람에, 루는 변명도 못 하고 방으로 돌아 올 수밖에 없었다. 오가는 데 걸리는 시간을 제대로 파악하지 못 하는 바람에, 서두른다고 서둘렀는데도 너무 늦고 말았다. 이럴 줄 알았으면 미리 말해 둘걸 그랬다. 쿠반을 도와주러 다녀오겠 다고.

말도 없이 늦었는데도 밥 먹었느냐고 챙겨 주는 휴이에게 고마웠다. 역시 이 사람들은 따뜻하다. 이 다정한 따스함을, 루는 잃고 싶지 않았다.

하지만 루는 몰랐다.

휴이가 굳이 일을 시키지 않고 쉬게 한 데는 이유가 있다는 것을.

'내일 그 이상한 약을 먹일 텐데, 혹시 모르니까 푹 쉬게 해 둬야지. 괜히 피곤해서 부작용이라도 나타나면 어째.'

유진을 못 믿는 건 아니지만, 아무래도 그 약은 너무 수상쩍다. 마법이 풀리기는커녕 더 지독해질 것만 같은 재료들. 만약 그 약을 마신 루가 더 괴로운 몰골로 변한다면, 휴이도, 유진도 평생 루의 노예로 살아가며 죗값을 갚아야 하리라.

휴이는 루를 위한 샌드위치를 평소보다 공들여 만들며 기도했다.

'부디 그 약이 통해야 할 텐데.'

*　　　*　　　*

와칸과 앞으로의 일에 대해 논의하던 케이의 방문이 거칠게 열렸다. 와칸은 노크도 없이 들어온 쿠반의 무례함에 대해 나무랄 생각이었는데, 쿠반의 얼굴을 보는 순간 할 말을 잃었다. 케이의 앞에서도 두려울 것이 없는 쿠반의 얼굴이 하얗게 질려 있었기 때문이다.

쿠반은 귀신이라도 보고 온 사람처럼 비틀비틀 걸어와 바닥에 털썩 주저앉았다. 그러더니 케이를 올려다보며 말했다.

"대장, 메르트 백작 건은 제대로 처리했수."

"그러냐?"

"루가."

"응?"

"내가 아니라 루가 해 버렸수."

"그래?"

"와칸, 너도 알고 있었냐? 루가 강하다는 거?"

쿠반이 와칸을 보며 물었다.

"대장이 처음에 말하지 않았나? 너보다 강하다고."

"아니, 아니, 그거야 날 놀려 주려고 한 말인지 알았지. 게다가 그건…… 나보다 강하고, 말고…… 그럴 수준이 아니던데……."

와칸은 아직 루가 싸우는 모습을 직접 본 적이 없다. 루가 싸운 후의 흔적만을 봤을 뿐이었다. 그래서 호기심이 생겼다. 대체 어떤 방식으로 싸우기에, 그 쿠반의 넋을 나가게 한 걸까?

"그게…… 뭐, 그래, 결과적으로는 다 죽었으니까 싸운 거라면 싸운 거겠지. 그런데 그건…… 루가 검을 휘두르는 그건, 싸우는 게 아냐. 그래, 그건 싸우는 게 아냐."

쿠반이 고개를 절레절레 저었다.

"그럼?"

"그러니까 그건…… 뭐라고 해야 되지?"

쿠반은 표현할 길이 없다는 듯 두 손을 허공에서 흔들다가 말했다.

"춤추는 것 같아."

"춤?"

"아니, 그런데 또 막상 춤은 아냐. 그런 식의 검술은 본 적도, 들은 적도 없어. 그건 정말…… 뭐라고 해야 되지? 마치…… 그래, 마치 땅과 나무와 바람…… 그 녀석을 둘러싼 모든 것이 같이 움직이는 것 같더라."

쿠반답지 않은 시적인 표현에 와칸이 미간을 좁혔다. 그들은 케이의 눈동자가 어둡게 빛나는 걸 보지 못했다.

"그래서…… 루가 전부 해치운 거냐?"

"어, 내가 끼어들 틈이 없더라."

"상대는 기사들이었을 텐데……."

제대로 수련한 기사들은 뒷거리에서 저들끼리 싸우는 폭력 조직원과는 차원이 달랐다. 게다가 전에 갔을 때, 히센의 부하들은 방심하고 있던 상황이었다. 경호해야 할 임무를 지닌 기사들 여럿을 상대하는 건, 와칸에게도 힘든 일이었다.

"대장, 대체 그런 녀석은 어디서 주워 온 거요?"

쿠반의 질문에 케이가 피식 웃었다.

"글쎄. 제멋대로 꼬리를 흔들며 달려와 안기더군."

                    *   *   *

　휘이가 만들어 준 샌드위치는 오리고기를 잔뜩 넣은 3단 샌드
위치였다. 그걸 다 먹고 자는 바람에, 아침에 일어나니 속이 더
부룩했다. 앞으로 야식을 먹는 건 자제해야겠다.

　가볍게 운동이나 하러 나갈까 고민하고 있는데 누군가 방문
을 두드렸다. 유진이었다.

　"루, 오늘 저녁에 시간 비워 둬."

　"주점 일을 해야 하는데."

　"응, 오늘 주점 문 안 열거든. 그러니까 시간 비워 둬."

　"무슨 일 있습니까?"

　"뭐, 있다면 있는 거고, 없다면 없는 거고."

　유진이 뭔가 감추는 것이 있는 게 명백한 표정으로 어깨를 으
쓱했다.

　"네, 그럴게요. 아, 형님. 저 궁금한 게 있는데요."

　"응, 뭔데?"

　"책을 좀 읽고 싶은데 빌릴 만한 곳이 있을까요? 사기에는 너
무 비싸서."

　"시청에 도서관 있잖아."

　"아, 그렇긴 한데……."

　"왜, 무슨 문제 있어?"

　"사실 제가 낮에 돌아다니는 게 썩 좋지가 않아서요."

"왜?"

정말 몰라서 묻는 걸까?

루는 한숨을 삼키며 대답했다.

"아무래도 얼굴이 이렇다 보니……."

유진의 눈썹 끝이 아래로 처졌다. 유진이 한 걸음 다가오더니 루의 머리를 쓰다듬기 시작했다.

"괜찮아, 괜찮아. 이제 괜찮을 거야."

"네, 뭐…… 저야 지금도 괜찮긴 합니다만, 아무래도 보는 사람들이 힘들어해서요."

"그래, 그것도 괜찮아질 거야."

"형님은 굉장히 긍정적이시군요."

"뭐든 긍정적인 게 좋은 거잖아. 아무튼 다 괜찮아질 거니까 시청 도서관을 이용하도록 해. 아, 도서관에서 찾을 수 없는 건 내가 가지고 있을지도 모르니까 나한테 말하고."

"네, 그럴게요."

아마 도서관에서 찾아볼 일은 없을 거라고 생각하며, 루는 대답했다.

루의 방에서 나온 유진은 곧바로 휴이의 방으로 향했다. 케이와 루를 제외한 토스카 단원들은 2층에서 머물고 있었다. 계단을 오르내리기 귀찮다는 게 이유였다.

휴이는 아직 자는 중인지 몇 번 노크를 했는데도 반응이 없다. 지하 주점의 일이 늦게 끝나니 아직 한창 잘 시간이긴 하겠지만, 유진은 그런 사정을 배려해 주지 않고 주먹으로 문을 두드리기 시작했다.

쾅! 쾅! 쾅!

"시끄러, 이 자식아!"

휴이의 옆방에 사는 쿠반이 벌컥 문을 열고 외쳤다.

"넌 끼어들지 말고 잠이나 자."

"안 끼어들게 생겼냐? 미쳤냐? 이 시간부터 뭔 지랄이야? 죽어 볼래?"

"안 죽어. 가서 자."

"아오, 저걸 그냥!"

휴이의 방문이 열렸다. 휴이는 졸음 가득한 눈으로 유진을 응시했다.

"왜?"

목소리가 심하게 잠겨 있었다.

"오늘 주점 문 열지 마."

"……그걸 꼭 지금 이야기해야 했냐?"

"할 일이 남아 있으면 찝찝하거든."

"네놈 기분 쾌청하자고 자는 사람을 꼭 깨워야 했냐?"

"일단 내 기분이 첫 번째로 중요하고, 두 번째가 대장 기분이고, 니들 기분이야 아무래도 좋으니까."

유진은 맞아 죽어도 할 말 없는 말을 뻔뻔한 얼굴로 늘어놓고는, 정말이지 상쾌한 표정으로 손을 흔들었다.

"그럼 다들 더 자."

쿠반이 방에 들어가 검을 챙겨 들고 나왔을 때는, 유진이 이미 1층 카운터로 돌아간 후였다.

그 시간. 유진 때문에 정글에도 다녀오고, 모기에도 물리고, 잠도 방해받은 와칸은 천장을 노려보며 고민에 빠져 있었다.

'저놈을 어떻게 죽여야 가장 고통스러워할까?'

*　　　*　　　*

늦은 오후.

와칸과 휴이, 유진은 텐치가 있는 곳으로 향했다. 화로의 불이 꺼질까, 약이 넘치거나 너무 졸지는 않을까 싶어, 이틀간 제대로 못 잔 텐치는 벌겋게 충혈된 눈으로 형님들을 맞이했다.

"자고 싶어요."

"참아."

유진이 매정하게 말하며 냄비 안을 살펴봤다. 이틀간 팔팔 끓인 재료들은 포도주에 녹아 흔적도 없었고, 적당한 양으로 졸아 있었다. 문제는 색과 냄새였다.

"나 같으면 안 먹어. 때려 죽여도 안 먹어."

휴이가 팔짱을 끼며 단호하게 말했다.

"나도."

"저도요."

와칸과 텐치도 휴이의 의견에 찬성했다.

"이런 걸 어떻게 먹냐? 제정신인 사람은 이런 거 안 먹어. 못 먹어."

휴이의 말에 유진이 검지로 턱을 톡톡 두드렸다.

"그럼 제정신이 아니게 만들어 볼까?"

"너, 인마. 루한테 무슨 짓을 하려는 거야!"

"별수 없잖아. 나 같아도 이런 건 안 먹을 것 같은데."

"애초에 재료를 봤을 때부터 이런 기괴한 게 만들어질 거라는 걸 예상했어야지!"

"이 정도일 줄은 몰랐지. 흐음."

썩은 피 같은 색에, 썩은 피 냄새. 이걸 자연스럽게 마시게 할 방법이 없다. 네 남자가 머리를 모으고 고민했지만 답이 없었다. 누구라도 답을 찾지 못할 것이다.

"아무튼 텐치. 이걸 병에 담아. 오늘 밤은 파티야."

"너, 기어코 이걸 루에게 마시게 할 셈이냐? 이런 걸 마시면 온몸에 화상 흉터뿐만이 아니라 두드러기가 생길지도 몰라!"

"죽을지도."

와칸이 중얼거렸다.

"그래, 와칸 말이 맞아. 이걸 마시면, 루는 죽을 거야. 살 수 있을 리가 없지."

"그래도 이왕 만든 건데 먹여 보자고."

"유진, 너 그렇게 무서운 말을 순진한 표정 지으면서 하지 마라. 먹으면 죽을지도 모른다니까?"

"안 죽어, 안 죽어."

유진이 건성으로 대꾸하며 약이 담긴 병을 받아 들었다. 약은 불에서 내려왔는데도 부글부글 끓고 있었다. 닿으면 살이 녹지 않을까 싶은 모양새였다.

하지만 유진은 여기에 기대를 걸고 싶었다.

오늘 아침의 일이 머릿속에서 떠나질 않는다. 얼굴 때문에 낮에 거리를 다니는 것도 어렵다고 말하던 루의 모습. 루가 담담히 말해서 더 안쓰러웠다.

토스카 사람들이 아무리 잘해 준다고 해도, 다른 사람들은 그러지 않았다. 루가 전염병 환자라도 되는 듯 피하고 조롱했다. 그런 것들은 익숙해질 만한 일이 아니다. 담담한 척해도 사실은 상처받고 있을 것이다.

어릴 때 부모님을 잃고 힘들게 살아온 루가 조금이라도 평범한 삶을 누렸으면 했다.

그래서 유진은 이 약이 통하기를 기원하며 중얼거렸다.

"안 죽을 거야, 절대로."

*　　　*　　　*

갑자기 주점을 열지 않아서 이상하다고 생각했는데, 다들 어디로 갔는지 보이질 않았다. 쿠빌레에 남아 있는 사람이라고는 늘어지게 자고 있는 쿠반과 방에 틀어박혀 있는 케이뿐이었다.

'심심하네. 숲에나 다녀올까?'

저녁에 시간을 비워 두라고 했으니 해가 떨어지기 전에 돌아오면 될 것이다. 요새 몸이 좀 무거워진 것 같으니까 검 연습이라도 하고 와야겠다.

방에서 나온 루는 복도를 걸어가는 케이를 발견했다.

"대장."

루의 부름에 그가 걸음을 멈췄다. 루는 서둘러 그의 옆으로 다가갔다.

"외출하십니까?"

"그래. 넌 어딜 가는 거지?"

"전 심심해서 잠깐 나왔습니다."

"그럼 같이 가지."

"네, 그런데 유진 형님이 저녁때 시간을 비워 두라고 해서 그때까지는 돌아와야 합니다."

"내게도 그러라고 하더군."

이쯤 되니 의심을 하게 된다. 토스카의 실세는 유진인 것이 아닐까?

거리로 나가니 통행인이 상당히 많았다. 오늘 새벽에 항구로 배가 들어온 모양이다.

느릿하게 걷는 케이는 사람들의 주목을 받았다. 햇살이 부서져 오색찬란한 빛을 흩뿌리는 그의 은발과 훤칠한 키, 조각 같은 얼굴은 눈에 띌 수밖에 없었다.

케이는 사람들의 시선을 신경 쓰지 않았지만, 루는 신경이 쓰였다. 두건을 더 깊이 눌러쓰는데, 케이가 중얼거렸다.

"배가 들어왔나 보군. 재미있는 물건이 들어왔는지 보러 갈까?"

배를 타고 온 상인들은 항구 근처에 좌판을 펼치고 각종 물건을 판매한다. 진귀한 물건을 싸게 구입할 수 있어서, 배가 들어오는 날에는 항구 근처가 붐볐다.

사람이 많은 곳은 좋아하지 않는다. 지나가는 사람에게 부딪쳐서 후드가 움직여 얼굴이 살짝 드러나기라도 하면, 대부분 혐오감을 드러내며 피하기 때문이었다. 그런 반응에 익숙해졌다고는 해도, 매번 그러다 보면 울적해진다.

하지만 루는 잠자코 케이의 뒤를 따랐다.

사람이 아무리 많아도, 그들의 얼굴에 혐오감이 떠오르더라도, 케이와 함께 걷는 시간을 포기하고 싶지 않았다. 그의 몸에서 은은하게 흘러오는 아카시아 향에 파묻히면, 다른 사람들의 시선 따위는 아무래도 좋다는 기분이 들었다.

다만 케이에게 혐오에 찬 사람들의 눈빛을 보여 주고 싶지 않아서 걱정이 되었는데, 다행히도 우려했던 상황은 벌어지지 않았다. 케이의 존재감 덕분이었다.

케이를 모르는 여행객들까지도, 그에게 흐르는 범상치 않은 기운을 느꼈나 보다. 인파가 몰린 그곳에서도 케이가 걷는 길은 한적했다.

그래서 루는 여유롭게 그와의 산책을 즐길 수 있었다.

해가 저물며 주홍빛 노을이 깔릴 때, 둘은 쿠빌레로 돌아왔다.

지하 주점 문을 열자마자 쿠반의 커다란 목소리가 들려왔다.

"아, 젠장! 왜 마시면 안 되냐고? 대장 올 때까지 한 잔만 마신 다니까?"

"네놈은 한 잔으로 안 끝나잖아, 이 자식아! 좋은 말할 때 입 좀 다물고 있어!"

좋은 말을 하는 휴이의 목소리도 만만찮게 컸다.

"제기랄. 나가지도 못하게 붙잡아 두더니, 술도 못 마시게 하는 이유가 뭐야? 무슨 의식이라도 치르냐? 니들, 오늘따라 왜 이렇게 경건해?"

"의식이라면 의식일지도…… 어? 대장, 왔어요? 루, 어서 와."

막 안으로 들어온 둘을 발견한 유진이 반겨 주었다. 그와 동시에 와칸과 휴이, 텐치의 시선이 둘에게로, 아니, 루에게로 향했다.

그들은 같은 눈빛, 같은 표정을 짓고 있었다. 기대와 걱정, 그리고 의심과 후회가 담긴 표정.

그것을 보는 순간, 루는 등골이 오싹해졌다.

저 사람들, 대체 뭘 꾸미고 있는 거지?

*　　*　　*

쿠반이 투덜거릴 만도 했다.

여러 개를 모아 붙여 넓게 만든 테이블 위에, 갖가지 요리가 놓여 있었다.

거위의 배를 갈라 오리를 넣고, 그 오리의 배 안에 사과와 오렌지를 넣어 구운 요리. 꿀 소스를 발라 구운 새끼돼지 통바베큐, 신선한 해산물을 듬뿍 넣은 샐러드와 고소한 냄새가 솔솔 풍기는 빵, 갓 구운 커다란 쿠키.

전부 귀족들이나 먹을 수 있는 값비싼 요리들이었다.

게다가 진귀한 상표가 붙은 와인까지 있는데 손을 못 대게 하니, 참을성 없는 쿠반으로서는 죽을 노릇일 것이다.

'뭘 저렇게 차린 거지? 비비안이라도 오기로 했나?'

고급 요리를 보는 순간 가장 먼저 떠오른 건 비비안의 사랑스러운 얼굴이었다.

이 모든 것이, '무슨 맛일지 짐작할 수 없는 요상한 약'을 먹어야 하는 루를 위한 만찬이라는 것을, 루는 상상조차 하지 못했다.

"이게 다 뭐지?"

케이가 낮은 음성으로 물었다.

"일단 좀 앉으세요, 대장. 자, 여기요. 루, 너는 여기에 앉고."

유진이 의자를 가리키며 싹싹하게 말했지만 케이는 꼼짝도 하지 않았다. 루도 케이의 눈치를 보며 가만히 그의 옆을 지켰다.

"유진, 이게 대체 다 뭐냐고 물었다."

케이의 목소리가 더 낮아졌다. 미미한 분노가 느껴지는 그의 음성에 다들 움찔했지만, 유진은 아무렇지도 않게 케이의 팔에 팔짱을 끼었다.

"그러지 말고요, 대장. 일단 좀 앉아 보세요. 앉아서 얘기하자고요."

두려움 없이 그를 의자로 끌고 가는 유진의 모습을 보며, '역시 토스카의 실세는 유진 형님이었어.'라고, 루는 생각했다.

"그리고!"

짝!

케이를 의자에 앉힌 유진이 양손바닥을 마주치며 루를 돌아봤다. 루는 저도 모르게 뒷걸음질을 쳤다. 왜일까. 왜 이렇게 유진이 무섭게 느껴지는 거지?

"루, 배고프지?"

"아니요."

"아니야, 너는 배가 고플 거야."

"아니요, 형님. 대장이 항구에서 이것저것 사 주셔서 많이 먹고 왔습니다."

이 상황을 모면하기 위한 거짓말이 아니라 실제로 그랬다.

아까 항구를 돌아다니는 동안, 임시로 열린 시장에는 거리 음식을 파는 간판대도 많았다. 케이는 군것질거리를 파는 간판대가 보일 때마다 걸음을 멈추고, "먹어 보겠나?"라고 물었다.

처음에는 진짜로 배가 고파서 먹겠다고 했다. 해산물과 야채를 번갈아 끼워서, 매운 양념을 발라 구운 꼬치였다. 그것을 다 먹었을 때, 케이는 빙그레 미소를 지었다.

"내 개는 정말 맛있게도 먹는군."

그 미소 때문이었다.

그 후로 케이가 "먹어 보겠나?"하고 권하는 걸, 배가 부른데도 거절하지 못한 이유는.

그가 지은 미소는 심장이 쿵 내려앉을 만큼 달콤했다. 어찌나 단지, 입 안에 코코아가 흘러들어 오는 듯한 느낌이었다. 그 미소를 또 보고 싶어서, 계속 보고 싶어서, 루는 그가 권할 때마다 고개를 끄덕일 수밖에 없었다.

그리고 그는 루가 바란 대로, 다 먹은 후에 꼭 미소를 보여 주었다.

그 결과, 지금 루는 배가 터질 지경이었다.

"그래, 많이 먹었겠지. 그래도 일단 앉아."

유진이 고집스럽게 말하며 루의 손목을 잡자마자, 케이가 차갑게 말했다.

"내 개에게 함부로 손대지 마라, 유진."

"네, 네. 죄송하게 됐습니다. 제가 깜짝했네요."

유진이 투덜거리며 루의 손을 놔줬다.

"너 때문에 혼났잖아, 루."

"그게 왜 루 때문이냐, 네놈 기억력이 저렴하기 때문이지!"

쿠반이 툽상스레 말했다.

"하여간 뭔 짓을 하려는 거야, 대체? 텐치, 너 아는 거 있으면 빨리 털어놔라. 엉?"

"아니요, 형님, 저는…… 아시잖아요. 머리 나쁜 거. 하하하하. 아는 게 뭐가 있겠어요. 그죠, 휴이 형님?"

"어? 어. 그래, 그렇지. 이 대륙에서 머리 나쁘기로 텐치를 따라갈 놈이 없지!"

"형님, 그렇게까지 말씀하실 건 없잖아요!"

"인마, 네 편을 들어줘도 지랄이냐, 지랄이! 어느 장단에 춤을 추라는 거야?"

"편을 들어주더라도 좀 곱게 들어 달라는 거죠. 대륙에서 제일 머리 나쁜 놈이 뭡니까? 아무리 그래도 그렇지."

텐치와 휴이가 싸우기 시작했다.

루는 이 사람들이 뭘 하고 싶은 건지 도통 알 수가 없었다. 왜들 이러는 걸까?

슬쩍 케이 쪽을 보니, 그는 인내심의 한계를 느끼는 듯했다. 이러다가는 폭발할 것 같다. 루는 그의 화난 모습을 보고 싶지 않았기에 얼른 의자에 앉았다. 케이의 맞은편 자리였다.

"오, 좋아. 이제 다들 자리에 앉을까?"

루가 앉자마자 상황이 정리되었다. 다들 이 순간을 기다렸다는 듯 착착착 제 자리를 찾아 앉았다. 쿠반만 어리둥절한 표정으로 우왕좌왕하다가, 케이의 옆자리에 가서 앉았다.

"그럼 일단 먹읍시다. 휴이가 모처럼 솜씨를 발휘했으니, 부디 즐기시기를."

유진이 부드럽게 말했다.

다들 식기를 들기는 했지만 그 자리를 즐기는 사람은 쿠반뿐이었다. 휴이와 유진, 텐치와 와칸은 먹는 둥 마는 둥 하며 루의 표정을 살피고 있었다. 케이는 못마땅한 표정으로 요리를 노려봤고, 루는 형님들이 보내는 애도 가득한 눈빛의 의미를 이해할 수가 없어서 식기만 만지작거렸다.

'왜 안 마시는 거지?'

유진은 유진대로 속을 앓고 있었다.

'마셔, 마시라고!'

요상한 약을 먹어야 한다는 미안함에, 일단 맛있는 걸 만들어주자고 제안한 건 휴이였다. 그렇다면 루에게만 독한 술을 준비해서, 루가 흠뻑 취했을 때 약으로 슬쩍 바꾸면 되겠다고 말한 건 텐치였다.

하지만 루는 술을 마실 생각이 없는 듯 보였다.

'술을 권하면 대장이 날 죽이겠지?'

케이는 루를 과보호하고 있었다. 아까 손을 댄 것 가지고 미운털이 단단히 박힌 상황에서, 술까지 권하면 적어도 손목 하나는 날아가리라.

"루, 한잔하자. 괜찮겠지요, 대장?"

고맙게도 와칸이 술병을 들며 말했다. 케이가 가볍게 고개를 끄덕이자, 루가 잔을 들었다. 와칸은 커다란 잔에 넘치도록 술을 따라 주었다. 어지간한 사람은 한 잔만 마셔도 취하는 독한 술이었다.

"그러고 보니, 이 녀석이 토스카가 됐는데도 환영식 한번 안 해 줬네. 오늘 거하게 마시자고! 알지, 루? 남자는 원샷이라는 거! 남기면 벗긴다!"

쿠반도 덩달아 잔을 들며 외쳤다.

유진은 쿠반이 눈치 없는 멍청이라서 다행이라고 생각했다.

모두가 술잔을 들었고, 건배를 했고, 단숨에 한 잔을 비웠다. 루의 술만 독한 술이었다. 모두가 멀쩡한 정신으로, 루가 취하기를 기다렸다.

하지만 루는 취하지 않았다.

'대체 왜!'

유진은 비명을 지르고 싶었다.

상당히 센 술이다. 게다가 구하기도 힘들어서, 지금 루에게 따라 준 한 잔이 전부였다.

휴이가 어떡하느냐는 시선을 보냈다.

'나도 몰라, 이 자식아! 루가 술이 셀 거라고는 상상도 못 했다

고!'

"이 술, 굉장히 맛있네요. 입 안에 퍼지는 향이 좋습니다."

남의 속도 모르고, 루가 천진난만하게 말했다. 모처럼 루가 웃는 걸 보니, 맛있는 술이라 다행이다 싶긴 했다. 하지만 문제는 아직 해결되지 않았다.

'큰일 났네, 이걸 어쩐다.'

"그, 그럼 루. 이것도 마셔 볼래?"

텐치가 약을 넣은 병을 들며 말했다.

"이거 첫맛은 좀 별로인데, 단숨에 쭉 들이켜고 나면 그 후에 오는 맛이 죽여주거든."

'잘했어, 텐치!'

휴이와 와칸, 유진은 한마음이 되어 속으로 외쳤다.

"응, 마셔 볼래."

루가 잔을 내밀자 텐치가 고개를 저었다.

"이건 입 대고 마시는 거야. 유리병 안에 담긴 채로 마셔야 돼."

약의 색깔은 남에게 보여 줄 만한 것이 되지 못했다. 그것까지도 꼼꼼하게 생각해서 병째로 마시라는 텐치를 보며, 휴이는 '대륙에서 가장 머리 나쁜 놈이라고 한 말은 취소할게, 텐치.'라고 생각했다.

아까 마신 독한 술이 아무 효과도 없는 것은 아닌 모양이다. 루는 적당히 술기운이 올라 기분이 좋아 보였다. 루가 의심 없이 병을 받아 들었을 때였다.

"야, 그렇게 죽여주는 거면 내가 먼저 마셔야지!"

쿠반이 병을 빼앗으려 했다.

픽一!

하지만 그 전에 와칸의 주먹이 쿠반의 뒤통수를 후려쳤다.

"야, 와칸! 너 죽고 싶냐? 엉? 덤벼!"

"오늘은 루의 환영회다. 진귀한 건 루에게 양보하는 배려를 보이지 그래?"

와칸은 차마 그 약을 '맛있는 것'이라고 표현할 수는 없었다. 쿠반은 맞은 뒤통수를 감싸 쥐고 투덜거리며 도로 자리에 앉았다.

부하들이 그러는 동안, 케이는 묵묵히 앉아 이 웃기지도 않는 연극을 관찰하고 있었다.

'루의 환영회라.'

그렇지 않다는 것쯤은, 부하들의 표정만 봐도 알 수 있다. 부하들은 뭔가를 꾸미고 있었다. 그것이 루에게 해가 될 것은 아닌 것 같고 루도 즐거워 보이기에, 케이는 두고 보는 중이었다.

루의 입술이 술병에 닿았다.

모두 루의 입술을 주목했다.

텐치와 와칸, 휴이와 유진은 생각했다.

'얼른 마셔! 한 병 싹 해치우라고!'

쿠반은 생각했다.

'한 모금만 남겨 줘.'

그리고 케이는 생각했다.

'입술이 예쁘군.'

도톰하고 붉은 입술에서 눈을 뗄 수가 없었다. 한입 머금으면 달콤한 액이 흘러나올 것처럼 촉촉했다. 멍하니 입술을 응시하다가 퍼뜩 정신을 차렸다.

'내가 대체 무슨 생각을……'

황급히 루의 입술에서 시선을 떼다가 문득 의아함을 느꼈다.

'왜 입술에는 화장 흉터가 없는 거지?'

전신에 화상을 입었다면 입술도 다른 피부처럼 쭈글쭈글하게 우그러져 있어야 했다. 지금껏 몰랐던 것이 이상할 정도로, 루의 입술은 깨끗했다.

'그러고 보니…… 화상 흉터에 규칙성이 보이는데.'라는 데에 생각이 미쳤을 때였다.

"아, 그런데 아무래도 이 좋은 술을 저 혼자 마시는 건 좀……."

루가 병에서 입술을 떼었다.

"얼른 마셔, 이 자식아!"

휴이가 참지 못하고 버럭 외쳤다.

가게 전체를 뒤흔들 정도로 큰 외침에 루가 깜짝 놀라 병을 떨어뜨렸다. 그것이 바닥에 닿기 전 와칸이 몸을 날려 받아 냈고, 유진이 술병을 빼앗듯이 받아 들어 루의 입술로 가져갔다.

유진은 그대로 루의 턱을 잡아 입술을 벌리게 한 후, 술병을 기울였다. 병 안에 들어 있던 끈적끈적한 액체가 꿀렁꿀렁 흘러 나와 루의 입술 안으로 흘러들어 가기 시작했다.

말도 안 되는 부하들의 기행에, 케이는 말릴 생각도 하지 못한 채 멍하니 앉아 있었다.

"웃……."

입 안에 흘러들어 오는 액체는 끔찍한 맛이었다. 루는 뱉어 내고 싶었지만, 유진이 턱을 단단히 고정시키고 있어서 입을 움직일 수가 없었다. 액체는 생명을 가진 것처럼 혀를 휘감고 목 안으로 흘러들어 갔다.

쓰고 달면서도 역겨운 냄새가 나며 혀를 마비시키는 저릿함을 안겨 주는 맛. 새로운 괴롭힘일지도 모른다는 생각이 들 만큼 고통스러운 맛이었다.

기분 탓일까.

식도를 타고 내려온 액체가 위에서 꿈틀거리는 것처럼 느껴졌다. 그것은 배를 뚫고 나오려는 듯 움직였다.

약을 다 먹인 유진이 루를 놔줬지만, 루는 그조차 느끼지 못했다. 뱃속에서 벌어지는 일이 심상치 않았기 때문이다.

두 팔로 배를 감싸고 고개를 숙였다.

'형님들이 내게 못된 짓을 하지는 않았을 거야.'라고 생각했지만, 다음 순간 찾아온 고통이 루를 뒤흔들었다. 온몸이 불에 타는 듯 끔찍한 고통. 언젠가 느껴 본 적이 있는 것도 같은 고통이 전신에 쏟아졌다.

"너희들, 대체 무슨 짓을 한 거지?"

케이의 음성이 아득하게 들려올 만큼 아픔이 심했다. 루는 이를 악물고 신음을 참았다.

"대장, 잠시만요!"

"조금만 기다리십시오, 대장."

"대장, 검 집어넣어요!"

"안 돼요, 대장. 마법을 쓰면!"

떠들썩한 소리가 들려오는 것도 잠시.

갑자기 주위가 고요해졌다. 아픔도 사라졌다.

루는 번쩍 고개를 들었다.

아무것도 없었다.

케이도, 형님들도, 텐치도, 수많은 요리와 술도. 아무것도 없는 공간 안에, 루는 서 있었다.

아니, 서 있다는 표현조차 어울리지 않았다. 바닥이 없었기 때문이다. 그렇다고 공중에 떠 있다는 느낌도 없었다.

루는 아무것도 아니고, 아무것도 없는 공간에 존재하고만 있었다.

"잘 견뎠구나."

목소리가 들려왔다.

기억에 있는 음성이었다.

뒤를 돌아보자, 검은 호랑이가 서 있었다. 케이와 조금 닮은 인자한 얼굴이, 루를 향해 다정한 미소를 짓고 있었다.

"검은 호랑이 님."

"이제 다시 네 얼굴을 되찾아도 되겠지. 네 자신을 지킬 힘도, 널 지켜 줄 이들도, 이제는 네게 있으니까."

"검은 호랑이 님, 저는……."

"루엘라인."

오랜만에 듣는 이름이었다. 그리움이 밀려와 콧등이 시큰해졌다.

"돌아가거라."

검은 호랑이가 루의 어깨를 가볍게 밀었다.

그 순간, 언제 그랬냐는 듯 소음이 쏟아져 들어왔다.

"루, 괜찮아?"

"죽은 거 아니에요?"

"루, 루, 일어나 봐."

루는 천천히 고개를 들었다.

형님들이 걱정스러운 표정으로 루를 지켜보고 있었다. 와칸과 쿠반이 케이의 양쪽 팔을 붙잡아 움직이지 못하게 한 상태였고, 텐치와 휴이, 유진은 루의 옆에서 발을 동동 구르는 중이었다.

루는 힘겹게 일어났다.

파삭—

뭔가 부서지는 소리가 들렸다.

파사삭—

움직일 때마다 무언가 부서지고 떨어져 내렸다. 고통은 사라졌지만 온몸이 간지러웠다.

루는 무심코 얼굴을 쓰다듬었다.

파스락—

파사삭—

루의 피부가 부서져 떨어지고 있었다. 피부를 덮고 있던 마법의 흔적이 파삭, 파삭 떨어질 때마다, 그 안에 감춰져 있던 고운 피부가 조금씩 드러났다.

모두 숨을 멈추고 그 광경을 지켜봤다. 케이조차도 눈을 부릅뜨고 움직임을 멈췄다.

처음에는 손톱만큼, 그다음에는 손바닥만큼.

감질나게 드러나던 원래의 피부가 완전히 모습을 보일 때까지는 오랜 시간이 걸리지 않았다.

진줏빛 흰 피부, 새파란 눈동자가 담긴 고양이 같은 눈매, 눈을 장식한 긴 속눈썹과 오뚝하고 작은 코, 도톰하고 붉은 입술.

대륙에서 가장 아름다웠던 어머니를 닮은 루의 얼굴이 온전한 모습을 드러낸 순간이었다.

모두가 숨을 멈췄다.

이런 얼굴일 줄은 몰랐다.

마법 아래에 감춰져 있던 얼굴은 숨이 막히도록 아름다웠다.

그 얼굴 자체가 마법인 듯, 시간의 흐름을 잊게 만드는 아름다움이었다.

모두들 눈을 깜빡이는 것조차 잊고 정신없이 루의 얼굴을 응시했다.

"저기, 형님들."

가려움이 사라진 루는, 기묘한 정적과 쏟아지는 시선이 당황스러워 조심스레 그들을 불렀다.

"왜들 그렇게 보십니까? 제 얼굴에 뭐라도……."

"루, 너! 계집이냐?"

쿠반의 외침에 모두가 정신을 차렸다.

"우와, 루. 정말 예쁘다."

"이런 얼굴이었던 거야?"

"굉장하군."

"뭐가 이렇게 예뻐? 완전 계집애 같잖아?"

"야, 근데 이거 어떻게 된 일인데? 왜 갑자기 루의 화상 흉터가 사라진 거야?"

"쿠반, 넌 좀 가만히 있어. 이 아름다움 좀 감상하게."

"설명을 좀 해 보라고. 루가 왜 갑자기 예뻐진 거냐니까?"

"아, 좀 닥치라고."

루는 그들이 무슨 말을 하는지 알 수 없었다.

'아름답다고?'

의아하게 생각하며 볼에 손을 가져갔다. 늘 느껴지던 울퉁불

퉁한 느낌이 없었다. 그 자세 그대로 굳은 루에게 거울을 내민 것은 텐치였다.

"봐 봐, 루. 너한테 걸려 있던 마법이 풀렸어."

〈다음 권에 계속〉